大鱼

有爱的青春陪伴者

机缘巧合

她换脸变身豪门千金接近深爱的男人

订婚后

他却要亲手送她入地狱？

余生给你所有的甜

YuSheng Gei Ni
SuoYou De Tian

林音 ✦ 著

贵州出版集团
贵州人民出版社

图书在版编目（CIP）数据

余生给你所有的甜 / 林音著. -- 贵阳 : 贵州人民出版社, 2019.10

ISBN 978-7-221-15575-7

Ⅰ. ①余… Ⅱ. ①林… Ⅲ. ①长篇小说－中国－当代 Ⅳ. ①I247.5

中国版本图书馆CIP数据核字(2019)第207128号

余生给你所有的甜

林音 著

出版统筹：陈继光
选题策划：大鱼文化
责任编辑：唐 博
特约编辑：廖 妍　娄 薇
装帧设计：Insect
封面绘制：陶 然　Cain酱
出版发行：贵州人民出版社（贵阳市观山湖区会展东路SOHO办公区A座 邮编：550081）
印　　刷：长沙鸿发印务实业有限公司（长沙黄花工业园三号 邮编410137）
开　　本：880×1230毫米 1/32
字　　数：283千字
印　　张：9.5
版　　次：2019年10月第1版
印　　次：2019年10月第1次印刷
书　　号：ISBN 978-7-221-15575-7
定　　价：36.80元

目录

目录

楔子

○ ◐ ◐ ◑ ●

黎星辰站在穿衣镜前，望着镜中那张不属于自己的脸。

这是宋清妍的脸，那个完美到令人嫉妒的名媛。

她还不习惯新面孔，手指轻抚脸颊，眸中的寒霜被刻意伪装出的温柔遮掩。

“瑾光哥哥，我现在长得和她一模一样，景初会爱上我吧！”

黎星辰回眸望着身后的白衣男子，眼底浮起久违的欣喜。

陈瑾光看着她璀璨如夜星的眸子，微微点了点头。

“星星，他一定会被你迷住的。”

“我是宋清妍。”

黎星辰柔声纠正他的称呼。

“从现在开始，我就是这个名字的主人。”

第一章 不敢奢望的梦

○ ◐ ◐ ◐ ●

第一节

一个月后。

肖景初冲进病房里，看到他的未婚妻躺在病床上，她看起来憔悴瘦弱，鼻子上还插着呼吸机，神志却已经清醒，惊魂不定地望着他，眼睛突然溢出泪来。

肖景初握住她冰冷的手，一遍遍地说着："清妍，别怕，我在你身边。"

这是黎星辰第一次牵住肖景初的手，她几乎忘了紧张，就这样呆呆地看着他。

肖景初是她的光，她的神，是她从来都不敢奢望的一个梦。

设计这出戏之前，黎星辰以为自己哭不出来，她害怕被肖景初怀疑。然而此刻，她被他拥在怀里，嗅到他身上温雅的气息，感受到他肌肤真实的温度，眼泪就这样自然而然地涌了出来，怎么也止不住。这不是在演戏，她是真的，喜极而泣。

"好了，清妍……"肖景初轻抚她的长发，"你别哭，我很心疼。"

陈瑾光也很心疼。他知道黎星辰为了让演技更加真实，已经好几天没吃饭了。

他拍拍肖景初的肩膀，轻声说："你出来一下。"

肖景初跟着陈瑾光走出病房，他有太多疑问，刚才看清妍那么虚弱，他不忍问她，只好将所有疑问抛给陈瑾光："清妍的情况怎么样？你怎么找到她的？"

陈瑾光说：“我前几天晚上回家的时候，她拦住了我的车，我还以为是我不小心撞到了她，送来医院检查才发现她是因为营养不良而晕倒。她身上有伤，但不是很严重。”

肖景初看着面前这位年轻医生胸牌上的名字——陈瑾光。

真幸运，找到清妍的居然是位医生。

肖景初又问：“为什么没有在第一时间通知我们？”

陈瑾光合上手里的记录册：“她身上没有身份证明，我并不知道她是谁。她醒过来，我才问出她的名字。打了报警电话，也没有关于宋清妍失踪的记录，你们没报警？”

肖景初怔了怔，低声说：“当初绑匪说只要报警就撕票，宋叔叔不敢轻举妄动，本以为绑匪还会联系我们，但后来一直没消息。宋叔叔和明珠阿姨只有一个女儿，不敢冒险……”

陈瑾光神色古怪地望着肖景初：“真是不能理解你们这些人的想法。”

肖景初淡淡地说：“陈医生，你应该听说过吧。廖家大公子被绑架，廖自城第一时间报警，结果被那帮吃人血馒头的媒体记者公开，激怒了绑匪，找到廖公子尸体的时候，发现他生前受到残酷对待，竟然是活活疼死的。七年过去了，杀人凶手还在逍遥法外。宋叔叔和廖自城是至交好友，他害怕当初的惨剧会发生在自己女儿身上。”

肖景初也曾坚持报警，但他看到宋云霆惊惶的模样，却突然心软了。

他没有放弃过寻找宋清妍，然而私家侦探始终没有带给他满意的消息。

“既然找到了清妍，我们肯定不会善罢甘休。清妍还记不记得绑匪的长相？”肖景初说着，突然想到陈瑾光肯定也不清楚，他转身要进去找她，“我去问她……”

陈瑾光突然拉住他：“警察已经来做过笔录了，但她说什么都记不清了。逼问急了会变得暴躁易怒，有时候又低声啜泣，我判断她现在存在创伤后应激障碍，最好不要再刺激她。”

肖景初握紧双拳。

良久，又缓缓松开。

陈医生说得对。

来日方长，真相总会被揭开，不需急于一时。

宋清妍的父母赶到医院，看到女儿安然无恙，激动得眼泛泪光。

宋云霆不知如何感激陈瑾光，当场开了张支票给他。陈瑾光连忙拒绝，说是医院明文规定不许收钱，宋母俞明珠站在一旁抹泪，念叨着陈医生真是仁心仁术。

黎星辰闭着眼睛躺在病床上，安静地听着病房里吵闹的声音。

有人握住她的手，那是一双温热细腻，却又略带沧桑的手。

黎星辰睁开眼，看到泪流满面的俞明珠，她轻轻喊了一声："妈。"

俞明珠看她挣扎着想坐起来，连忙按住她，声音哽咽："别起来，医生说了，让你好好休息……怎么瘦了这么多……你一定吃了很多苦吧。是妈没有照顾好你……"

俞明珠说着说着，便再也说不下去了，低声哭起来。

宋云霆皱眉："哭什么哭，清妍已经回来了，该高兴才对。"

俞明珠这才取出纸巾擦拭眼泪。

宋云霆挥挥手，遣走了病房里的其他人，房间里只有他和她两人。

黎星辰有些心虚，她不敢抬头看宋云霆，只能感觉到他的呼吸越来越近，扑面而来。

宋云霆居然坐在了她身边，抚弄她耳畔碎发，眼底有种慈祥的光芒。

巨大的压力让黎星辰心跳加速，她不知道脸上的手术痕迹是否痊愈得毫无痕迹，她害怕宋云霆这只老狐狸一眼看穿她的伪装，她双手紧紧抓着洁白的被子，额头渗出细汗。

然而她耳边传来的，却是宋云霆毫不相干的一句话。

"是不是肖景初做的？"

黎星辰一惊，下意识地问："爸，你在说什么……"

宋云霆脸色阴沉："怎么会这么巧，你们订婚前一天，你就被绑架了。"

原来宋云霆怀疑肖景初是幕后真凶，可他为什么会这样想？

谁不知道肖景初和宋清妍是天造地设的一对，不管家世还是外表都是绝配，当初突然爆出他们即将订婚的消息，众人惊讶之余又艳羡不已。

肖景初绑架宋清妍？有什么好处？

“怎么会是景初做的呢，虽然我没看到那人的脸，但我相信景初。”

宋云霆狐疑地看着她：“你什么都没看到吗？那你失踪这么久，是被谁关起来了吗？清妍，现在没有外人了，有什么就给爸爸说，爸爸一定会为你出头的！”

黎星辰双眸低垂，她想起那个雨夜，她从土坑里将浑身是血的宋清妍刨出来。

宋清妍已经死了！

就算牵扯到什么利益阴谋，她也不会告诉宋云霆，她绝不能让宋云霆追究下去。

黎星辰露出害怕的表情，声音轻软无力：“我也不知道，可能是爸爸的仇家，也可能是喜欢肖景初的女生，或者其他讨厌我的人……我差点被勒死……我很害怕……”

黎星辰疲惫地喘息着，胸口微微起伏，仿佛多说几句话都会体力透支。

“我好不容易逃出来，是陈医生救了我……爸，具体的……我真的记不清了……我醒来就在医院里，咳……咳咳……”

宋云霆见女儿脸色惨白，怕她出事，连忙按下床头的呼叫器。

陈瑾光快步走进来，埋怨道：“不是说了吗？病人不能被刺激，出了事谁负责？”

他身后的小护士连忙给黎星辰服药，黎星辰逐渐平静下来，肩膀微微颤抖。

宋云霆很不好意思地对陈瑾光说：“太久没见清妍，忍不住多说了些话。对不起啊，陈医生，你也知道我们父女重逢有多不容易。”

陈瑾光说：“我理解，但您也要控制一下情绪，别到时候喜事变悲剧。”

宋云霆搓搓手，像个做错了事的孩子："是是，我一定会的。"然后又小心翼翼地问，"清妍已经脱离危险了，是吗？"

陈瑾光点头："是的。"

宋云霆松了口气："那她什么时候可以出院？"

陈瑾光说："再过几天吧，观察一下没什么问题就可以了。"

第二节

黎星辰在医院调养了一段时间，便被接回了宋家豪宅。

宋清妍的父母并没有怀疑，毕竟，黎星辰拥有与宋清妍一模一样的脸。

她小心翼翼地不让自己露出马脚，说话也再三谨慎。

黎星辰很聪明，她出身贫寒，从小便懂得察言观色，懂得如何伪装自己。

黎星辰已经仔细调查过关于宋清妍的一切，但她仍然不敢掉以轻心，她是打算伪装一辈子的，她必须尽量做到完美。她打开宋清妍巨大的衣帽间，看到衣架上挂着无数名牌服饰，按照颜色与季节整齐排列。一般女孩子看到这么多漂亮的衣服，都会惊喜到尖叫，但黎星辰却异常冷静，她在推算宋清妍的习惯与喜好，好让那个女人的形象在她心中更加清晰。

晚饭时，一家人坐在餐桌旁，俞明珠时不时地看女儿一眼，给她夹菜。

她心疼女儿受到的委屈，想一想就会难过到眼睛发红，说话时几乎哽咽。

宋云霆看不下去了，放下筷子，发出"啪"的一声。

黎星辰吓了一跳，看了宋云霆一眼，他正神色冰冷地盯着俞明珠。

"女儿回来是好事，你怎么总哭丧着脸，不知道的还以为我们家在办丧事。"

俞明珠抹了把泪，小声说："我是心疼清妍，她从小到大都没受过委屈。"

宋云霆眼中闪过一丝冷厉：“我会查出幕后黑手，绝对不会让清妍白白受苦！”

这对夫妻的相处模式很显然是男强女弱。

黎星辰知道，宋云霆年轻时只是个穷小子，娶了公司老板的女儿俞明珠，借由俞家的财力，才逐渐成就了如今庞大的宋氏商业帝国。黎星辰还以为俞明珠是个颐指气使的傲慢贵妇，以为宋云霆会宠着她，对她低声下气，没想到他们的家庭地位竟然截然相反。

黎星辰抬眸看了俞明珠一眼，眼神楚楚可怜，连她的声音，都在刻意模仿宋清妍。

“妈，没事，我已经不去想那些事情了，你也别放在心上。”

她看似是在安慰俞明珠，潜意识却是让他们别再提起那件事，免得她招架不住。

俞明珠也没多想，点了点头，强忍住颤抖的声音：“妈知道……”

黎星辰低头吃饭。

俞明珠看到女儿将平日里不喜欢吃的青椒挑出来放进盘子里，叹口气：“清妍啊，说了多少次，不要挑食，青椒啊蘑菇啊这些都是很有营养的，你吃一口又不会被毒死。”

哦，原来宋清妍除了不吃青椒，还不吃蘑菇，怎么资料里没有提过呢？

还好今天餐桌上没有蘑菇，不然她就露馅了。

黎星辰吐吐舌头：“妈，你也知道，我就是不喜欢吃这些菜，吃到真的会中毒。”

俞明珠无奈地摇了摇头，又给黎星辰碗里夹了个鲍鱼。

黎星辰看着碗里堆成山一样的山珍海味，哭笑不得。

“妈，我已经饱了。”

“不行，你才吃了多少。”

“我现在身体还没恢复，吃太多大鱼大肉会不消化。”

“那行，妈一会儿给你炖人参燕窝汤，喝点儿汤好消化。”

俞明珠真是把女儿当猪一样养，宋清妍能保持身材窈窕，实在不容易。

手机突然响了起来，这是肖景初送她的新手机，暂时只存了他一个人的号码。

黎星辰低头看着屏幕上“景初”两个字，心里好像化成了蜜。

她从来没有跟他通过电话，他在她心中一直遥不可及。

黎星辰呆呆看了一会儿，突然如梦初醒：“我去接电话。”

俞明珠看到黎星辰眼里掩饰不住的甜蜜，宠溺地摆摆手：“去吧，去吧。”

接起电话，手机里传来肖景初好听的声音：“怎么这么久才接？”

黎星辰的声音低低柔柔，带着一点羞涩：“刚才在吃饭……”

肖景初问：“明晚有空吗？”

黎星辰笑盈盈地问：“怎么，要约我吗？”

“想约你吃饭，就是不知道你身体康复得怎么样了。”

黎星辰甜甜地说：“身体没什么大碍，如果你承认你想我，我就答应你。”

电话那边传来肖景初好听的声音：“不想你，我干吗给你打电话。”

黎星辰不依不饶：“你说得太委婉，我听不懂。你就不能亲口承认想我了吗？”

肖景初轻轻叹了口气：“清妍，我想你。”

黎星辰的呼吸停了一拍。

肖景初的声音在她心中宛如花开刹那。

他的气息仿佛近在咫尺，连空气里都像是飘浮着粉红色的气泡。

电话里静悄悄的，没有听到意料中的回应，肖景初问：“清妍？你还在吗？”

过了几秒钟，突然传来她轻软如丝的声音，带着一点困惑：“啊？什么？刚才信号不太好，我没听清。最后三个字是什么，你能不能再说一遍？”

肖景初没有多想，微微提高声音，一字一顿：“我——想——你——”

黎星辰满意地笑了：“好吧，我答应你了。”

两人又聊了几句，黎星辰没谈过恋爱，更没有和自己心心念念的男神通过电话，她心里紧张得要命，但她尽量让自己的情绪显得自然。肖景初当然看不到她握着手机的纤细手指在微微颤抖。电话里的气氛轻松融洽，挂掉之前，肖景初若无其事地说了句：“对了，盈盈很久没见你，她说很想你，明天她要带男朋友一起来见你。我们四个人一起吃顿饭。”

盈盈，是宋清妍的闺蜜姚知盈吗……

黎星辰脸上的笑容突然僵硬。

她调查过宋清妍的交际圈，当然也知道，和宋清妍一同长大的千金小姐姚知盈。

宋清妍清甜俏丽，姚知盈妖娆美艳，她们截然不同却又一样耀眼。这看似只是一场普通的饭局，对于黎星辰来说，一点儿都不简单，这意味着她要在三个人面前演戏。

黎星辰立刻按下免提，打开手机浏览器搜索姚知盈的男朋友。

很可惜，姚知盈虽然被许多人追求，却从来没有公开承认过恋情，感情状态扑朔迷离。

话筒里传来肖景初的声音：“宋叔叔封锁了消息，没人知道你失踪的真正原因，只说你出国进修了，你最好先对盈盈隐瞒，过段时间再考虑要不要告诉她。”

“嗯……我知道了……明天什么时候……”

肖景初很绅士地说：“明晚六点钟我来接你。”

第三节

次日下午，黎星辰很早就开始做准备了。

衣帽间里有无数华美奢侈的衣服，黎星辰一眼就看中其中一件性感妩媚的黑色露背长裙，但以她对宋清妍的了解，她最终选了一件素洁如天使的白裙，裙摆齐膝，中规中矩的领口，隐约露出精致的锁骨。对于一位受到刺激刚出院的病人来说，这样的装扮更合理。

到了约定的时间，肖景初准时过来接她。

他倚着那辆黑色的法拉利，看到“清妍”从台阶上一步步走下来。

夕阳洒落在她披散的顺直黑发上，她的肌肤雪白，双眸晶莹清澈。

像是璀璨星辰落在眼前，灿烂而又美丽。

肖景初竟有一瞬间失神。

她看到他，脸上露出甜甜的微笑，对他挥了挥手。

微冷的秋风吹动她素洁的裙摆，一颦一笑都灵动活泼。

“我迟到了吗？”

“没有，我也是刚到。”

“那就好。景初，你不知道我有多傻，本来想化个妆给你惊喜的，可是化完准备出门，拉开窗帘看了一眼，脸色白得像鬼，我怕吓到你，连忙擦掉了。唉，我好笨。”黎星辰有些懊恼，嘟起樱桃色的唇，娇羞可爱。

肖景初望着她。

细腻白皙的肌肤，在绯红色的晚霞下，几乎看不到毛孔。

“你不需要化妆，一样很漂亮。”

黎星辰笑得娇憨：“你说话真好听，怪不得那么多人喜欢你。”

她三言两语便将自己塑造成了天生丽质又冒冒失失的“傻白甜”。

清纯、可爱，却又没有攻击性。

就像——

真正的宋清妍。

她当然化了妆，化妆间里成套的高级化妆品，不用岂不是浪费？

黎星辰知道，不管多漂亮的姑娘，化了妆都是锦上添花。

她做了肌肤护理，清洁补水后的肌肤白嫩水润，满满都是胶原蛋白。她简单地上了粉底，涂了水红色的唇膏，又用纸巾抿掉，只剩下淡淡一层显气色的底色，就算喝水也不会印下唇印。脸颊扫了淡淡的腮红，只要她抛出流转的眼波，便像是害羞的少女，哪有人能抵挡此种魅力？

她正要打开副驾驶的车门，肖景初突然勾住她的脖子，在她耳边轻声问：“冷吗？”

黎星辰的心脏跳得飞快。

她离他好近，这辈子都没有这么近过……

他个子很高，她就算穿了高跟鞋也需要抬头看他。

他鼻梁高挺，唇线弧度完美，双眸黑得发亮，像银河中最耀眼的星。

黎星辰在电视里见到过那么多明星，没有一个比肖景初好看。他最出众的不仅仅是他这张俊朗无双的面孔，还有他天生高贵的气质，带着一点清冽，那是模仿不来的雍容华贵。

黎星辰浑身都僵硬了，脸色通红，轻轻摇了摇头。

下一秒，身上一暖。

黎星辰惊讶地低下头，看到肖景初竟将自己的外衣披在了她的身上。

他帮她打开车门，面色如常，好像刚才的动作只是举手之劳。

黎星辰坐上车，裹紧肖景初的衣服，衣服上有干净的气味，她能感觉到他的体温。

别看她浅笑盈盈，大方自然，其实她紧张得连腿都在发抖了。

谁也不知道，她每个笑容都是精心设计的。

处心积虑、步步为营。

黎星辰发了发呆，冷不防肖景初突然凑近她。

他墨色的眸子就这样撞进她眼里。

“怎……怎么了……”

她猝不及防，声音有些发颤。

肖景初笑了笑，俯身帮她系上安全带。

“你没系安全带，拍到会被罚款。”

她侧头看到他漆黑的短发，被夕阳映出荧荧流光。

原来肖景初这么体贴。

原来，这就是谈恋爱的感觉。

“哦？没想到肖公子居然在乎那点儿罚款。”

肖景初被她气笑了：“我在乎的是罚款吗，我在乎的是你。”

黎星辰甜甜地说：“有你就好了。景初，有你在身边，我什么都不用担心。”

车里静悄悄，没有音乐。

但黎星辰甜软的声音，却像是最动听的乐曲。

肖景初瞥了她一眼。

她的侧脸洁白光滑，嘴角噙着淡淡笑容。

落日余晖洒落在她纤长卷翘的睫毛上，金色光点轻轻跳跃。

“清妍，你好像和以前不太一样。”肖景初像是在开玩笑。

“哪里不一样？”黎星辰闪动着小鹿般清澈无辜的大眼睛。

肖景初想了想：“我也说不清。”

黎星辰笑了：“可我说得清。”

肖景初一愣。

她偏了偏头，黑发散落下来，露出耳畔的一颗雪白珍珠耳钉，闪烁着光芒。

“我是死过一次的人，很多东西都看淡了。唯独你，意义是不同寻常的。我能坚持着活下来，全都是因为你。景初，我没别的愿望，只想幸福地和你在一起，我会永远爱你。你呢，会永远爱我吗？”她的声音轻柔如梦，好似一阵风就会吹散不见踪影。

肖景初能听出她甜美声音里微弱的忐忑不安。

他从喉间发出“嗯”的一声，带着磁性的男低音十分撩人。

“既然你选择了我，我怎么可能辜负你呢。”

黎星辰双眸亮晶晶的：“那你发誓！不论发生什么事，你都不会离开我。”

肖景初转动方向盘，跑车开进另一条街：“我发誓，不论发生什么事，我都不会离开你。”

黎星辰盯着肖景初的眼睛：“没听过发誓只发一半的。”

肖景初忍俊不禁，在她滚烫的视线下补出后面半句：“若违此誓，天打雷劈。”

黎星辰挑了挑弯弯柳眉：“这还差不多。”

几秒后，肖景初突然反应过来：“不对呀，按照常理，你应该心疼地捂住我的嘴，不让我说出完整的毒誓。万一我真被雷劈死了怎么办。啊呀，我突然怀疑你对我的感情了。”

他话音未落，黎星辰突然凑过去，在他脸颊上印下一个吻。

柔软的唇，蜻蜓点水般的吻。

极致温柔，极致深爱。

肖景初居然脸红了。

“宋清妍，你存心想让我出车祸是吗！”

虽然是生气的声音，却有着甜蜜害羞的嗔怒。

黎星辰忍不住笑了，双眼弯成皎洁的月儿。

“抱歉抱歉，我太急着想要证明对你的感情了。”

肖景初将车停在路边。

黎星辰扭头朝车窗外看了一眼：“到了吗？”

冷不防他突然扳过她的肩膀，霸道地吻上了她！

他的嘴唇温暖柔软，像蛋糕糖果，像果冻布丁，像这世上最甜美的食物。

黎星辰惊讶地睁大眼睛，整个人好像定格住了。

肖景初一手扣着她的后脑勺，一手搂着她纤瘦的腰肢，吻得她几乎喘不过气来。

黎星辰脸色潮红，只能听到自己剧烈无比的心跳声，心脏几乎要从嗓子眼儿跃出去。

她突然想起她曾鼓足勇气对肖景初表白……

十年的单恋，换来的却是冷漠的拒绝。

她家境比不上他，只能拼命学习，黎明天微亮时，她已经在操场背单词了，中午吃饭时也捧着书边看边吃，为了省钱她不吃晚饭，放学后去餐厅兼职赚学费。

她知道，她永远不可能成为与肖景初门当户对的名媛，但她会尽最大努力，成为配得上他的存在。

可是他突然和宋清妍交往，短短时间就准备订婚……

她的梦碎了，就像阳光初升时，化为泡沫的人鱼……

肖景初订婚前夜，她在他家楼下拦住了他。那夜的暴雨猝不及防，她浑身都湿透了，而肖景初从车里走出来，司机立刻为他打了伞，他那么优雅，衬得她越发狼狈。

面前站着的是她遥不可及的男神，多年暗恋让她与他对视都会心尖发颤。

她双腿发软，什么都不敢说，可她害怕不说，就会彻底失去他……

尽管，表白成功的可能性微乎其微……

“肖景初，我喜欢你……能不能给我个机会……”

“机会？”他像是在疑惑，又带着些许讽刺，“抱歉，我要订婚了。”

“你和宋清妍才认识两个月而已……”

“可是，我认识你吗？”

我认识你吗……

轻描淡写的一句话，却如雷霆霹雳，将她微弱的希望粉碎……

是他将她从深渊中拯救出来，是他成了她的光，照亮了她的未来。

然而，在她努力拼搏的尽头，他却一句话否定了一切……

肖景初突然松开黎星辰，不知所措：“怎么哭了，我弄疼你了吗？”

黎星辰摇摇头，漂亮的眸子里水光闪烁：“不是的，我可能太紧张……”

她知道自己太失态，这不是她计划里的一步。

她应该露出惊慌羞涩的表情，怎么就失控到落泪了呢……

可是，没人能理解她对肖景初的感情！

“你突然哭了，搞得我好像在对你做什么不可描述的事情……”

“你说什么呢！你突然亲我……我……我被吓到了……”

黎星辰低头望着自己白色的裙子，到现在她的心跳还没有平静下来。

肖景初挑眉：“你刚才突然亲我，我也被吓到了。”黎星辰红着脸说：“怎么，我还要给你道歉吗？”

“那倒不用。”肖景初发动汽车，眼中有着忍耐的笑意，“就是你的吻技需要加强。”

黎星辰有些心虚，声音小小的：“我技术不好吗……”

肖景初点头：“接吻要闭眼，你怎么跟新手似的，一直睁着眼睛盯着我。”

黎星辰心生懊恼，虽然她对扮演宋清妍这个名媛千金下了很多功夫，可她并没有学过怎么接吻，她以前想当然地认为，接吻嘛，有什么好学的，顺其自然就好了，结果真到接吻的时候，她僵硬得像一块化石，被肖景初一眼拆穿，真丢脸。

宋清妍的技术一定比她好得多吧……

黎星辰决定了，下次绝对不能让肖景初笑话她！

第四节

肖景初带着黎星辰来到一家高级餐厅。

落地白墙，光影错落有致，大厅中央有少女在弹奏钢琴。

肖景初显然是这里的常客，侍者一见到他便恭恭敬敬地唤他“肖公子”。

姚知盈还没来。

两人入座，肖景初将菜单递给黎星辰，她翻开厚实的菜单，看到精致的照片旁全都是法语。

黎星辰上学时一直是学霸，学习极为刻苦，年年拿奖学金，也在高级餐厅打过工，这些单词对她来说并不难，况且她还特意研究过这家餐厅的招牌菜，已是胸有成竹。

她眼神平静，轻启朱唇，点了几道菜，法语发音标准纯正。

她坐姿优雅，身上是昂贵的名牌服饰，举手投足气质不俗，笑容自信大方。

如同真正的名媛，没人看出破绽。

两人刚点完餐，姚知盈便来了。

她一袭似火红裙，金色细跟绑带高跟鞋，衬得白皙的双腿修长笔直，妆容美艳。明媚的眼，嫣红的唇，虽然是浓妆，却有种干干净净的高级感，比杂志里看到的样子更艳丽夺目。

黎星辰站起身，心中除了紧张还有惊艳。

还没等她开口，姚知盈便狠狠抱住了她，身上幽淡香水味沁入她的鼻息。

“死丫头，你去哪儿了，也不给我打个电话，我还以为你被绑架了呢！”

黎星辰的心脏猛地一跳。

姚知盈松开她的时候，她脸上已经换成甜美如画的笑容。

“对不起啦，盈盈，我爸管得严，还派了保镖监视我，连我的手机都拿走了。”

“这么严，你这是进修呢还是坐牢。没手机就不给我打电话了？”

“老实说，我没记住你手机号，想联系你也联系不了。”

“我们十几年朋友了，你居然跟我说这话？我们是塑料姐妹花吗！”姚知盈捶了捶黎星辰的小蛮腰，佯怒道，“聊天软件你也不用，连游戏都不登录，简直是人间蒸发。”

黎星辰苦着脸说：“这不是为了静心学习嘛。我刚回国就来找你了。盈盈，我对你是真爱。”

姚知盈从嗓子里哼了一声。

黎星辰适时地岔开话题：“你男朋友呢，不是说今天一起吃饭吗？”

她朝姚知盈身后看了看，并没有其他人。

姚知盈坐下来，将车钥匙随意丢在桌上：“别提了，他突然说家里有事，不能来了。”

黎星辰暗暗松了口气，看来今晚可以少应付一个观众了：“那就好，今晚没人跟我抢你了。这么久不见，我太想你了，哪知道一回来就听说你有了男朋友，我好嫉妒。”

姚知盈瞥她一眼，眼里笑意流转：“放心吧，我最爱的依旧是你。”

肖景初将菜单递给姚知盈，问出了黎星辰心中的好奇：“你什么时候有了男朋友？”

姚知盈笑得羞涩：“就是最近啦。我本来想让清妍帮我参谋看看呢。”

肖景初轻笑道：“这么快就介绍给我们，看起来你对这段感情看得很重。”

姚知盈眼里有亮光：“他对我很好，遇到他以后我才明白什么叫爱情。”

肖景初不以为然：“希望这是你最后一次对我们说这样的话。”

姚知盈柳眉皱起，娇俏美艳：“你们天天秀恩爱，不许旁人恋爱，有没有天理！”

简单几句对话，黎星辰已经明白，宋清妍没有见过姚知盈的男友，下次也不需要绞尽脑汁在他面前伪装。

姚知盈点好菜，三人便聊了起来。

姚知盈叽叽喳喳地问她在国外过得怎样，又笑靥如花地谈起自己的新男友。

气氛轻松愉悦。

只有黎星辰一人如履薄冰。

还好侍者很快端来餐品，打断了热火朝天的谈话内容。

黎星辰虽然将菜单研究得透彻，但她实际上并没有吃过这么贵的东西。她拿起刀叉切下一块小小的煎鹅肝，肥嫩可口的鹅肝口感细腻，入口即化，在口腔中化为极致美妙的滋味，不愧为米其林三星餐厅，色香味俱全。

黎星辰不敢吃太多，就算再好吃，她也只能适可而止。每道菜她都浅尝辄止，最后一道甜品，她也只吃了小半口，便拿起餐巾轻点嘴角。胃里并没有饱的感觉，她心里也觉得很可惜。

姚知盈奇怪地看她一眼：“清妍啊，你比以前吃得多，还比以前更瘦，怎么做到的？”

“啊？”黎星辰蒙了。

她觉得自己只吃了个开胃菜而已。

这样也算吃得多？

宋清妍以前的饭量是有多小……

但她很快便想到借口：“国外都是油炸的高热量食物，那些比萨意面什么的我不爱吃，每天就吃几根菜叶子，莫名其妙就瘦了。现在终于回国了，咱们好姐妹聚餐，这么开心的日子，难道我也要饿着自己吗！不尊重你，也不尊重食物嘛。”

姚知盈“扑哧”一声笑了。

肖景初侧头对黎星辰说：“你别听盈盈瞎说，你太瘦了，多吃点才好。”

黎星辰点头，为将来的食量做铺垫：“嗯，我以后会努力多吃的！”

自始至终，姚知盈和肖景初没有怀疑她。

黎星辰在努力扮演宋清妍。

就算演技微有瑕疵，也不会引起注意。

她长得和宋清妍一模一样，声音也模仿到了以假乱真的程度。

她走路的姿势，她笑容的弧度，她握着刀叉的手势，她撩发的习惯，都如同复制。

吃完饭，肖景初正在结账，姚知盈接了个电话，笑得眼睛都眯了起来，拉着黎星辰便往门口走去，风吹动她漆黑的长卷发，举手投足妩媚十足：“傲天说他忙完了，过来接我。”

傲天……

这名字，无力吐槽……

黎星辰忍不住问：“你男朋友不会叫龙傲天吧……”

姚知盈回眸瞪她一眼：“说什么呢，他叫轩辕傲天。”

这还不如龙傲天……

说话间，她已经被姚知盈拉出了餐厅。

门口停着一辆显眼的跑车，车门打开，一位身形修长的少年打开车门走了下来。

夜晚的灯光将他的身影拉得很长，投在黎星辰的身上。

黎星辰仰着头，看到一张俊雅的陌生面孔。

第二章 她美好如初恋

第一节

那是一个很年轻的男生，穿着件女孩子无法抵挡的白衬衫，更衬得他气质不凡，裤管笔直干净，一尘不染。精致如白玉的手慢慢松开车门，指骨清瘦，黑发被风吹得略微凌乱，却遮不住他如画的眉眼。他的嘴角勾着似笑非笑的弧度，整个人都像是蒙着一层朦胧的柔光。

那一瞬间，黎星辰的心脏竟然猛地一跳。

姚知盈松开黎星辰的手，快步走了过去，也不知道在与他说什么。

黎星辰站在原地，双腿僵硬，竟然迈不开步子。

当然，她不是心动，只是被震撼了。

想起读书时坐在她前后左右的或邋遢或丑或胖的男同学，她暗暗摇了摇头，这根本不是一个档次嘛，看来接触豪门果然能见到许多外表气质皆优的钻石富二代。

黎星辰愣了片刻，回过神来，察觉到周围许多女人都痴痴望着他。

她们花痴，她可不能露出半点花痴表情。毕竟她是千金名媛宋清妍，什么男人没见过？

黎星辰连忙跟过去，朝他伸出手，笑得落落大方："轩辕先生，你好。我是盈盈的闺蜜。"

男生愣在那里，神色古怪地盯着她，没有握她的手："宋清妍，你没事吧？"

黎星辰的手僵在半空。

男生突然低头凑过来，嗅了嗅她惊讶微张的唇。

他离得那么近，鼻尖几乎要触碰到她的脸。

"应该没喝醉啊，怎么开始说胡话了。"

黎星辰僵在那里，不敢动，也不敢说话，感觉到后背渗出冷汗。

姚知盈也觉得莫名其妙：“清妍，你怎么了，这是清航啊！”

果然，这个男生不是轩辕傲天。

可清航是谁？黎星辰硬着头皮笑道：“哈哈，我看他没理我，开个玩笑而已……”

她知道自己一定笑得很难看，这个男生的出现在她意料之外，打碎了她完美的伪装。

“这还是我认识的那个宋清妍吗？”男生挑了挑眉。

“怎么了……”她强装镇定。

他盯着她的眼睛，嘴角勾起一抹弧度：“你对我笑得很甜。”

黎星辰笑容不变，眼神清澈：“我对谁都很友好。”

他定定地看着她，良久。

在她几乎想要落荒而逃的时候，他嘴角淡淡的笑意终于放大了。他给了黎星辰一个大大的拥抱，声音有着少年的稚嫩与欢快：“说得也对。我们可是姐弟，你对我当然好了。姐姐，好久不见。我很想你。”

黎星辰僵在他怀中，身上仿佛有电流涌过。

清航……清妍……

难道他的全名叫宋清航？是宋清妍的弟弟？

可为什么调查记录里没有这个人？

豪门总归是希望有个儿子来继承家业的，宋云霆理应高调宠溺儿子才对，为何他从未提起过？黎星辰调查了宋家的一切，却没查出来宋清航这么个大活人，简直太不合理了！

无数谜题在脑海里翻滚，黎星辰心中蓦然生出一股恼怒，她不允许任何人破坏她的计划。

“盈盈，你不是说你出来见男朋友吗？你男朋友呢？”

她依然在笑，但那笑容里多了几分冰冷，身上竖起无形的刺。

姚知盈却毫不知情，摸了摸后脑：“哎呀，我差点忘记了，傲天在等我。我出门看见清航，就忘记了，太难得遇到他了。”她一边说，一边四处张望。

不远处走来一位高瘦的男生，年龄和清航相仿，气质却是天壤之别。他的头发染成金黄色，仔细看还化了眼线，眉毛也是规规整整的韩式半永久眉毛。他穿了件黑色紧身衬衣，布料微微有些透，能看出他的身材曲线，纯洁少女看到可能会感到面红耳赤。

客观来说，他的五官还是有些小帅的，居然和“轩辕傲天”这名字有几分符合……

姚知盈快步走过去抱住他，毫不在意外人眼光，在街头与他上演了一出热辣的激吻戏。

热吻过后，姚知盈拉着他走过来，向黎星辰介绍：“这是我男朋友，帅吧？”

她沉浸在热恋中，眼里的甜蜜真实而不掩饰。

黎星辰点点头，笑得很僵硬：“嗯，帅……”

轩辕傲天握了握黎星辰的手，对姚知盈说：“你的闺蜜也很漂亮。”

姚知盈不满地戳戳他的胸口，半开玩笑地说：“在我面前说别人漂亮，你活腻了是不是？”

男生连忙求饶，将她揽入怀中，亲吻她的唇：“我错了，晚上我一定好好赔罪。”

姚知盈咯咯笑道：“看我今晚怎么收拾你！”

两人在黎星辰面前肆无忌惮地调情。

她除了尴尬没别的感觉。

清航一直在看着她，用一种复杂探究的目光。

黎星辰不敢抹去额头渗出的冷汗，她甚至不敢抬眼对上他的眼神，很怕他又问出什么话来让她难以招架。她能听到自己的心跳声，还有自己脖子微微扭动时咔嚓咔嚓的声音。

所有细微的声音都在放大。

每一秒，都变得漫长而煎熬。

突然，有人牵住了她的手。

黎星辰扭头看到肖景初站在她身边。

尽管她依旧紧张，却又有种莫名的心安。

黎星辰握紧了肖景初的手，对他微笑，杏眼里倒映出他俊朗的侧脸。

清航什么都没说，绕开他们走进了餐厅。肖景初好像也不知道清航的身份，他的注意力全都在黎星辰身上，他抓住她的手："怎么出了这么多汗？"

她这才看到自己手心竟然湿了一片。

明明做过那么多准备，却还是会遇到不可预估的意外。

黎星辰抽出手，若无其事地笑了笑："你不说我都没发现，可能是餐厅里有点儿热。"

姚知盈挽着男友的手，笑盈盈地提议："清妍，咱们去唱歌吧，傲天唱歌可好听了！"

黎星辰摇摇头："你呀，谈了恋爱，一口一个傲天。我可不敢打扰你们的二人世界。"

姚知盈连忙松开男友，挽住黎星辰："谁说的。在我心里男友第二，你第一。"

"得了吧，"她推开姚知盈，揉了揉太阳穴，"你们去玩吧，我有点不舒服。"

姚知盈一惊，关切地问："怎么了？"

黎星辰笑道："没什么，喝了些红酒，有点儿困了。"

姚知盈笑她："你还真是，酒量一点儿都没增加，就那小半杯红酒，你居然也能醉。"

黎星辰当然没醉，她只是不想再继续下去。

对她来说，今天的聚会不是消遣，是一场步步为营的战争。

与姚知盈接触越少，她的破绽就越少，她的任务已经完成，没必要再画蛇添足。

好在姚知盈没有逼她，两人约定改天再聚，她便上了肖景初的车。

肖景初开车技术极好，一路上风驰电掣却稳稳当当。

黎星辰靠在椅背上，双眸微阖，心中如电影快进一般回顾当天的画面，任何错误她都希望不要再犯。此时她已经顾不上肖景初，她迫不及待想要回去好好调查那个叫清航的男生。

直到有人摸了摸她的额头："睡着了吗，还是病了？"

黎星辰的思绪被打断，她睁开眼，看到肖景初担忧的眼神。

她假装刚刚睡醒，揉了揉眼睛，俏皮地吐吐舌头，清澈透亮的双眸宛如一汪泉水："有点儿困，差点睡着了。对不起，我知道在你开车的时候睡觉是不礼貌的，我下次一定注意。"

肖景初望着她，黑眸深邃如夜："什么礼貌不礼貌，跟我在一起需要在意这个吗？我是怕你着凉。本来想抱你回家的，没想到你醒了，真可惜。"

黎星辰眼睛亮闪闪地望着他："公主抱吗？那我继续睡了！"

她连忙闭上眼睛，眼皮微微颤动。

肖景初再一次被她逗笑了，他望着她出神。

她真的很漂亮，比例恰到好处的鹅蛋脸，鼻尖小巧挺直，肌肤像她耳畔的珍珠耳钉般干净莹白。

宋清妍从小便是美人坯子，这一点毋庸置疑。可这世上美人很多，她并不是最吸引人的那个。起码肖景初以前没有注意过，宋清妍竟有如此令人沉醉的魅力，时而俏丽娇美，时而纯真可爱，这一切绝非仅凭外貌，而是由心里散发出来。

自从她回来，好像微微有些变化，虽然她还是她，却让肖景初眼中的世界变得更加明媚，仿佛由浅淡的水墨画变为色调鲜艳明丽的油画。

"喂，我期待很久了，装睡很辛苦的！"黎星辰等了一会儿没有回应，她睁开眼不满地抱怨。

肖景初突然吻上她的唇，将她的话堵在嘴里。

短暂的惊讶过后，黎星辰轻轻闭上了眼，虽然青涩笨拙，却很认真地回应起他。

肖景初搂住黎星辰的腰，从浅尝辄止的轻吻到浓情蜜意的深吻，一切都发展得如此自然。她确实没经验，但她长进很快，已经懂得闭眼，也懂得迎合他。

肖景初几乎难以相信，这样一个青苹果般生涩的女孩子，竟像是有魔力般牵动着他的心。

连他自己都在不知不觉中变了，变得冲动，渐渐地心中燃起烈焰。

漫长缠绵的吻过后，他轻轻放开了她。

她脸颊潮红，嘴唇微微红肿，双眸闪躲羞涩，真是画一般的美人。

肖景初竟觉得心动难抑，他强忍着冲动，不想让她以为他是个不分场合的人。

肖景初在驾驶座坐好，暗自平复着剧烈跳动的心脏。

突然，有只白嫩的小手伸过来，摸了摸他的脸。

“景初，你的脸怎么这么红？”她用小兔子般纯情无辜的眼神望着他。

肖景初刚刚缓和下来的心跳，又开始激烈起来。

黎星辰笑着望向他：“你接吻技术比我熟练，我还以为你不会害羞呢。”

肖景初闷声说：“我又不是经验丰富的花花公子，我的技术是天赋……”

黎星辰凑过来，吐气如兰：“肖老师，你可不可以教教我呢。”

肖景初望着她突然凑近的面孔，差点陷进她碧波潋滟的眸子里。

他轻声说：“我看你才像久经情场的高手。宋清妍，你已经可以出师了。”

黎星辰莞尔一笑，幽幽道：“谢谢肖老师，是你教得好。”

此时的她真像个乖巧的女学生，一袭白裙清新脱俗宛如天使。

她像是在故意勾引他，但她的模样又那么纯真，让肖景初觉得，自己有这个想法根本就是一种亵渎，况且她确实没有任何言语的暗示，也没有接下来的行动。

她打开车门，回身对肖景初微笑：“我回去了，路上小心。”

直到她的身影消失很久以后，肖景初才回过神来。

飘摇的暗色树影下，仿佛还有她撩起黑发，雪白裙摆被风吹乱的影像……

第二节

黎星辰回到家，偌大的豪宅里只有用人，清清冷冷。

宋云霆和俞明珠都有自己的公司，平时工作繁忙，大多数时间都在国外，昨天他们特地抽空在家里陪女儿，吃过晚饭便各自离开。

黎星辰想起新闻报道中营造出的恩爱画面，觉得宋云霆和俞明珠就像一对假面夫妻。

但这样也好，她能有短暂的时间卸下面具，不用时时防备。

黎星辰换了拖鞋，晚上没吃饱，此时肚子饿得咕咕响。

她打开冰箱，看到各种昂贵的山珍补品。

有钱人就是这样，赚够了钱便开始注重养生，各种补身体，补得营养过剩。

黎星辰实在提不起兴趣，突然想念路边摊的炸鸡、烤肉、臭豆腐、麻辣烫……

她取出手机，熟练地输入陈瑾光的号码，想和他聊聊今天发生的事情，顺便问问他知不知道清航的底细。可是她连续打了几个电话都没有人接，她心中突然莫名不安起来。

她脱下长裙，换上简单的T恤、牛仔裤，镜子中的她没有之前光彩照人，但这张脸依旧美丽得令人难以移开视线。她将长发扎成低调的马尾，随手取了副墨镜架在鼻梁上。

可是晚上戴墨镜好像有点奇怪，更容易引起注意……

黎星辰想了想，又摘下墨镜，穿上平底鞋便出了门。

来到陈瑾光的住处，黎星辰敲门敲了好半天，陈瑾光才睡眼惺忪地打开门。

黎星辰毫不客气，直接走进客厅："这才几点你就睡了？"

陈瑾光靠在墙边，揉了揉凌乱的短发。

他穿着件白色丝绸睡衣，领口微敞，露出胸前牛奶般的肌肤，竟有种撩人的性感。好听的声音带着还没睡醒的慵懒鼻音："知足吧，我能支撑着走过来给你开门就是个奇迹了。昨天做了个难度系数超大的脑外科手术，连续二十多个小时不眠不休，我都快累死了。"

黎星辰并不同情陈瑾光："你还不如老老实实做个整容医生，比你现在轻松又赚钱。"

陈瑾光用鄙视的眼神看着她："我做医生是为了赚钱吗？肤浅！"

他说得没错，他本可以成为衣来伸手饭来张口的富二代，却非要出国学医，回国以后接手了父亲投资的医院。黎星辰不能理解陈瑾光的想法，但她必须承认，他真的是个医学天才。

黎星辰四处打量，陈瑾光的客厅和以前一样，没有多出什么可疑的摆设。她回眸看他，嘴角勾起甜美的笑容：“怎么现在才开门，我以为你不想见我。”

陈瑾光瞥她一眼：“明明是你要求我不要联系你，怎么还倒打一耙。”

黎星辰走近陈瑾光，望着他因疲惫而带着血丝的眼，语气里有些许的试探：“我要你别联系我，但是我会主动联系你。为什么你不接我电话，我打了好几次呢。”

陈瑾光神色没什么变化：“哦，我太困了，看到是个陌生号码就没接。”

黎星辰道：“那是我的新手机号，你现在存起来。”

“我知道了。”

陈瑾光回到卧室拿起手机，将手机号存入通讯录，输入两个字——星星。

这是黎星辰的小名，从小到大，他一直喊她星星。

黎星辰来到陈瑾光家里，已经完全不需要伪装了，她挺直的后背松懈下来，伸手在陈瑾光的冰箱里翻找，虽然少了几分名媛千金的优雅气质，却很真实。

“我好饿，你家有吃的吗？”

陈瑾光站在她身后惊讶道：“千金大小姐竟然吃不饱饭吗？是不是有人虐待你？”

黎星辰摇了摇头，忍不住抱怨：“晚饭很好吃。不，是特别好吃，超级好吃！但是宋清妍饭量小，吃饭的动作也很优雅。我再饿也不能狼吞虎咽，好像饿死鬼投胎一样吧。我吃了一丁点儿就假装自己吃饱了，结果姚知盈还问我为什么吃这么多，我就塞个牙缝而已！”

陈瑾光看她愤愤然的模样，忍俊不禁：“宋清妍以前比较胖。后来瘦下来了，可能有心理阴影，不敢多吃了。”

黎星辰叹口气："唉，做名媛真辛苦，外表看着那么光鲜亮丽。"

她在冰箱里没翻出什么好吃的，回头失望地说："陈医生，你冰箱里都是些什么啊，啤酒、泡面、矿泉水？你身为一位医生，怎么一点儿都不注意身体啊？"

"有吃的就不错了，还挑。"陈瑾光白她一眼，取出两包泡面塞进黎星辰怀里，"你要吃排骨味儿还是海鲜味儿？顺便帮我煮一碗，汤不要咸，七分熟荷包蛋，你懂的。"

黎星辰才不听他的命令，将泡面塞回到他怀里，转身走到沙发旁坐下。

她将双腿跷起来搭在茶几上，干净的小白鞋在半空来回晃动："我想吃烤鸭、爆肚、麻辣烫！想吃米线、馄饨、灌汤包！想吃炸鸡、熏肠、臭豆腐！想吃春卷、肠粉、葱油饼！想吃猪蹄、肉串、大盘鸡……"

"你说相声呢？"陈瑾光听不下去了，怎么越听越饿呢？

他此时困意全无，拿起桌上的钥匙："走走走，我陪你吃。"

黎星辰很是心动，眼睛亮闪闪，但很快眼里的亮光又熄灭了："宋清妍怎么说也是个公众人物，我不方便去外面大吃大喝，她又不会做饭，我也不能在宋家豪宅里下厨，好饿，好烦躁……"

陈瑾光无奈地听着黎星辰碎碎念，虽然面前女子有着另一张陌生的面孔，但她的行为举止依旧是他所熟悉的那个黎星辰，也许只有在他面前，她才不会伪装。

"好了，别纠结了，我来订外卖。"他取出手机，打开外卖软件，"你想吃什么？"

陈瑾光等了几秒钟，没等到她的回答，他诧异地抬眼，却看到黎星辰不知何时靠了过来，望着他的手机屏幕垂涎三尺。她离他那么近，陌生的脸，却有着熟悉的幽香。

陈瑾光的心跳突然慢了半拍。

黎星辰浑然不觉，惊讶地问："哇，火锅也能外卖？"

陈瑾光的嘴角抽了抽："大小姐，说话能不能不一惊一乍？"

"哦，那就吃火锅吧。套餐里还有炉子和鸳鸯锅，你赚了！"

“会不会算账，我炉子的钱掏过了好吗！”

“你那么有钱，计较这个干什么。快下单！”

黎星辰一眨不眨地盯着陈瑾光的手机，好像他手里拿着的是块肉。陈瑾光下单后立刻将手机放进裤兜里，害怕被黎星辰吃掉。

“好了，你先冷静冷静，别把口水滴我手机上了，新买的。”

黎星辰撇撇嘴，坐回到沙发上，小声嘀咕了一句：“小气鬼。”

第三节

陈瑾光望着黎星辰，她的背影消瘦，长发漆黑如墨。他突然想起以前的她。

那时的黎星辰穿不起名牌的衣服，从小到大最常穿的就是一身肥大臃肿的校服，这样她就不需要花钱换新衣服，她总是将柔顺的长发扎成不起眼的马尾，趴在医院的长椅上写作业。

阳光透过天窗，落在她白净清秀的侧脸上，那是他见过最美的风景。

有时候她会突然抬起头，望着发呆的他，甜甜的小奶音拨动心弦：“瑾光哥哥，这道题怎么做呀？”

陈瑾光若无其事，俯身帮她看题，指点她做功课。

黎星辰很有礼貌，会对他说谢谢，笑容胜过暖春繁花。

可他仍然无法忽视，她脸上时不时出现的伤痕，衬着她的笑容，更让他心中难受。

陈瑾光认识黎星辰的时候，她的妈妈就住在精神病院里。黎妈妈施曼容是个危险的病人，有时候需要打镇静剂，甚至绑起来，整个走廊里都能听到她歇斯底里的叫喊声。有时候她又异常安静，医生陪着她在花园的木椅上晒太阳，她笑得温婉柔美，跟正常人没什么区别。

那次她突然发病，对黎星辰拳打脚踢，撕扯黎星辰的头发。

直到护士们从身后抱住她，她仍然睁着一双血红的眼，拼命挣扎嘶吼：“我要杀了你！”

陈瑾光连忙扶起黎星辰。

他浑身都在颤抖，心中是愤怒，也是疼惜。

黎星辰那时才十几岁，因为营养不良而生得过于瘦弱，她抬眸看他，脸上的巴掌印和嘴角的鲜红血迹清晰可见，那双原本通透纯真的眸子像无边无际的深海，冰冷彻骨。

她推开陈瑾光，摇摇晃晃地朝病房外走去，陈瑾光怕她跌倒，连忙跟上去。

她坐在走廊的长椅上，垂下头，蓬乱的长发遮住她红肿的脸，很久很久没有说一句话。

陈瑾光担心极了，轻声问：“星星，你没事吧？”

黎星辰抬眸看他，声音软软的：“没事。瑾光哥哥，对不起，吓到你了。”

她脸上依然是天真甜美的笑容，好像刚才什么都没有发生过。

陈瑾光一时间愣在那里。

他不敢相信，这么小的女孩子，竟有如此的伪装能力。

她难道不疼吗？难道不难过吗？

为什么还会对他露出笑容？为什么要对他道歉？

他取出纸巾想要擦拭她嘴角的血迹，她却别开了脸，好像有种防备。

陈瑾光的手僵在半空：“星星，我没有恶意……”

黎星辰若无其事地从他手中抽走纸巾，甜甜地说：“我知道，瑾光哥哥是好人。”

她用纸巾在嘴上抹了抹，立刻印上一道鲜红的痕迹，她眼睛都没眨一下，将纸巾揉成一团，扔在了长椅旁边的垃圾桶里。

陈瑾光斟酌着说：“你妈妈太危险了，你应该离她远一点儿。”

黎星辰不解：“我只是想帮妈妈梳头发。”

陈瑾光微怔：“你难道不应该恨她吗？”

黎星辰疑惑地问：“为什么恨她？”

他竟然不知道该说些什么，大脑空白了几秒钟，喃喃道：“她打你骂你，对你不好……我知道你在学校里受欺负，都是因为你妈妈的缘故……”

陈瑾光那天去学校找黎星辰，看见她班里的男生将她的书包扔在地上，把她的书本踩得脏兮兮，还朝她吐唾沫。他们说她遗传了她妈妈的精神病，说这病会传染。

他气得要命，忍不住教训了那几个男生。

她漂亮懂事、聪明勤奋，不该过这样的人生……

黎星辰望着陈瑾光，漆黑的眸中倒映出他的脸，嗓音轻柔：“妈妈不是故意伤害我的。她生气的时候会失去理智，就好像梦游一样，不知道自己做过什么事情。她清醒过来也会后悔。妈妈已经这么可怜了，我怎么能抛弃她呢。如果连我都不要妈妈了，她该怎么办呢。”

陈瑾光的眼圈湿了，甚至有些哽咽：“可是我害怕……”

我害怕你哪天死在她手里……

这句话，他终究没有说出口……

黎星辰柔软的小手拉住陈瑾光的手，轻轻晃了晃，好像在撒娇：“瑾光哥哥，我知道你最好了，别担心我。”

顿了顿，她又轻声说：“谢谢你。”

她的双眸像天空最耀眼的星星，她的笑容洗净铅华。

陈瑾光多想保护她一生，他知道自己有这个能力。

然而等他回国，却物是人非。

尽管他有能力，却再也没有这个资格……

黎星辰打开电视，握着遥控器不断换台，怎么都不满意。

她回头看陈瑾光一眼，捂着肚子抱怨：“我们的外卖什么时候送来，我都要饿扁了！”

陈瑾光看看墙上的挂钟：“这才几分钟，飞过来也没这么快，你饿死算了。”

黎星辰哀怨地控诉：“残忍！”

陈瑾光翻个白眼：“戏精。”

但他嘴角却有忍不住的笑意。

他希望黎星辰快乐，希望她能拥有更多——那些应该属于她的东西。

陈瑾光在黎星辰身边坐下，看着明灭闪动的电视屏幕，但他的心却并不在屏幕上，他能闻到她头发上的香气，他的胳膊碰到她的身体，轻微的触碰，却有着小小的满足。

“对了，”黎星辰扭头看陈瑾光，“清航是谁？”

陈瑾光看到她猛然接近的脸，愣了愣，脸颊突然有些烫。他别开脸，口中重复她刚才说出的名字：“清航？”大脑突然短路。

“或许，”黎星辰柳眉微蹙，心中蓦然有种不安的预感，“他全名叫宋清航……”

陈瑾光想了想：“宋清妍好像有个弟弟，叫宋清航。”

“不是吧！”黎星辰差点跳起来，这事简直匪夷所思！

“我在宋家住的这段时间都没见过他，甚至没有听人提起过他！我把他误认成了姚知盈的男朋友，还跟他打招呼了。啊，我怎么会犯这么蠢的错！他一定怀疑我了……”

陈瑾光被她逗笑了：“我也是最近才查到的。宋云霆确实有个儿子，可是他很少对外提起，仅有的资料也是十几年前的。那时候宋云霆还没有如今的成就，关于他的新闻很少，而且各种通讯也不发达，能保留下来的资料就更少了。我会再帮你查查看。”

想起这件事，黎星辰就心烦意乱。她不喜欢这种无法掌控的感觉。

“哼，男人真是一种危险的动物！”她恨恨地总结道。

陈瑾光“扑哧”一声笑了：“我也是男人，你在我面前说这种话，合适吗？”

黎星辰立刻变脸，抓住陈瑾光的胳膊蹭了蹭，如乖巧猫咪一般：“宋清航怎么能和你相提并论呢。他是危险的动物，你是我聪明可爱的瑾光哥哥。”

陈瑾光笑望着她，揉了揉她蓬松清香的头发。

一瞬间，他以为自己仍然拥有她。

但她抬起的脸，却将他从幻想中拉回现实。

这是宋清妍的脸，不是黎星辰的。

这张脸很美，气质超凡脱俗，无论在何时何地都是非常耀眼的存在。但他怀念的是黎星辰的脸，那张明净秀丽的面孔。

她穿着丑丑的校服，提着书包，站在走廊里等他。她笑起来娇柔俏丽，清汤挂面般未经修饰的长发散落下来，迎着朝阳，像梦中童话，像每个人记忆里最美好的初恋。

第四节

虽然宋清航让黎星辰有些不愉快，但这只是一个小插曲，并不会太影响心情。

毕竟，她今天和肖景初接吻了。

想起这件事，黎星辰眼中突然有了亮光，整个人都沉浸在巨大幸福中。事情进展得如此顺利，这么快就接吻了，真是让人兴奋。

黎星辰脸颊微红，只是幻想就让她这么激动了。

陈瑾光觉得她不对劲，捏了捏她的耳朵："你耳朵怎么红了，不会真的饿出病了吧？"

黎星辰回过神来，推开陈瑾光："亏你还是医生呢，懂不懂常识，谁会饿得耳朵红。"

顿了顿，她又略微害羞地问："你说，肖景初和宋清妍上过床吗？"

陈瑾光不假思索："肯定上过啊，都谈婚论嫁了，不可能那么保守。"

这话黎星辰不爱听，瞪他一眼："他们交往还不到两个月，也许只是牵过手而已。"

陈瑾光笑了："你知道他们为什么突然交往吗？"

黎星辰一愣："为什么？"肖景初和宋清妍突然公开要订婚，大家这才知道原来他们在交往，之前一点儿苗头都没有。黎星辰不了解。恐怕在很多人眼中，这都是世纪疑案之一。

陈瑾光去书房拿出来一沓资料递给黎星辰："肖景初和宋清妍在同一天坐了同一航班去纽约，但他们并不是一起去的，座位也不在一起。肖景初是去看球赛，宋清妍则是去旅行。原本没有往来的两个人，下飞机时却抛下友人，有说有笑地同行。晚上还一起住进了曼哈顿区的多米尼克酒店。孤男寡女睡在同一间房里。没发生过关系，难道他们在彻夜谈人生？”

黎星辰翻看着资料，眼神渐渐冷下来，手不自觉地用力，压皱了白纸。

“你什么意思，难道你想说，肖景初和宋清妍的关系是从那夜才开始的吗？”

陈瑾光靠在沙发背上，瞥了一眼黎星辰，双眸深不见底：“不排除这个可能。”

黎星辰将资料丢在茶几上，脸上的笑容早已敛去，眸心仿佛覆盖寒霜：“这都什么年代了，这样也没必要结婚吧。要说是奉子成婚，你比谁都清楚，宋清妍根本没怀孕。”

陈瑾光笑道：“也许他们觉得彼此非常合适，打算闪婚。”

这种段子一点儿都不好笑，黎星辰生气地瞪了陈瑾光一眼，心情突然变得很差：“你别乱说！他们什么都没发生过！如果他们真的上床了，我跟他接吻的时候他就会怀疑了……”

陈瑾光突然打断她：“你们接吻了？”

“嗯……嗯？”

怎么气氛突然有些奇怪……

陈瑾光面无表情地看着黎星辰：“什么时候？”

黎星辰突然没了底气，声音变得很小：“刚才……”

陈瑾光没说话，睫毛垂下，投下阴影，黎星辰也不知道他在想些什么。

她想起今天的事情，还有些后怕，神色充满沮丧：“原来接吻的时候浑身都会僵硬。我的手不知道该摆在哪里，眼睛也忘记闭起来。你教了我那么多，怎么单单不教我接吻啊。”

陈瑾光嘴角勾起淡淡弧度，突然凑近她：“要学吗，我可以手把手教你。”

他的容颜在她眼前放大，灼热的气息像一张网将她禁锢在其中。

黎星辰心脏猛然一跳，往后避了避，摇头说道：“不用了，我已经学会了……”

陈瑾光挑眉："你学会了接吻，学会怎么跟他上床了吗？"

黎星辰表情一僵："你话题跳跃得太快了吧……"

陈瑾光盯着黎星辰的双眸，不依不饶："也许宋清妍的吻技和你一样生涩，也许那天晚上夜色漆黑他们又太动情，没有注意到太多细节，总之可能性很多。现在肖景初没有怀疑你，不代表以后不会。星星，你别忘了，你从来没谈过恋爱。"

黎星辰明白陈瑾光是什么意思，她越想越烦躁，恶狠狠地说："行了，别给我说这些，把我教坏了，你好坏！"

"坏？"陈瑾光怒极反笑，"是谁刚才说我是聪明可爱的瑾光哥哥？"

他站起来，遮住黎星辰眼前闪动的电视画面。

黎星辰吞了吞唾沫，不得不承认，陈瑾光有着一张颠倒众生的俊美面孔，就算他刚刚睡醒不修边幅，就算他只穿着睡衣拖鞋，依旧俊朗无比。

她别开脸，心跳竟快了几拍。

还好外卖很快送来，打断了两人之间微妙的气氛。

黎星辰在鸳鸯锅里放了料包，加上水，看着红色的牛油融化翻滚，眼睛里亮闪闪。

陈瑾光将所有食材摆好在桌上，毛肚、虾滑、牛肉卷……

满满一桌肉。

房间里很快便充斥了呛人的辣椒味。

陈瑾光皱了皱眉，他不擅长吃辣，只是很温柔地看着黎星辰大快朵颐。

黎星辰吃饭过程中，还不忘在另一边的三鲜锅里涮了肉，夹进陈瑾光的碗里。

陈瑾光低头，看到自己的碗里放满了涮好的肉。

她很体贴，很会照顾人，她会是个好妻子。

只是豪门生活没那么容易，她也会遇到很多坎坷……

黎星辰吃饱喝足，满意地摸了摸肚子。

幸福的时光总是很短暂，不知道她下一次放纵又要到什么时候了。

黎星辰柔柔地看了陈瑾光一眼，发自内心地说："瑾光哥哥，你真好。"

陈瑾光低头收拾桌子，没有理会她甜蜜的撒娇，痛心疾首地说："还剩下这么多，你太浪费了。星星，你以前不是这样的啊。我给你放冰箱里冻起来，下次过来吃。"

"陈瑾光，你要不要这么小气。"

黎星辰转身走到门口穿鞋，回头看他一眼，有些嗔怒，却依旧娇俏可人。

"我要回去了，下次见面不知道什么时候了，你自己吃吧。"

她离开以后，陈瑾光愣愣地坐在椅子上，看着桌上剩了大半的食物。

是啊，他们不知道什么时候才能再次见面，她害怕身份被揭穿，不许他找她，他只能等待她主动联系他。只要她想，她随时可以切断他们之间的羁绊。

陈瑾光嘴角勾起一抹笑容。

这种感觉真是绝望。

第三章 终将圆满的暗恋

第一节

宋清妍是在订婚宴前夕被绑架的，所以她还称不上是肖景初的未婚妻。

黎星辰当然想要以宋清妍的身份，正式与他订婚。

可是他一直都没有提过这件事，甚至有几天没有联系她。

或许是她太心急，她每天拿起手机千百遍，可是手机静悄悄，没有任何未接来电的记录，仿佛那天的吻，彼此之间情意绵绵的悸动，都是一场梦。

黎星辰心中焦躁，但她告诫自己一定要沉住气。

她不能太主动，若即若离总比黏人精要有吸引力。

她有很多事情要做，白天用学习来充实自己，晚上在自家健身房里跑跑步、练练瑜伽，也可以出去逛街购物，体验一下千金小姐的奢侈。她可以底气十足，让柜员取出最贵的名牌鞋包，不会有人轻视她。她可以步伐优雅地走在路上，享受着路人投来的羡慕眼光。

傍晚时分，宋家偌大的游泳池里碧波荡漾，水波映着晶莹剔透的蓝色灯光。

黎星辰穿着件黑色分体式泳衣，从水里冒出来，拢了拢湿透的长发。浸了水的泳衣料子光滑湿润如缎面，衬得她肌肤更加洁白，却不是病态的苍白，而是一种健康素净的肤色，清纯面孔透着性感。她沿着泳池边沿的梯子走上来，双腿修长笔直，小腹结实，没有半点赘肉。

放在椅子上的手机突然响了起来，屏幕上闪烁着肖景初的名字。

黎星辰伸过去的手，竟然有些微微颤抖。她特意等手机响了好一会儿，才接起来，轻轻柔柔地说："景初。"

还好，肖景初的语气是带着笑的：“清妍，干什么呢？”

黎星辰拿起浴巾轻轻擦了擦头发，看了一眼泳池：“没什么，躺在床上看看书。”

肖景初道：“你的生活习惯还真是健康，今天想约你吃夜宵，不知道你时间上方便吗？”

黎星辰心中一动，但她还是下意识地说了谎：“今天不想吃了，改天吧。”

肖景初疑惑地问：“晚上吃了什么？”

黎星辰想了想：“用人炖了甲鱼汤，味道不错，就是太油腻，喝了小半碗就饱了。”

肖景初道：“只喝汤？你不会又在减肥吧，不是答应过我会多吃东西吗。”

黎星辰甜甜一笑：“你想多了，我只是没有胃口，想着喝碗汤会舒服些。”

“怎么了，是不是哪里不舒服？”肖景初的声音突然变得紧张。此时他也发现了她说话时声音有些虚弱，好像在强打起精神。他们好几天没有联系，这几天如果她发生什么意外，他根本不知道。

黎星辰沉默着没有说话。

话筒里静悄悄，只能听到彼此轻轻的呼吸声。

肖景初立刻明白了，语气不容置疑：“你在家等着，我现在就过来。”

肖景初赶来的时候，黎星辰刚刚洗完澡。

她穿着印着粉嫩小樱桃的白色棉布睡衣，半干的长发披散在肩后，斜倚在墙上看他，笑容纯真，衣领微微敞开，露出玲珑精致的锁骨，浑身上下都透着一种干干净净的气质。

这般姿态，本就是一种不着痕迹的诱惑。

但看着她明亮通透的双眸，谁也不可能怀疑她有任何企图。

肖景初看到她脸色有些苍白，忍不住担忧：“清妍，你气色怎么这么差。”

黎星辰一惊，转身朝房间走去，神色慌张：“真的吗，我现在去化妆。”

肖景初连忙拉住她的手，气得笑出声：“你都病了还化什么妆！”

黎星辰仰头看他，虽然不施粉黛，双眸却明澈惹人心疼。其实她只是在嘴唇上涂了淡淡一层遮瑕，掩饰住原本红润的唇色，显得气色不佳。直男当然不懂，还以为她病了。

肖景初察觉到她小手冰凉，皱起眉：“哪里难受吗？我现在带你去医院！”

他的语气不容拒绝，直接从衣架上拿起她的外衣递过去。黎星辰伸手接过衣服放在一边，笑着摇了摇头，声音娇柔又甜美：“真的没事啦，下午偷吃了几个冷掉的煎饺，胃就抗议了。在床上休息了一会儿，现在已经好多了，如果一会儿又难受，再去医院也不迟。”

她说起话来甜得好似在撒娇，却又没有半分刻意，肖景初只觉得心湖里落下三月春雨，嫩芽破土而出，盛满了金灿灿的阳光。他又问了几句，看她坚持，也就没有逼她，心想她大概是害怕到了医院要打针吃药吧。

他像对待病人似的，扶着她走进卧室，让她坐在厚软的大床上。

肖景初没有多想，当然也不知道黎星辰现在满脑子都是坏水。

她不想再等了，夜长梦多，万一遇到意外，身份被拆穿怎么办？还不如生米煮成熟饭。她会用最自然的手段，最清纯的模样，引诱肖景初主动走出那一步。

“你来找我会不会耽误你的正事，我看你这几天好像很忙。”黎星辰望着他，小心翼翼的语气，竟让肖景初有些心疼。

“是有些忙，但只要你有事，我会第一时间赶来。”

黎星辰莞尔一笑，双眸弯成皎洁月牙：“我知道你工作重要，我不想打扰你。”

“傻瓜。”肖景初揉揉她的头发，眼中有着宠溺的笑意，“女朋友的事，怎么能叫打扰呢。以后发生任何事情，你都要第一时间想到我。不然我会生气的。”

黎星辰羞涩地点点头，她靠在柔软的靠垫上，打了个哈欠，面露疲愈。

肖景初说："累了就睡吧，休息好身体才容易康复。"

"不要。"黎星辰固执地摇头，"你好不容易来一次，我想和你多待一会儿。"

肖景初坐在旁边的椅子上，安静地望着她："我以后会经常来。"

"那也不要。"黎星辰眨巴着如水的大眼睛，"让我任性一次，好吗？"

肖景初叹口气，有时候觉得她很懂事，有时候又觉得她让人疼惜："等你睡了我再回去。"

黎星辰脸上露出满足的笑容，将枕头旁边的毛绒小熊抱在怀里："景初，你真好。"顿了顿，她低头抚摸小熊柔软的棕色耳朵，语气充满落寞，"说实话，我没有想到你会来找我，我不想打扰你的工作。我知道你很忙，就像爸爸妈妈一样，他们又出国了，留我一个人在家。"

她抬头看他，双眸闪动如粼粼湖水："经过那件事以后，我变得很胆小，晚上不敢出门，就算有保镖跟着我也不敢放心。白天走在街上也会习惯性地不断回头，看看有没有人跟踪我。简直就是被害妄想症。"

她说着，自嘲地笑了笑，笑容很美，却楚楚可怜。

肖景初忍不住握住她的手，发现她冰凉的手指竟然在微微颤抖。

这是她第一次在他面前主动提起那件事，可想而知她心中负担有多重。

他沉默片刻，试探着问："绑架你的到底是什么人，你知道吗？"

黎星辰突然握紧了他的手，脸色似乎更白了。

肖景初连忙道歉："对不起，我不该问的，你不想说没关系……"

黎星辰却突然开口："我也不知道他们是谁，我突然被打昏，醒来的时候自己手脚被绑着，血流进眼睛里让我什么都看不清，泥土全都落在我脸上。我喘不过气来，我拼命挣扎，却哭不出声，眼睁睁看着自己被活埋，你知道那种感觉有多绝望吗……"她的呼吸变得急促，像是想起了什么可怕的事情，身体抖得更厉害了。

房间里灯光明亮，黎星辰一瞬间却好像看见黑夜。

第二节

那个电闪雷鸣的雨夜，她躲在暗处，看着宋清妍被人扔进土坑。宋清妍好像死了，一动不动，染血的白裙子残破不堪。有个男人背对着黎星辰，抄起铲子往坑里填土……

黎星辰紧紧抿着唇，眼中一瞬间流露出的害怕，并非演戏。

肖景初震惊到说不出话来，这样一个柔弱的少女，竟然经历了那般残酷的事件。

她好不容易回来了，将一切都深埋在心中，用花一般的笑容掩饰内心深深的恐惧。

她怎么做到的……

坚强得让他心疼。

"我快死的时候，有人把我挖了出来。那天下着大雨，很吵，我听不清他们在争执些什么，可能是因为他们不能保证撕票以后能顺利拿到赎金，还想留我一条命吧。"

黎星辰真话假话混着说，显得更加真实。

确实有人将濒死的宋清妍挖了出来，那个人就是黎星辰本人。

她清晰地记得当晚的情形，她强忍心中恐惧，将土坑填好，拖着宋清妍在泥地里走了很久很久，她很怕有人会追来，怕她自己也成为陪葬品。夜色像兽一般吞噬着她，那种恐惧无法言说。

"后来他们将我关在一间狭窄的房子里，四面都是墙，没有窗户，也没有灯。我真的不知道他们是谁，我不知道他们为什么要杀我，我根本没见过他们的脸……"

她咬唇望着他，眼中的水光晶莹剔透，触痛了他的心。

肖景初伸手将黎星辰抱在怀里。

他抱得很紧，久久没有说话。

她的眼泪流下来，滴落在他脖子上，火一般灼热。

肖景初轻轻拍着她的后背，她身材纤瘦娇柔，真怕不小心会勒疼了她。他放轻手中的力道，连带着声音也变得轻柔无比，像羽毛落在水面上："也许是些谋财害命的亡命之徒做的，也许是熟人……宋叔叔是阳城首富，盯上他的人不少……”

过了很久，她喉间溢出一声略带沙哑的“嗯”。

肖景初轻声说：“别怕，一切都过去了，以后我会保护你。”

黎星辰泪眼蒙眬地望着他：“保护一辈子吗？”

肖景初点点头，坚定地说：“嗯，一辈子。”

黎星辰破涕为笑。肖景初捧住她的脸，帮她拭去眼角的泪珠，他好看的面孔离她那么近，近得她可以清晰地感觉到他呼吸时的温热气息。她皱了皱挺秀的小鼻子，眼里全都是他的影子：“景初，认识你真好。只要你陪在我身边，我就不会再做噩梦了。”

黎星辰的嗓音里有着软软的鼻音，所有的悲伤，所有的痛苦，好像因为肖景初的存在全都被抹去了，但肖景初还是敏锐地察觉到她话中的重点：“你还会做噩梦吗，怎么不告诉我？”他的语气中有着不易察觉的责怪。

黎星辰连忙解释：“没什么，陈医生说我这是正常反应，过几个月就好了。”

她的话一点儿都没安慰到他，想想这几天为了工作上的事情忙得忽略了她，他心中的愧疚更深。其实他也期待她能主动来联系他，当他从繁重的工作中抽身打开手机，看到未接来电里没有她的号码，心中竟会有些失落。他并不喜欢黏人的女孩子，可当她真的这样做了，给他足够的空间时，他却觉得她乖巧听话得令人心疼，反而希望她能黏他一些。

真是矛盾。

他以前不会这样的。

不知道从什么时候开始，她慢慢改变了他。

肖景初抚摸黎星辰的脸颊，心疼地说：“清妍，今晚我陪着你。”

黎星辰垂下双眸，脸竟然红了，漆黑卷翘的睫毛在灯光下轻颤，眼睑被洒下了淡淡的阴影。

肖景初突然意识到不对劲，连忙说：“我没有别的意思，我就是想守在你身边。”

怎么搞的，他的脸居然也有些发烫，明明是句很正常的话，在气氛衬托下，却让他觉得好羞耻，好像他有什么企图似的。开玩笑，他怎么可能有企图！这不是乘人之危吗！

肖景初越想越懊恼，心中波澜起伏。

看到肖景初面红耳赤的模样，黎星辰忍不住笑了。

她从来没见过他这个样子，竟然很可爱呢。是不是她太喜欢肖景初了，不管他什么样子，她都觉得甜蜜得要化了。

黎星辰弯起皎洁纯真的双眸，将下巴抵在肖景初的肩膀上，温软的嘴唇碰到他的耳朵："景初，我爱你。"

说完，她又羞涩地笑了，贝壳般的牙齿轻轻咬了咬他的耳朵。

不疼，痒痒的。

肖景初脑中顿时炸了，滚烫的血好似一股脑涌到了头顶。

黎星辰双手捧住肖景初的脸，他的面孔离她那么近。

她向来模样清纯，此时脸颊泛着云霞般的红晕，竟有几分少见的诱惑。

她凑近他，柔软的嘴唇轻轻碰了碰他的嘴巴，这动作甚至连吻都算不上，却实实在在地撩拨了他的心。

他再也忍不住，深深地吻上了她。

比任何一次都激烈的吻，深情刻骨。

对她的爱怜，对她的疼惜，从心里蔓延出来，波涛汹涌。

黎星辰的手穿过肖景初的臂弯，滑入他的后腰，她的手指轻软，呼吸声低柔诱人。

多年求而不得的暗恋，终于就要圆满。

黎星辰想起过往自己的追逐：路过他教室时慢下脚步，小心翼翼地用余光偷看他；想起自己努力学习，只为了红榜上自己的名字在他名字上面，期待自己的名字被他记得；想起自己拼命打工赚到钱，在圣诞节买件小礼物塞进他堆了满满礼物的书桌；想起自己站在球场边紧张地握紧双拳，看他打球时潇洒的身影，却连一瓶矿泉水都不敢递给他……

他是她只敢仰视，不敢奢望的天边明月。

他伴随了她整个青春……

可是，完美的王子不可能爱上灰姑娘。

他选择的是宋清妍，真正的公主……

不知不觉中，两人倒在了床上，黎星辰的长发散落如瀑布，脸颊有着迷离的红霞，她眯着眼看他，宛如不知所措的害羞少女，但她眼中对他的爱却是真实的，伪装不来的。这副样子实在太撩人，肖景初慢慢吻下去。他的唇轻轻柔柔，触碰到她纤美的锁骨，他伸手一颗颗解开她睡衣的纽扣。

谁会在这样的情形下还保持理智?

肖景初不是神，他没有那么理性。

或许是从今天开始，他才意识到自己对宋清妍的感情比他想的更浓烈，在她用那双小鹿般纯真的眸子凝望他的时候，他向来冷静的心突然被融化了，像熔岩蛋糕被切开的那一瞬间，满溢出醇厚香浓的巧克力酱。

黎星辰以为自己的初夜就要在今天交给肖景初，她内心是欢喜的，安静的卧室里，她几乎能听见自己心跳的声音。可是闭上眼睛，耳朵里总是回响陈瑾光的声音："你们上了床你还能瞒下去吗？星星，你别忘了，你从来没谈过恋爱。"

从来没谈过恋爱……

这句话真是令人扫兴。

黎星辰心烦意乱，自己都没注意到她的身体渐渐变得僵硬。

她太想得到肖景初，甚至有些急切冲动，失去了惯有的冷静。

她没有恋爱过，身体自然是清白的，如果今天她和肖景初发生了什么，他很容易便会怀疑她的身份。之前她不愿意去想将来会发生什么，或许是她不敢想。但越在乎就越害怕失去，她踩在阴谋的刀尖上，每一步都鲜血淋漓，绝不能出半点错。

黎星辰突然冷静下来。

肖景初应该是喜欢宋清妍的。

可是喜欢这东西多么短暂，喜欢的时候可以很喜欢，不喜欢时也能瞬间绝情。

他忙工作的时候完全切断了他们之间的联系，想来还是不够在乎她吧，毕竟他和宋清妍交往时间短暂，两个月的感情能有多深？黎星辰相信她会走进肖景初的心里，可是在他对她的感情还没有彻底稳固下来之前，她不应该太冒险，她输不起……

黎星辰心中千头万绪，她猛然推开肖景初。

肖景初疑惑地看着身下衣衫不整的女子。

她嘴唇红肿，眸中水光闪烁，带着慌乱和害怕。

他突然清醒过来，连忙松开她，退后几步，眼中是巨大的愧疚："对不起，清妍，我不应该……"

黎星辰坐起身，用被子遮住自己的身体，低下头，肩膀微微颤抖。

肖景初不知道她是不是在哭，想走过去安慰她，却迟疑着没敢接近。

他怎么能做出这种事呢，明知道她身体不舒服，还要趁她脆弱的时候……

肖景初连想一下都觉得脸红，暗骂自己是禽兽。从头到尾，他都没有想到这是黎星辰设下的局，他沉浸在懊恼中，实在没脸面对她纯真的双眸，他也不知道怎么想的，说了一句："我看我还是走吧……"

黎星辰脱口而出："你别走，我只是今天不舒服……"她声音很小，说完，咬着嘴唇偷看了他一眼，眼中有担忧和不安。

肖景初竟然无言以对……

他真不是这个意思，怎么越描越黑了……

"我当然知道，我不是在怨你，我是怕我会忍不住对你做些什么……"他走近她，站在床边低头望着她，额前碎发散落下来，双眸深如潭水。

黎星辰眼中掠过小小的欣慰，轻声问："你真的不怪我吗？"

肖景初苦笑："我怪你干什么……"他该怪的是他自己。

黎星辰伸出手来，手心朝上，雪白的手心散落着朦胧灯光。

肖景初伸手牵住她的手，看到她脸上露出满足的笑容。

纯真美丽，像出尘不染的莲花。

这个晚上，他陪在她身边，什么都没有做，只是握着她的手，凝望她温婉宁静的睡颜。

第三节

黎星辰也不知道自己什么时候睡着了，醒来时肖景初已经不在房间里。

终于平安度过了一夜，她心中有庆幸，也有一点点失落。

她低头看了看自己的手，回味着他牵着她手时的感觉。

过了很久，她才如梦初醒，下床洗漱。

用人看到她说：“小姐，肖先生让我煮了清淡的粥，你等下过来吃。”

黎星辰心中漫出甜蜜，像那银河里璀璨的星光，一点一点照亮漆黑的夜幕。

肖景初是不是越来越喜欢她了呢……

哪怕每天只有一点，水滴石穿，点滴也能汇聚成大海。

这么想来，黎星辰心中充满了希望，开开心心地吃过早饭，换身衣服赴约。

姚知盈约了她一起喝咖啡，她知道她们是闺蜜，理应经常相聚，如果她总是找借口推托，姚知盈会怀疑的。在宋家这些天，黎星辰已经越发入戏，相信自己不会露馅。

只是她实在不太喜欢所谓的闺蜜聚会，姚知盈非要带着小男友。

这个轩辕傲天就没有自己的事情吗？天天黏着女朋友，越看越像小白脸。

黎星辰一边腹诽，一边微笑着对轩辕傲天打招呼：“我是叫你轩辕还是傲天呢？”

“你可以和盈盈一样叫我傲天，同学们都这样叫我。”轩辕傲天依旧如初见时一样，化着精致的妆容，使得这张帅气的脸略显油腻，但他年龄不大，五官仍有几分稚气，笑起来带着一点羞涩，看上去像个还未步入社会的大学生。

“你还在上学呀，那你比盈盈小哦。”黎星辰正说着，腰上被姚知盈暗暗捏了一把，她临时改口，“你们真是好配，现在最流行姐弟恋了，像偶像剧一样唯美。呵呵……”

姚知盈的脸色缓和下来，满意地拍拍黎星辰的大腿。

轩辕傲天倒是很会说话，越过桌子牵住姚知盈的手，深情款款地望着她："在我心里，盈盈就像妹妹，有时候会任性，有时候也会发脾气，需要我好好哄着。但是我愿意哄她，谁让她是我的女人呢，我就愿意惯着她！"

姚知盈的脸颊微红，握紧了男友的手，两人相视一笑，彼此充满爱意。

黎星辰好奇地问："你的名字真特别，是爸妈起的吗？"

轩辕傲天点头，自信满满："我爸爸姓轩辕。呵呵，是不是很梦幻？"

"嗯……"黎星辰努力让自己笑得自然，"好霸气的名字，让人过目难忘。"

姚知盈给黎星辰耳朵里塞了一只耳机，激动地说："清妍，你听听，这是傲天唱的歌。"

耳机里传出了音乐声，客观来讲，词曲还不错，但歌声中规中矩，没什么亮点。

"我找了著名词曲人为他量身定做的歌。怎么样，傲天是不是很有出道歌手的潜力？"姚知盈用期待的目光看着黎星辰，等待她的赞美。

黎星辰当然不会辜负她的期待，摘下耳机假笑："真好听。他出专辑我一定会买的！"

姚知盈惊喜极了："太棒了，我就知道，他那么有才华，不应该被埋没！"

才华？哪里看出来的？词曲又不是他创作的！黎星辰迎着姚知盈闪亮的眸子，语气真诚动人："盈盈，傲天能有你这样善解人意的女朋友，运气实在太好了。他一定不能辜负你，如果他敢对你不好，我可不会轻饶他！"

姚知盈掩唇轻笑："放心吧，他不敢的。"

黎星辰笑着附和："也对，他那么爱你。疼你还来不及呢。"她的话让姚知盈和轩辕傲天都很高兴，愉悦的气氛，充满爱情的甜蜜。

他们点了甜品和饮料，在环境雅致的咖啡厅里闲聊。

轩辕傲天一直都很照顾姚知盈，时不时用金色小勺舀起一小块法式蛋糕，递到她唇边，等她吃下蛋糕，他拿起纸巾为她擦嘴，就像照顾植物人一般细心体贴。

黎星辰有点尴尬，不敢想象肖景初为她做同样的事情。

还好姚知盈的心在男友身上，没有问出什么让黎星辰难以招架的话来，有时候黎星辰不知道如何回答，随便敷衍过去，姚知盈也没在意，简直就是沉浸在爱河中智商为零的傻女人。

不知不觉便快到中午了，他们准备换个地方去吃饭。姚知盈塞给男友一张信用卡，若无其事地撩了撩头发，举手投足间风情万种：“你先去结账，我和清妍要说些悄悄话。”

轩辕傲天看了黎星辰一眼，没有接信用卡：“我有钱。”

姚知盈娇嗔道：“我知道你有，我这不是刚好掏出来了嘛。”

见他仍然没接，姚知盈假装伤心：“我们之间还要分彼此吗？”

他叹口气，颇为无奈地将信用卡握在手里，那神色好像是受人胁迫。

黎星辰低头拨弄着杯子里的吸管，怕对方尴尬，她什么都没说。

她做过调查，一直以为姚知盈是个受人追捧、清高冷傲的千金大小姐，没想到陷入爱情的她这么单纯，处处为男友着想。是不是豪门名媛谈恋爱都这么随性？

第四节

等到轩辕傲天走远，黎星辰忍不住开口：“我还以为你会挑个门当户对的富二代谈恋爱。”

姚知盈连忙为男友说话：“傲天和一般人不一样，他真的很好！”

“哪里好？”

“我生理期的时候，他会帮我去超市买卫生棉，他可是男生哎，以前根本没做过这种事。他还帮我煮红糖水。我不许他玩游戏，他就不玩。我们交往一个月的那天，他用一晚上做了个相册，里面是我们所有的合影，他把我拍得很漂亮。晚上他还给我洗脚，弄得我都快哭了。交往两个月那天，我都忘记了，可他却没忘记，给我编了个戒指。”

编的戒指？

姚知盈好像看出黎星辰在想什么，连忙说：“虽然不值钱，但这都是他的心意！”

“其实想想，他也没付出什么……”

“怎么可能没付出，他付出了很多感情呀！”

“盈盈，那些追你的男人哪个对你不好？是你自己有钱，不稀罕他们送的钻石豪宅。轩辕傲天送不起贵重的礼物，送个草戒指，你就高兴得不得了，谁还送不起呢。”

可能是她眼里的不屑太明显，姚知盈有点不高兴，加重语气：“他付出了青春和时间。”

黎星辰笑了：“对于有钱人来说，时间很值钱。但对于穷人来说，时间一文不值。”

姚知盈咬住嘴唇，竟然无法反驳。良久，她闷闷地说：“清妍，你什么时候变得这么现实？”

黎星辰愣了一下，自知失言，她不想惹姚知盈生气，更不想引起姚知盈的怀疑。

“盈盈，我也是随口说说，你别放在心上，看到你能幸福，我真的很高兴。”

姚知盈大大咧咧，心里不记仇，听她这样说又高兴起来。

黎星辰问：“不过，你们是怎么认识的？”

轩辕傲天那样的男生，去哪里才能遇到姚知盈这种顶级的白富美？

黎星辰真的很好奇。

姚知盈说：“我们是打游戏认识的。那段时间你不理我，他游戏玩得很好，也很照顾我。”

那当然。姚知盈的账号全是顶级装备，牛气哄哄的人民币玩家，轩辕傲天怎么可能看不出？

“后来我们就见面了，一起吃饭看电影，相见恨晚，舍不得分开，晚上又在咖啡店里坐了很久很久，他说宿舍门关了，回不去了，后来没办法，我就带他去了酒店。他说让我睡在床上，他睡在地上就行了。清妍，你说现在怎么会有这么好的男人啊，我立刻就被打动了！”姚知盈激动地扯了扯黎星辰的胳膊。

可黎星辰听了一点都不感动：“那为什么不开两间房？”

姚知盈轻声说：“他说不愿意花我太多钱。”

“什么？”黎星辰再次惊讶，“开房的钱也是你出的？”

“他说钱包丢了。”

“这么巧？”

“可能在公交车上被小偷摸走了。”

“你居然陪他坐公交车？”

“嗯，他说自己的车坏了。”

“不会一整天的花销都是你出的吧……”

“清妍，你的关注点怎么总是这么奇怪……”

“不好意思……”

“反正没有多少钱，他陪了我一整天，让我很开心，花的钱还没有我平时买双鞋多呢。”

对于姚知盈来说，那点钱真的不算什么，她从小到大最不缺的就是钱。但黎星辰是穷过的，她和姚知盈生活阅历不同，看事物的角度不同，想的东西也不同。她觉得这种交往模式根本就不正常，但姚知盈还没察觉。

黎星辰想了想，最终还是没有多说什么，她不想多管闲事。她只是轻声提醒了一句：“你也别对他太好了，小心他不珍惜。”

姚知盈并不当回事，娇柔地笑道：“我以前也有这种担忧，但是傲天真的不是一般的男人，就算我们已经在一起了，他还是像以前一样对我很好，他说他喜欢我，越来越离不开我了呢。”

“是吗……”黎星辰一愣。

姚知盈用力点头，脸颊透着淡淡粉红，让她看起来妩媚动人。

黎星辰忍不住想起昨晚和肖景初热吻，暧昧缠绵的画面涌入脑中。

她突然面红耳赤。

“清妍，你眼睛里怎么有血丝，昨晚没睡好吧？”

黎星辰心里很乱，心不在焉地点了点头：“昨天不舒服，后半夜才睡着。”

姚知盈嘲笑道：“少来了，肯定是肖景初！”

黎星辰表情一僵：“怎么可能……”

姚知盈眼中充满怀疑：“我不信，你这么久才回来，他能放过你？”

黎星辰的耳朵发烫，小声说：“他工作太忙，我们见面的机会不是很多……”

姚知盈笑道：“你也不要太矜持了，该主动的时候要主动。男人嘛，你得时不时给他点甜头，拴住他。肖景初那样的钻石王老五，多少女人扑上去，你可要抓牢哪。”

黎星辰低头用吸管搅动玻璃杯中的花瓣，没有说话。

她哪里是不想主动？

谁能告诉她一个完美的解决方法啊！

还好轩辕傲天及时回来，姚知盈才没机会继续这个话题。她仰头看他，半是抱怨半是撒娇地问：“怎么那么久啊？”

他充满歉意地说：“刚才看到门外有你喜欢的冰激凌甜筒。喏，你喜欢吃的抹茶味。”

他手里拿着两个绿色的甜筒，一看就很便宜，当然也不会很好吃。

但姚知盈很吃这一套，幸福地接过甜筒，小女人的模样与她艳丽的外表真是极不符合。

轩辕傲天又俯身将另一个甜筒递给黎星辰。

听完姚知盈的话，黎星辰已经不喜欢轩辕傲天这个人了。

不，她从一开始就不喜欢。

他结完账第一件事应该是把信用卡还给姚知盈，买什么甜筒啊？明明刚才已经吃过更贵更好吃的冰激凌，非要多此一举。两只手都被甜筒占满了，信用卡被他放进口袋了吧。

心机！

黎星辰没有伸手去接，甜甜地笑道：“不好意思，我吃抹茶会失眠。”

轩辕傲天眼中掠过一丝失落，黎星辰又柔声补了句：“你真贴心，谢谢你。”

他心口猛地一跳，望着她笑靥如花的面孔，一时竟有些发呆。

姚知盈很漂亮，她的闺蜜宋清妍同样很美，两个人是截然不同的气质。别人说话时她会认真聆听，脸上始终挂着真诚的笑容，看起来修养极佳。她说话时也很会替人着想，声音甜滋滋的，比冰激凌还要甜美诱人，跟她相处真是一件令人愉悦的事情。

轩辕傲天竟有些脸红，坐在那里将手中的甜筒塞进嘴里。

姚知盈看他面目狰狞的模样，哈哈大笑：“你傻啊，怎么咬了那么大一口，不冰吗？”

轩辕傲天牙齿疼得发颤，半天没说出话来。

第四章 你连我都想利用？

○○◐◐●

第一节

陈瑾光以为黎星辰会沉浸在爱情中，以为她又会消失很久。

所以他打开门看到她的时候，脸上满满的都是惊讶。

黎星辰径直走进他的客厅，摘下帽子和墨镜丢在桌上，坐在沙发上跷起二郎腿："干吗一副见到鬼的样子，难道你藏了情人害怕被我看到？放松点儿，我这人很开明的。"

"就算有情人我也不敢带回家，看见你大摇大摆走进来还得了，肯定要跟我哭闹撕扯。到时候你们打得死去活来，我到底该拉哪个呢？"陈瑾光故做沉思。

黎星辰白他一眼："醒醒，不要做梦了。"

陈瑾光看了看客厅的挂钟，现在已经晚上九点了，黎星辰为什么会来，饭点儿都过了呀。

他谨慎地说："冰箱里的剩菜已经被我吃完了。你要想吃，我重新给你订外卖。"

黎星辰"扑哧"一声笑出声来："我来找你只是为了吃吗？"

陈瑾光摸摸后脑勺，一头雾水："难道不是吗？"

黎星辰笑了笑，并没有解释自己的意图："有饮料吗？我口渴了。"

陈瑾光眼睛一亮："冰箱里有啤酒，咱们今晚把酒言欢，不醉不归！"

黎星辰补了一句："不要酒精，谢谢。"

陈瑾光此时已经站在冰箱旁，他当然没打算真的给她喝酒。咖啡和茶会让她失眠，陈瑾光想了想，取出一盒牛奶，又怕太冰对她的肠胃不好，特意去厨房煮热，才端来给她。

黎星辰接过牛奶，甜甜笑道："瑾光哥哥，你真好。"

她的笑容纯真美丽，但陈瑾光却不太相信："一杯牛奶而已，你就感动了？"他皱眉想了想，突然大惊，"无事献殷勤，我总觉得有种不祥的预感。"

黎星辰手扶额头："你戏真多，我们是那么多年的好朋友，你居然怀疑我。伤心。"

"是吗……"陈瑾光狐疑地盯着黎星辰。

她眨了眨明净的眼睛，努力想要挤出一点并不存在的眼泪。虽然很假，但她姿色绝美，白净肌肤在灯光下蒙着淡淡柔光，如无暇白玉。

陈瑾光的心跳突然慢了半拍，他的双眸闪了闪，最终决定不再追究："算了……"

黎星辰坐在沙发上，低头捧着双层隔热的牛奶杯，久久没有说话。

她一定有心事！

陈瑾光在黎星辰身边坐下，扭头看着她。她似乎在纠结着什么，眉心皱起，手指紧张地抓着衬衣的衣摆，光滑洁白的脸颊浮起不自然的红晕。

陈瑾光忍不住开口："星星，老实说吧，你来找我到底有什么事。"

黎星辰声音很轻："我就是想问你，有没有一种药……"

陈瑾光一头雾水："什么药？"

黎星辰揉搓着衣摆，扭扭捏捏好半天，终于鼓起勇气，小心翼翼地瞥他一眼："我在网上看见有办法让女人伪装成未经人事的样子……那你说有没有一种药，可以假装成有过经验……"

黎星辰不太好意思对陈瑾光说这种话，她在心里酝酿好半天才隐晦地说出口。陈瑾光一听就明白了，他又好气又好笑，这丫头整天胡思乱想些什么！他断然道："这种药我是没听说过，你要有兴趣，可以自己研发，不过我估计不会有市场。"

黎星辰的幻想被陈瑾光残忍打碎了，她心中突然烦躁起来："什么天才医生嘛，还以为你懂得很多呢。"

“我是懂很多，但这种东西真的没有，好吗！”

“唉，人类的想象力真是太贫乏了。”

陈瑾光能说什么？

他懒得理她，站起身准备去喝杯水压压惊，突然听到身后传来“哎呀”一声。

陈瑾光猛地回头，看到黎星辰不小心打翻了牛奶，惊慌失措地坐在那里。她崭新的衬衣上全都是奶渍，一串串滴落下来，连她的蓝裙子上都是。

“烫到了吗！”陈瑾光吓了一跳，连忙从纸巾盒里抽出一沓纸巾，帮她擦拭衣服上的奶渍。

黎星辰好像被吓到了，僵坐在那里，颤声说：“没、没事……”

陈瑾光愣了愣，突然发现他拿着纸巾的手，竟然已经在她胸前擦了好几下。

怪不得手感这么好，绵软又富有弹性……

陈瑾光突然回过神来，像是触电一般，迅速后退几步，大腿撞到沙发扶手差点跌倒。

“我不是故意的……我真没注意……我是怕烫到你……”

他结巴什么啊！

陈瑾光恨不得咬断自己的舌头。

“我……你……你等着，我去给你买新衣服……”

陈瑾光急于逃离“作案”现场，没想到黎星辰拉住了他。

她脸色羞红，双眸夜星般闪烁，但她仍旧善解人意如往昔。

“天都黑了，商场也下班了。明天再买吧。”

“明天？”陈瑾光怔了怔，“明天，你还在吗……”

“在啊。衣服脏了，我没办法出门。在这里住一晚也没什么。”

黎星辰站起身，低头看了看胸前的污脏，皱起弯弯柳眉。

“我真是笨手笨脚。”

“你知道就好。”

“都怪你，说话太恶毒，气得我没拿稳牛奶。”

“我？”陈瑾光脸上是大写的无奈，但他知道跟女人没法讲道理。

他无力地瘫坐在沙发上，一副生无可恋的表情，“你开心就好……”

黎星辰转身走向浴室的方向：“我先去洗个澡，桌子你收拾一下。”

她走进浴室，轻轻关上了门。

浴室里静了静，一会儿传来水声哗哗的声音。

陈瑾光望向亮灯的浴室，突然想起刚才黎星辰通红的脸庞。

她的衣服湿了，紧贴着肌肤上，显出她玲珑有致的曲线……

她的脸像苹果般诱人，说话时声线在紧张地战栗，模样清纯，却莫名令人心动……

想到这些，陈瑾光的心脏突然“咚咚咚”猛烈跳动起来，击打着他的胸膛。

陈瑾光低下头，看到桌上的杯子里还残留着小半杯牛奶。

他拿起杯子，轻轻抿了一口。

牛奶已经凉了，可他却觉得，冰凉的杯壁上，还留有她的气息。

淡淡幽甜……

也不知道过了多久，浴室的门突然被推开。

陈瑾光正在喝水，下意识地抬起头，看到黎星辰站在浴室门口望着他。

她赤足踩在地上，身上裹着纯白色的浴巾，湿透的长发披散下来，娇美的脸颊被热气氤氲出迷离的红晕。她有些瘦，裸露出的地方没有半点赘肉，脖子如天鹅般优雅，玉色肩膀闪耀着朝露般的光泽，晶莹水珠从她修长笔直的双腿滑落下去……

像天使，却比天使更魅惑。

第二节

陈瑾光一口水差点喷出来：“咳……咳咳咳……”

黎星辰望着被呛得半死的陈瑾光，一脸的疑惑：“你怎么了？”

陈瑾光别过脸，耳朵通红，强忍住咳嗽：“没、没什么……”

黎星辰也没在意，左顾右盼，自言自语：“吹风机在哪儿？”

陈瑾光说：“不就在浴室里吗？”

“是吗，我怎么没看见。你过来帮我找。”

陈瑾光眼神闪躲，不敢直视黎星辰的眼睛：“不……不太方便吧……”

他很想假装镇定，又不是没见过女人，脸红什么啊！

可是陈瑾光脑中不断浮现出黎星辰从浴室里走出来的画面。

她眼神迷蒙，潮湿的黑色长发散落在肩头，衬得她肌肤如雪，完美无瑕……

她就像森林中迷路的小兔，撩人心弦，而她却不自知……

陈瑾光突然觉得口干舌燥。

黎星辰朝他走来，站在他面前看他，泉水般澄澈的眸子充满疑惑。

她离他那么近，发间香气沁入他的呼吸。

那是他柠檬味的洗发水，为什么在黎星辰的头发上这么好闻呢？

她白润的肌肤好似喝饱了水，晶莹剔透，身上带着一种少女特有的香甜。

陈瑾光喉头滚动，心脏跳动得太猛烈，几乎遮住了耳边一切声音。

黎星辰盯着他涨红的脸，好半天，突然明白过来，“扑哧”一声笑了：“你在害羞吗？”

“谁会对你这婴儿身材害羞，呵呵……呵呵呵……”

“喂，过分了吧！婴儿身材是什么？”

“就是发育缓慢，裹个浴巾都看不到沟。”

“哦？你刚才仔细观察过？”

陈瑾光无语。

这丫头牙尖嘴利，他有时候还真说不过她。

黎星辰笑道：“脸红什么呀。我把你当兄弟，不会对你做什么的。”

陈瑾光心想：这话不是应该他说吗？

她继续说：“你也应该摆正心态，我们是兄弟啊！”

好像有点道理哈……

陈瑾光蒙了一会儿，突然意识到，她这不是颠倒黑白吗？谁跟她是兄弟啊！她不管从外表还是生理构造都是个女的，而他不管心理还是生理都是铁打的直男！

陈瑾光小心翼翼从黎星辰面前避开，生怕不小心会碰到她的身体。

他快步走进浴室，不经意往镜子里看了一眼。

他的脸怎么会这么红？也太明显了吧！演关公都不用化妆！

陈瑾光吓了一跳，他伸手从显眼的地方取下吹风机，递给黎星辰。

“这么大的吹风机你都看不见，你该看眼科了。”陈瑾光眼神不自然地漂移，用冷漠毒舌来掩饰他的害羞。

黎星辰眨巴眼睛，软软甜甜地说：“瑾光哥哥，谢谢你。”

她的声音和宋清妍有几分相似，在肖景初面前时她会刻意伪装声音，能将宋清妍模仿得惟妙惟肖。但在陈瑾光前面，她没有任何伪装，她的声音甜软清澈，带着若有似无的诱惑。

陈瑾光愣了愣：“这么客气干什么……”

黎星辰站在镜子前，将插头插进墙上的插座。她一手拿着吹风机，一手撩着头发，滴水的发梢从陈瑾光胸前掠过。

那冰凉的触感，像一根羽毛撩拨着陈瑾光的心。

他微微有些走神，望着镜中的黎星辰，她的脸也泛着红晕，那是极为好看的粉红色，像四月繁盛的樱花。她若无其事地说：“我的浴巾有点松，你帮我裹紧，不然它要掉了。”

陈瑾光迟疑了一下。

黎星辰偏着头，从镜中看他，眼睛里流淌着夜一般的魅色：“怎么了？”

陈瑾光低下头，看到黎星辰牛奶般光洁无瑕的肌肤，脸色涨红，心脏跳得更快了。

他深吸一口气，强迫自己不要乱想，伸手解下她略略松掉的浴巾，重新紧紧地裹在了她的身上。自始至终，他都没敢抬头看她。他害怕会在镜子中看见些不该看见的画面，他害怕自己冲动之下会对她做些什么，他也是个正常的男人，尽管她没把他当男人……

陈瑾光最害怕的……

是被黎星辰害怕……

他强行压制住内心冲动，转身想离开浴室。

黎星辰突然回身，在他身后抱住了他。

陈瑾光僵在那里，全身的血液都变得滚烫。

黎星辰踮起脚，唇瓣触碰到他的耳垂，轻声说："你是不是男人？"

她的话瞬间点燃了陈瑾光心中的火，他再也忍不住，回身扣住她的后脑，低头想要吻她。

黎星辰却别开脸，将天鹅般光滑纤美的颈子袒露在他面前。

她没有推开他。

她仍旧站在那里，好像已经决定要迎接他。

可是她这小小的动作，却像一盆冰水劈头盖脸地浇在陈瑾光身上。

他突然冷静下来，黑眸里的幽暗渐渐又化为清明。

浴室里静悄悄。

黎星辰的呼吸因紧张而有些快。

她一动不动，脖子保持着僵硬的姿势。

陈瑾光捏住她的下巴，将她的脸掰过来，低头望着她的眼睛。

"你连我都想利用？"

黎星辰眼中闪过一瞬慌乱："什么？"

他唇线冰冷："你从刚才开始就在勾引我。"

黎星辰紧紧抿着唇，原本红润的脸颊此时苍白一片。

"你是不是以为，跟我睡过以后，你就可以毫无负担地跟肖景初上床了？"陈瑾光的声音隐抑着令人心惊的冰寒，他很少用这般强势的姿态压制她。

黎星辰双眸低垂，睫毛在轻轻颤抖。

时间似乎过了很久，又好像只是一瞬间。她喉间溢出一声轻笑："你又不吃亏。"居然是满不在乎的语气。

"我不吃亏？"陈瑾光怒极反笑，"我觉得恶心！"

黎星辰表情突然僵硬，她紧紧咬住嘴唇，唇上被咬出青白的痕迹。

陈瑾光盯着她："你爱我吗？"

黎星辰没说话，她想将脸转过去，他却死死箍着她的下巴，让她动弹不得。

“黎星辰，你不爱我！你为了自己的私心来勾引我，你不觉得自己恶心吗？”

“跟你没关系！”

黎星辰羞愤不已，用力推开陈瑾光。

她扯掉浴巾，拿起自己的内衣在他面前穿起来。

陈瑾光背过身走出浴室，反手狠狠关上门，发出“啪”的一声。

黎星辰真够可以的，为了肖景初，竟然能想出这种可悲可笑的手段。

过了一会儿，黎星辰衣衫不整地从浴室里走出来。

她快步从陈瑾光面前走过去，好像根本没看到他似的，在玄关处换鞋。

陈瑾光神色复杂地看着黎星辰，他很生气，也很失望，但心中又有几分难过。

良久，他慢慢走到黎星辰身边，想要放低姿态，可是话卡在喉咙里怎么也说不出口。

黎星辰换好鞋，扭头看了陈瑾光一眼，眼神冷冽，与她纯美俏丽的长相形成反差。

“你以为我缺了你就没办法了吗，我可以找别人。”她仍旧在逞强，用心中仅存的一丝自尊。

陈瑾光心中刚压下来的火又被点燃，怒道：“你敢！”

她冷笑：“怎么不敢？我现在有的是钱，我可以花钱找个人，比你听话还比你干净。”

“闭嘴！”

“哪怕随便找个人都比你好！”

陈瑾光突然一拳砸在墙上。

黎星辰吓了一跳，紧紧抿着唇，胸口的起伏泄露了她内心的惊惧。

陈瑾光伸手将她圈在墙边，低着头，居高临下地望着她，灼热气息扑面而来，那染墨的眸里没有半点情欲，只有无尽怒意：“你敢乱来，我立刻告诉肖景初，你根本不是宋清妍！”

黎星辰瞪大眼睛望着陈瑾光，眼中霜雪般的屏障好似忽然破碎："你不能这样……"

她漂亮的双眸溢出泪来，如碎玉般滑落。却只听到陈瑾光冷漠的嘲弄："你以为在我面前哭有用吗？我不是肖景初，不会上当。黎星辰，我了解你，眼泪和笑容，只是你伪装的面具而已。"

黎星辰的表情僵住。她慢慢低下了头，一个字都没有说，只是喉间发出极力克制的哽咽。

她看起来那么脆弱，晶莹的眼泪悬在精致的下巴上。

陈瑾光心如刀绞，满腔怒火被她凄楚无助的泪渐渐浇熄。

良久，他俯身抱住黎星辰，低哑的嗓音，带着不易察觉的哀求："就当我求你，不要作践自己，好吗？"

黎星辰的身子抖了一下。

她心中并非没有触动，可是她该怎么做呢，她已经没有退路……

她青葱般的手抵在他胸前，停了几秒钟，她轻轻推开他，转身开门离去。

第三节

窗外夜色更浓，不知何时狂风大作，撼动着落地玻璃窗，豆大的雨点迅速落下。

陈瑾光站在窗边，望着风云变幻的天色。

黎星辰冒雨前行，背脊笔直挺立，脚步却踉跄。

他很想下楼追上她，给她送把伞，或者开车送她回家。可他的双腿微微动了动，却怎么也迈不开脚步，他不想撕碎她最后的尊严。就这样看着她消失在浓墨渲染的夜色中。

陈瑾光点燃了一根烟，狠狠吸了一口，夹着烟的手指竟然控制不住地发颤。

他突然想起那个风雨飘摇的夜，黎星辰跑来找他。

她浑身都湿透了，衣服上全都是土，像是从泥沼里爬出来的，眼神里闪动着深深恐惧。

她努力想要告诉他些什么，可是极度的惊恐让她根本说不出话来，脸色白得吓人。

陈瑾光有些害怕了，扶着她发软的身子问道："星星，你怎么了，别吓我啊……"

他问了好几遍，才从她断续的声音中听出个大概。

他立刻带上她，开车赶往她所说的地方。

泥泞的土坡下，躺着浑身鲜血的宋清妍，身上盖着半张肮脏的塑料布，她面色惨白，破损的裙子上沾满了泥污，已经看不出原来的颜色，一动不动，好像早就没了气息。

陈瑾光望向黎星辰，才发现她衣服上深色的痕迹并不全是土，而是血迹。

陈瑾光大惊，他清楚宋清妍和黎星辰的关系，脱口而出："你杀了宋清妍？"

黎星辰用力摇头："没有……"

陈瑾光心中微微松口气，蹲下去探宋清妍的鼻息，察觉到一丝微弱的气息。

黎星辰的声音在雷雨中战栗："有人绑架了宋清妍，我跟踪过来，看见有个男人挖坑把她扔了进去。等他走了，我把宋清妍刨了出来，她被埋在下面，肯定活不成了……"

陈瑾光查看了宋清妍的伤势，她被人重击了后脑，身上也有刀伤。求财而已，对方竟下手如此狠辣。她的伤很重，失血过多，可能挺不过今晚了。但出于职业操守，陈瑾光还是立刻为宋清妍做胸部按压，甚至俯身为她做人工呼吸，完全不在乎她嘴里混合着雨水的泥沙。

宋清妍始终没有反应，救人如救火，陈瑾光抬头看了一眼发呆的黎星辰，吼她一句："快报警啊！"

黎星辰肩膀一震，如梦初醒，却站着没有动，消瘦的身体被夜色笼罩着暗影。

陈瑾光愣了愣，以为她是在顾忌着什么，他放下手里软绵绵的女子，仰面看着黎星辰，向她保证："别怕，星星，我知道这件事和你没关系，我会为你做证的。"

他话未说完，黎星辰突然“扑通”一声跪倒在他面前。

陈瑾光惊讶地看着她。

黎星辰哀求他：“求求你，让我成为宋清妍吧。”

陈瑾光几乎不敢相信自己的耳朵：“你在说什么？”

“你在国外不是做过那种手术吗，我知道你能做到的！”

“你疯了吗，你知不知道你在说什么？”

“我是认真的，反正她就要死了，为什么你不肯帮我呢？”黎星辰眼中闪亮，像是噙着泪，天空划过闪电，照亮她纤弱的身体。

“陈瑾光，你应该是这世上最懂我的人，你知道我的委屈和不幸，我不想以黎星辰的身份活在这世上了。宋清妍得到过那么多那么多的爱，可是我却从来都没得到过……”

陈瑾光神色复杂，心中说不出是怎样的滋味。

是的，黎星辰的人生很不幸，但她真的一点爱都没有得到过吗？

他对她那么好，但她从来都不在意……

她心里只有肖景初，想得到的，也只有肖景初的爱。

陈瑾光盯着黎星辰，长睫毛上盈着细碎的雨水。

他也被雨水淋湿，身上沾满泥污，却依旧容颜俊美，好似明月照亮黑暗。

他慢慢地说着，每个字都冷酷决绝：“宋清妍的生活不属于你，肖景初也不属于你。”

黎星辰绝望地看着他，声音尖锐发颤：“为什么？”

陈瑾光没有说话，她的眼神触痛了他，让他说不出更残酷的话来。

黎星辰的声音陡然拔高：“难道就因为我妈是精神病，连你也看不起我？”

陈瑾光下意识地解释：“不是的，星星，我从来没有看不起你……”

黎星辰打断他：“别装了！我都知道，你们觉得我不配！”

“我没有……”

“我做错了什么？我那么喜欢肖景初，为什么不可以得到他？我又没有横刀夺爱，我只是代替宋清妍去爱他，就算没有我，也会有别的女人坐肖太太这个位置……”

陈瑾光怒道：“那就让别的女人去坐好了，肖景初的人生跟你没关系！”

黎星辰哭得撕心裂肺：“陈瑾光，你为什么对我这么残忍？”

“我对你残忍？”陈瑾光好像听到了这世上最好笑的笑话，这话明明应该他来说！

“你什么都不懂，你根本不知道我的感受，这样下去我会死的。”她的身体慢慢软下去，四肢伏在冰冷的泥地上，放声大哭。

直到现在，陈瑾光还能清晰记得黎星辰那张被雨水淋湿的脸。她浑身泥泞，肤色却白得近乎透明，狼狈的碎发贴在额头上，漆黑的眸子在夜色中发亮，那里有着一触即碎的绝望……

陈瑾光相信黎星辰曾经想过死。

只有绝望到某个程度，才会露出这样的神情。

她被妈妈扼住喉咙，双腿悬在墙边拼命踢踏。

她喘不过气来，脸色肿胀青紫，艰难发声：“妈妈，是我啊……”

她含泪的眸子里有着微弱希望，努力想要对妈妈微笑，却换来更无情的对待。

深夜的樱花树下，蜷缩着她小小的身体，整个人都被阴冷的树影所覆盖。

陈瑾光走近她，在她面前停了很久，他的影子投在她身上。

她抬起头看他，斑驳树影飘摇在她眸心，泪光悬在她眼中。

她好像不知道她挨打的脸已经肿起来，不知道她额头的血痂有多么丑。

她揉了揉眼睛，清透的泪水飞散在空中，宛如破败的花瓣。

“瑾光哥哥，要和我一起看星星吗？”

她的小奶音软萌甜美，可能因为刚哭过，带着一点柔软的鼻音。

陈瑾光仰头看了一眼乌云密布的天空：“今晚没有星星，连月亮都没有。”

黎星辰摇了摇头，眼睛亮晶晶，指着被夜色遮掩的粗大树干。

陈瑾光仔细看过去，有一枚小小的五角星，用透明胶贴在树干上面。

那是一张浅黄色的剪纸，星星的角并不对称，一看就是她自己剪的。

黎星辰笑盈盈地说："我的星星，不管白天黑夜都存在，我每天都来和它们说悄悄话。"

陈瑾光真的很心酸，可黎星辰却一直在笑。

她的笑容美好灿烂，仿佛有明媚的朝阳在她身旁绽放。

她应该是属于阳光的，却陷在黑暗的沼泽里……

第四节

雨下了整整一夜。

黎星辰一夜没睡。

她躺在床上，仰面呆望着天花板，过了很久很久，她垂下眼睫。

她没有联系陈瑾光，他也没有给她打电话，没有问她有没有安全回到家，有没有记挂她。

手机屏幕由亮转黑，寂静空气中传来窗外噼里啪啦的雨声。

黎星辰的心突然刺痛。她真的做得太过分，陈瑾光一直在她身边。如果说这世上没有什么人爱她，那么他是唯一不同的。他是她黑暗世界里微弱的光，然而她却一直在利用他。

她不值得被宽恕……

嘴角浮起苦笑，她轻轻叹了口气。

厚厚窗帘遮住了落地窗，屋里光线阴暗，她的叹息声在孤寂中飘散。

黎星辰一觉睡到了快中午，慢慢地从床上爬起来，走进洗手间里开始刷牙。

她心神恍惚，突然听到有人在她耳边呢喃，声音轻得就像一声低沉的呼吸。

"姐姐……"

黎星辰浑身汗毛都竖起来了，整个人瞬间清醒！

镜子里倒映出宋清航的脸，他就站在她身后，靠得那么近。

他微微俯着身，淡粉色的嘴唇几乎要碰到她的耳垂。

黎星辰的心脏跳得飞快，但她必须迅速收敛起惊慌，不能留下半点破绽。

她低头掬起水，冲了冲沾着牙膏泡沫的嘴，脑中飞快运转，等她抬起头时，已经换上了姐姐般的温暖笑容："干吗呀，走路无声无息的，你想吓死你姐吗？"

宋清航却盯着她，眼中似乎有笑意，又似乎没有。

"真奇怪，姐姐看见我为什么会害怕呢？"他好像话里有话。

黎星辰陡然心惊。

下一刻，宋清航又好像什么都没发生过似的，拉着黎星辰的手左右打量，撒娇般地埋怨："姐，你回来怎么也不联系我呢。太过分了，我们还是不是亲姐弟？"

黎星辰被他晃得头晕，连脑中的对策都被他晃得支离破碎。

此时的宋清航倒是符合他的外表——天真单纯的富家少年。

想起那天初遇，黎星辰免不了尴尬，她想解释那天自己说错话，可又没想好该如何解释。说多错多，既然宋清航没问，她也就别说那么多了，免得更令他怀疑……

"最近很忙，抱歉……"

"一家人还这么客气，我都有点不习惯了。"宋清航挽住黎星辰的手臂，笑得阳光灿烂。

黎星辰望着镜子里的宋清航，他们姐弟两人都有着令人惊心动魄的美貌，站在一起画面格外好看。虽然宋清航是弟弟，比宋清妍小好几岁，但他比她还要高一个头，白白净净的脸庞，五官精致俊秀，带着种富家公子浅浅淡淡的贵气。

黎星辰没有兄弟姐妹，并不知道要怎样饰演一个温柔体贴的姐姐，只好顺应本能，脑补面前的少年是一只柔弱可爱的猫咪，摸摸他的头发，试图转移他的注意力："你又长高了，越来越帅了，谈女朋友了没。"

宋清航的头发没有经过任何烫染，蓬松干净，带着一点洗发水的淡香。黎星辰忍不住摸了摸又揉了揉，好像在蹂躏一只小动物。

“别不好意思告诉姐姐，有任何恋爱问题都可以咨询姐姐哦。”

“说得你好像是情场高手似的。”宋清航笑了，小声说，“明明只谈过一场恋爱。”

“不管怎么说，姐姐好歹是快结婚的人，比你有经验多了。”黎星辰不服气地反驳。

“哦，景初哥哥求婚了吗？你们什么时候结婚？”

黎星辰怔了怔。

宋清妍是在订婚前夜被绑架的，黎星辰刚刚以宋清妍的身份回到宋家，肖景初应该不会那么着急地再向她求婚。

说实话，她现在连肖景初的心思还没摸透，谁知道未婚妻失踪的这段时间，肖景初的感情有没有转淡呢。黎星辰一直在努力，想让肖景初越来越喜欢她，想要他看见她的时候眼中绽放光芒，可她同时也很忐忑，她害怕自己没能力占据他整个身心……

宋清航见她双眸低垂，好像在发呆，手也放在他头上忘记拿下来，他抓住她的手慢慢放了下来。

他的手指有着温热柔软的触感，好几秒钟，都没有放手。

黎星辰愣在那里，低头看着宋清航那双指骨修长的手。

宋清航若无其事地说：“姐，你别胡思乱想，你那么好，一定能和景初哥哥有个好结局。”

黎星辰眼睛亮了亮，对宋清航的坏印象瞬间烟消云散：“你说，他会越来越爱我吗？”

“当然，”宋清航笑望她，眉眼如画，“我想不出他有什么不爱你的理由。”

黎星辰的心情顿时放晴，她挣脱宋清航的手，又揉了揉他的头发。

“还是你小子会说话，姐姐结婚的时候一定给你包个大红包！”

“红包的事情先不说，你能不能把爪子从我头上放下去，我头发都被你揉乱了！”

“干吗这么小气，亲姐弟就是要这样互动呀，揉揉你头发又不会秃顶。”

“你这是什么歪理。”宋清航试图反抗，他伸手也揉乱黎星辰的头发，她早上醒来还没有梳理头发，本就蓬松凌乱的头发被他揉成了一只狮子，他夸张地大笑，“哈哈哈！姐，你这样好丑，我要把你蓬头乱发的样子拍下来给景初哥哥看！”

他拿出手机作势要拍她。黎星辰也顾不得整理发型，扑上去大叫：“不许，否则我杀了你！”

两个人打闹在一起，洗手间里传来欢声笑语。

直到俞明珠上楼喊他们吃饭，两人才停下来。

黎星辰看了眼镜子，她披头散发，哪有宋清妍对外清纯优雅的模样，她拿起洗手台上的头绳，将长发随意地扎成一个花苞，看着面前笑盈盈的宋清航，她心中猛地一跳。

她突然意识到，刚才她在宋清航面前，是毫无设防的……

还好，宋清航并没有怀疑她，他挽着她一起下楼。

“姐，你知道今天吃什么吗？”

“不知道……”黎星辰摇了摇头。

他凑近她的耳朵，神秘兮兮地说：“妈非要亲自下厨，我看见桌上有青椒炒蘑菇！”

黎星辰扶额：“这什么黑暗料理……”

宋清航拍拍胸口，一副很靠得住的样子：“姐，你放心吃，有我在家，绝对不会让你被毒死的。只要你一倒下，我就冲过去掐你人中！”

他将五指弯曲成爪，在黎星辰面前晃了一下，眼中是满满的得意。

黎星辰温柔地笑：“活腻了就早点说，姐姐不会手下留情的。”

宋清航吓得身子一抖，小声嘟囔：“姐姐真可怕……”

看到她眼神飘过来，宋清航连忙改口：“是可爱，姐姐真可爱！”

他讨好地朝她笑，求生欲望显得无比强烈。

黎星辰忍不住笑了。

其实有个弟弟，感觉也没那么坏。

来到餐桌边，黎星辰果然看到桌上有青椒炒蘑菇……

长辈好像很喜欢这样，孩子越是不喜欢吃什么，就越是逼他们吃什么……

俞明珠见到女儿和儿子亲昵地坐在一起，脸上笑出了花："清妍，昨天晚上妈妈忘记告诉你了，清航回来了。不过他只住两天，明天就要走了，这两天你们可要好好相处。"

俞明珠这几天在家，而宋云霆依旧忙碌，听说去了法国开重要会议。宋云霆不在家，气氛反而不会那么压抑，黎星辰甚至能嗅到一丝家庭的温馨。后天就是宋云霆回来的日子，可为什么宋清航偏偏在明天回去呢？他要回哪里？他住在别处吗？他还是个学生，需要依靠家里，为什么要搬出去住？为什么宋云霆有钱有名，他儿子的消息却几乎查不到呢？

黎星辰心中满是疑团，但她什么都没问，乖巧地应声："知道了。"

俞明珠夹了一筷子青椒炒蘑菇放在黎星辰碗里，满脸慈祥关爱："多吃点有营养的蔬菜。"

黎星辰将青椒蘑菇夹出来放在弟弟碗里，满脸关怀呵护："清航，听见没有，多吃点有营养的蔬菜。"然后冲俞明珠讨好地笑了笑，"妈，我最近胃口不好，吃蔬菜不消化，我得吃点鲍鱼调理。"说着便夹了一块鲍鱼放进嘴里，发出"太好吃了"的惊叹声。

俞明珠无奈地叹口气，眼中却有着满足的笑意。

黎星辰很少看见俞明珠这样的表情，宋云霆在家的时候，日日都像乌云笼罩。

也不是宋云霆不好，只是他太古板，控制欲又强，时常对俞明珠挑剔不满。大多数时候，俞明珠都忍了，但她也是娇生惯养的千金小姐，有时实在忍不了，顶撞几句，两人便大吵起来，最后宋云霆挥着拳头叫嚣，她又委屈又害怕，躲在一旁哭得上气不接下气……

那番场景，连黎星辰都有些不忍……

她吞下口中的鲍鱼，俞明珠又夹了一块更肥嫩的鲍鱼放在她面前的白瓷小碟里。

"不管是蔬菜还是海鲜，只要你愿意吃就好。你喜欢，妈以后天天给你做。"

“不用啦。”黎星辰摆摆手，“再好吃的东西，吃多了都会腻，偶尔吃一次感觉最好了！”

宋清妍是注重身材的名媛又不是吃货，黎星辰怎么能毁了这个人设呢。

况且，俞明珠的厨艺很一般，吃她做的鲍鱼，还不如吃鲍鱼味的方便面……

黎星辰低头用筷子拨弄第二块鲍鱼，眉眼弯弯，流淌出淡淡笑意。

她从未享受过母爱，也没见过真正幸福的家庭。

原来一家人坐在一起吃饭，笑着聊着，是这样的温馨和睦……

第五章 你愿意嫁给我吗

第一节

傍晚，肖家举办了晚宴，黎星辰如约赴宴。

虽然她没有睡好，但出现在众人眼中的她依旧光芒四射，明媚照人。

一袭纯洁的白裙，灯光映在拖地鱼尾裙摆上，无数细碎钻石闪闪发光，宛如林间落雪。

颈间和耳畔配套的钻饰价值连城，衬得她冰肌玉肤。尽管她浑身价值千万，却没有半点奢靡浮夸之感，全因她高雅脱俗的气质，她不笑的时候带着一点清冷，笑起来却犹如星光灿烂。

大家当然不是第一次见她，却是第一次有如此强烈的震惊。

连姚知盈都愣了很久，才翩然来到黎星辰身边，笑道：“清妍，你今天真美。”

黎星辰亲热地挽住姚知盈的手，甜甜笑道：“这话应该我来说。”

顿时，一群精心装扮的富家小姐都涌了过来，宛如众星捧月。

轩辕傲天也跟在姚知盈身后，他今天打扮得倒是人模人样，头发梳得油光可鉴，穿着一身限量款的名牌衣裤，再加上那张颜值不算低的脸，与姚知盈颇有几分门当户对的错觉。

有人问姚知盈，她便开心地向朋友介绍身边的男友：“傲天特别有才华，他以后会成为最红的歌手，晚宴结束我把他的新歌发给你们，你们可要帮他宣传宣传哦。”

一群千金小姐笑着答应，夸他们般配，姚知盈笑得灿烂。

看到“清妍”独自在旁，姚知盈疑惑地问：“怎么，肖景初还没来？”

黎星辰垂下双眸，略带失落地说：“可能有些事耽误了吧，他最近总是很忙。”

“还是傲天好，天天都陪着我。”姚知盈的语气里掩饰不住热恋的甜蜜。

黎星辰满脸羡慕：“盈盈你运气真好，景初要是有傲天一半对我就好了。”这当然只是场面话，即使她很爱肖景初，想要他天天陪着她，她也不会真的要求他这样做。男人需要有自己的空间，她没那么傻。黏着他只会让他的新鲜感很快消失。况且她也不希望自己选择的男人是个靠女人上位的小白脸，男人只有足够强大才有魅力。

不过她的场面话让大家都很开心。

有时候黎星辰也觉得自己太虚伪，可是正因她的虚伪，才能让她从小到大少受些欺负。她知道什么话该说，什么话不该说，因为她不是有背景的千金小姐，她没有任性的权利。

正聊着，黎星辰突然听到熟悉的声音，从大厅中央的话筒中传来。

“感谢大家赏脸，今天这场宴会，是为了我的未婚妻宋清妍而举办的。”

黎星辰惊讶地望向声音传来的地方，肖景初站在那里。

明亮的灯光洒在他身上，将他黑色西装覆盖了一层流转的银光。

他一如往昔，是她梦中最耀眼的存在。

肖景初朝黎星辰伸出手。

她慢慢走向他，像是被一束光所指引。

是的，肖景初就是她的光。

耳边传来不怀好意的议论声，黎星辰知道大家在怀疑什么。

宋清妍在订婚前夜失踪，宋云霆封锁了消息，肖景初为了她的名声，也没有透露出真相，坊间传闻各式各样，有人说肖景初变心悔婚，有人说宋清妍出轨与人私奔，有人说他们分手分得很难看，老死不相往来……

而如今，她不但回来了，还在肖家晚宴上出现，给了众人狠狠一记耳光，所有人都想知道究竟发生了什么。

肖景初牵住黎星辰的手，云淡风轻地宣布：

“很抱歉，因为种种原因，订婚宴取消了，将来也不会再举办。”

黎星辰一慌，心中小小的期待突然被砸碎了。

握在他手中的那只手，竟忍不住颤抖起来。

肖景初到底想说什么？他要在众目睽睽之下抛弃她吗？

耳边传来嘈杂的声音，有惊叹声，有惋惜声，也有些千金小姐的得意与不屑。

黎星辰甚至想要掰开肖景初的手落荒而逃，她怕自己情绪太失控，会当众出丑……

然而肖景初突然单膝跪地，掏出一个精致的盒子递过来。他仰着脸望着她：“我们结婚吧！清妍，你愿意嫁给我吗？”

黎星辰怔怔地看着丝缎上巨大的钻戒。

抒情的钢琴曲缓缓响起，空气中飘浮着玫瑰花的香气。

她的脑中是轰然的烟花，极致璀璨，极致绚丽。

“清妍？你……你怎么哭了……”

肖景初有些慌乱。他只是求个婚而已，并不想惹“清妍”难过啊。怎么她的眼泪就无声地落了下来呢？他也顾不得保持求婚的姿势，连忙站起来将她揽入怀中，轻轻拍着她的后背：“别哭，你要是不愿意，我撤回我刚说的话……”

“求婚的话怎么能撤回呢？你是不是反悔了？”

黎星辰小声抽泣，她的眼睛和鼻子微红，透亮的泪水在灯光折射下宛如水晶花瓣，她对着镜子练习过无数次微笑最美的角度，以及哭泣时如何管理面部表情，纵使她此刻是真情流露，依旧美丽脱俗宛如仙女，任何人见到她这副模样都会心软。

肖景初笑了，捏了捏她发红的小鼻子：“我说过的话从不反悔，决定权在你。要嫁给我吗？”

黎星辰轻轻点了点头，靠在他怀里，他将钻戒戴在了她纤长细致的无名指上，大小刚刚好。

她泪眼蒙眬地望着他，说话时有着软软的鼻音：“你怎么知道我手指的尺寸……”

肖景初伸手拭去她脸上的泪珠：“那天趁你睡着，我量的。”

静下来的人群又再度炸开，这画面感太强了吧！有点羞涩还有点甜。大家终于相信，肖景初对宋清妍是来真的了！虽然有些眼红，但平心而论，宋清妍是最配得上肖景初的人了……

“对不起，景初，我也不想哭的，可我太高兴了……”

黎星辰声音甜软，眼神楚楚可怜，让肖景初的心都软了。

“你向我道什么歉。你没有错，我也没生气，我只是看到你哭会心疼。清妍，我希望你在我身边是快乐的。希望永远也不要看到你的眼泪。我知道，这个梦想需要我努力来完成。”

“我相信你。”她仰起脸看他，双眸亮得像星星，“景初，我爱你。”

说不清心里是什么感觉，肖景初将黎星辰拥入怀中，低头吻了吻她的额头。

她头发上有甜甜的花香，像她的人一样甜美纯情，给他的世界染上了鲜艳的花色。

求婚已经完成，肖景初也不想站在宴会厅中央被人围观。

他牵着未婚妻的手走向露台，关上推拉式的玻璃门，让嘈杂的声音彻底隔绝。

月色宜人，晚风清凉，吹起黎星辰耳畔的碎发，耳垂上的钻石闪闪发光。

她低头看着自己无名指上流光溢彩的鸽子蛋，眼中有着无法掩饰的幸福。

她终于要得到肖景初了，为他生儿育女，永远陪伴在他左右……

想到这些，黎星辰的耳朵就红了。

求婚时的落泪，并不是她在演戏，她是真的激动万分。但她同样知道，在那样的情景之下，她的眼泪，能激起更多他的怜惜。

肖景初低头耐心地看着面前美到发光的女子，将她耳畔一缕不听话的长发别在耳后，轻声道：“抱歉，清妍，之前忙工作，冷落了你一段时间。以后我一定经常陪在你身边。”

黎星辰笑道：“干吗对我道歉呀，我又不是小孩子，我会照顾自己的。”

“对啊，你又不是小孩子。”肖景初凑近黎星辰，在她耳边轻声地说，“可是为什么呢，我总想要照顾你。我很怕不在你身边的时候，你会被人欺负。你在我心里还不如小孩子。”

肖景初的气息从黎星辰耳畔飘过，好似掠过山谷的微风。

黎星辰心跳竟然慢了半拍。

她脸颊微红，衬着她明亮的双眸，正如出水芙蓉般纯美。

她小声表示不满：“你这话不是在怀疑我的智商吗？”

肖景初眼中只有宠溺：“笨蛋，我是心疼你。”

黎星辰想要证明自己：“其实我力气很大的，一个打五个没问题……”

却换来肖景初毫不掩饰的大笑声：“五个幼儿园小朋友吗？我怕你哭着逃出来。”

黎星辰捶了捶他的胸口，并没有用力：“喂，你不用把鄙视这么明显地放在眼里吧。”顿了顿，她认真起来，“你也说是忙工作，又不是出去花天酒地，我当然理解你。况且我也有自己的事情，总不能天天黏着你。你那么优秀，我也要变得更优秀才能配得上你。”

肖景初忍不住笑了，刮了刮她精致洁白的鼻子：“你有时候小鸟依人，有时候却很懂事。”

黎星辰垂眸：“还不是因为我在乎你。虽然很爱你，可是害怕太黏你，会被你厌倦。”

“清妍，只要是你，怎么样我都喜欢。”肖景初说得认真，带着磁性的低沉声音在晚风中飞散。

黎星辰没有说话。

其实站在你面前的这个人，被你说喜欢的人，根本不是宋清妍。

难道不讽刺吗……

但是宋清妍已经死了，黎星辰不会和一个死人计较，当然也不会吃死人的醋。

在她心里，肖景初已经开始爱上她了——

是有着宋清妍外表，黎星辰灵魂的她。

外表和灵魂哪个重要？

不言而喻。

第二节

肖景初在她身后环住了她的腰，两人沐浴在繁星闪烁的夜色下。

过了很久很久，他突然轻声说：“我有时候会庆幸……”

“嗯？”黎星辰愣了愣。

肖景初继续说：“庆幸那次飞机上的相遇。”

黎星辰突然想起来，陈瑾光说肖景初和宋清妍在飞机上相遇，一夜之后开始交往。她不知道真假，更不愿意去想他们在床上的画面。只要想起来，就觉得心里好像扎了一根刺。

肖景初似乎回忆起什么，自言自语：“那天你突然坐到我身边，离我那么近……”

黎星辰声音带着笑：“当时你动心了吗？”但她眼里却没有笑意。

肖景初道：“我当时没多想，只觉得你很眼熟。”

黎星辰眼中写满怀疑：“遇到大美女投怀送抱，你竟然这么淡定？我不信。”

肖景初笑了：“有你这么夸自己的吗。我爱的又不是你的脸。”

黎星辰疑惑地问：“那你爱我什么？”

“爱你的纯真、可爱。”肖景初低下头，呼吸撩动黎星辰耳边的发丝，“我想照顾你一辈子。”

黎星辰怕痒地躲开，笑道：“景初，你越来越会说话了，印象里你不是这样呀。”

这次轮到肖景初疑惑：“你印象里我是怎样？”

黎星辰理直气壮地说：“高冷，一副生人勿近的样子！”

肖景初惊讶：“是吗，我竟然给人这种感觉。你不说我都没发现。”

黎星辰回眸看他一眼：“你不知道吗，同学们都说你是冰山。”

肖景初微怔：“什么同学，我们又不在一所学校。”

黎星辰的表情僵住。

肖景初按住黎星辰的肩膀将她扳过来，低头望着她闪闪动人的眼睛。

短暂的慌乱过后，黎星辰已经冷静下来，她勾起樱红色的嘴角，神秘兮兮地说：“这你就不知道了吧，你的许多事情我都打听过。谁让我是你的崇拜者呢。”

顿了顿，她又小心翼翼地问：“你不会生气吧？”

“当然不会。”肖景初摇了摇头，“没想到有人这么关注我，我还有些感动呢。”

感动的原因只是因为那个人是宋清妍吧。

如果关注你的人是黎星辰，你会感动吗？

当然不会。

那么多女生都痴狂地喜欢肖景初，情人节收到的情书有一大箱，也没见他为谁感动过。

“别谦虚呀，”黎星辰仰着脸看他，眼神纯真，“喜欢你的人那么多，我多幸运能拥有你。”

肖景初搂紧了她的腰，低头轻吻她的唇，从轻浅温柔的尝试到情意绵绵的深吻。

黎星辰已经学会了接吻，也懂得如何来迎合取悦他。

因为她爱他，所以每个动作里都是深情。

清明月光照在他们两人身上，宛如梦中仙境。

肖景初抱紧了黎星辰，喃喃道：“星星……”

黎星辰的心脏猛地一跳。

她整个人都僵硬了，脸色微微发白。

很久很久，肖景初一言不发，只是这样静静抱着她。

黎星辰轻声问：“景初？”

肖景初好像才回过神来，低低地说：“今夜星星特别亮，明天肯定是晴天。”

黎星辰微微点了点头，尽量让自己的笑容自然：“我也好喜欢这样的夜晚，我喜欢星星！”

肖景初将她的长发撩在耳后，微笑道：“清妍，从此以后，你就是我天空里的星星。”

黎星辰面露娇羞，将头埋在肖景初怀里，眼中那伪装的笑意，却渐渐消失……

她终于拥有了肖景初的爱，却再也无法用黎星辰的身份，听他叫她一声星星……

晚宴结束后，肖景初送她回家，两人在院外说了些腻歪的悄悄话，才依依不舍地分开。

黎星辰走到楼下，不经意地抬头，看到三楼的窗口，宋清航静静望着她。

天色太暗，她看不清宋清航的表情，只能看到他清冷的轮廓。

黎星辰愣在那里，竟有种心惊胆战的感觉。

几秒钟后，宋清航拉住了窗帘。

回到家，俞明珠正坐在客厅里看电视，看到女儿回来，她连忙迎上来，担心地问："你去哪儿了，给你打了好几个电话也没人接。"

黎星辰支吾道："去参加盈盈的生日宴会，那边有点吵，可能没听见手机响。"

她换好拖鞋，走到俞明珠面前，坐在她身边的沙发上，摘下钻石耳环和项链。

俞明珠这时才注意到女儿华服盛装，倾城绝色。

她皱眉道："跟你说了多少次，出去要带保镖！"

"今天宴会来了很多人，人多嘴杂的，我带七八个保镖不太好吧。"

"那你也应该带上三四个啊！我女儿这么漂亮，多带几个保镖有什么不对？"

"肯定会有人胡乱猜测的。爸爸说了，不希望别人知道我被绑架过。"

"你爸爱面子，他是老糊涂了，你别理他，妈担心你又遇到坏人……"俞明珠说着说着眼睛红了，声音有些哽咽。

黎星辰连忙安慰她："景初送我回来的。有他在，我觉得很安全。"

俞明珠抽出纸巾擦了擦湿润的眼角：“你也别太相信他了，绑架你的人还不知道是谁呢。”

这话黎星辰不爱听：“妈，你能不能不要疑神疑鬼，景初又不会绑架我。”

俞明珠却很不屑：“在真相没有水落石出之前，任何人都有可能！”

黎星辰反问：“你也可能？”

俞明珠一怔，眼中浮现怒意：“你这孩子，说什么呢！我可是你妈！”

黎星辰“扑哧”一声笑了，摇了摇俞明珠的手，撒娇般说道：“我知道，妈对我最好啦。可是景初是我未婚夫呀，他要是不想娶我，直接提出来就好了，干吗要在背后下狠手呢。”

女儿说得有道理，俞明珠也是担心她，并不是真的怀疑肖景初。

俞明珠沉默片刻，叹了口气：“妈都是为你好，有时候婚姻……并不像想象中那么美好……”

黎星辰微怔，她竟然在俞明珠眼中看到了淡淡忧伤……

虽然面前的妇人雍容华贵，保养极佳……

虽然她有个身家亿万的老公，以及众多公司房产……

可她好像并不幸福……

黎星辰伸手整了整俞明珠略微凌乱的衣领，像真正的女儿一般亲昵。她脸上依旧是甜美可人的笑容，意有所指：“幸福是要两个人来创造的。我会试着让自己幸福，如果实在做不到，我也不会强求。自己开心比什么都好。”

俞明珠愣了愣，双眸里似乎闪过一丝迷茫。

“妈，我先回房了，你也早点休息。”

洗漱时，宋清航又无声无息地出现，靠在洗手间门口看着她。

这一次，黎星辰有心理准备，并没有被他吓到，她从镜子里看他一眼。

宋清航嘴角有着浅浅笑容，撒娇般地说：“姐，你终于回来了！”

虽然他是个大男孩了，撒起娇来却半点都不会让人反感。也许是因为他声音太好听，也许是因为他颜值太高。黎星辰用毛巾擦了脸，问他：“怎么，找我有事？”

宋清航问：“景初哥哥求婚了吗？”

黎星辰微怔：“你怎么知道？”

宋清航的眼神瞥向她洗手时放在台上的钻戒：“那么大的钻戒，想不知道也难啊。姐，你看看新闻，景初哥哥求婚的事情已经登上头条了，全世界都知道了！不过你放心，我给妈下载了一部婆媳电视剧，她一晚上都在看电视，还不知道这件事。”

黎星辰松了口气，她准备等宋云霆回来以后，再告诉他们夫妻两人。她懒得一个个去解释。不管宋氏夫妻的态度如何，她一定要嫁给肖景初。

宋清航将手机递过来，黎星辰翻看着关于她和肖景初的新闻。

还好，她今天穿得很漂亮，照片也拍得很美，和肖景初站在一起堪称绝配。

黎星辰的心情很好，冷不防耳边传来宋清航的询问：“你是真心喜欢景初哥哥吗？”

这个问题怎么这么奇怪？黎星辰反问：“难道我不该真心喜欢他吗？”

宋清航又问：“你喜欢他什么？”

黎星辰不假思索：“他人品好、修养佳，有绅士风度，声音好听，长得帅还有钱……虽然我不是因为这些优点而喜欢他的，但全世界都知道他有多优秀……他只要站在那里就是一幅风景，全世界都是黑白的，只有他是彩色的……”

黎星辰说起肖景初的优点便停不下来，说了半天，突然发现宋清航的笑容有些古怪。

黎星辰猛然停下，狐疑地望着他：“怎么了，我说得不对吗？”

宋清航摇头笑道：“追你的人那么多，我真没见过你这么激动。”

黎星辰心中猛地一跳。

宋清航走近她，视线就这样撞进她眼里，那双平日里澄澈见底的眸子竟似氤氲着层层迷雾，一时深邃难辨："姐，你的优秀不亚于肖景初，你们之间不存在谁配不上谁的问题，怎么你的语气像是拿他当偶像？"

黎星辰的心跳更快了。

刚才她无意中，竟是站在她自己的角度上来讲话的……

为什么面对宋清航的时候，她总是会放松警惕，这孩子一副人畜无害的样子，却总是不经意间拆穿她的伪装……

黎星辰别开脸，哼了一声："我的老公，我就想拿他当偶像，不行吗？"

"行行行，"宋清航笑了，小声说，"听说恋爱中的女人很蠢，果然如此。"

"你懂什么，幼稚的小男孩！"

黎星辰又伸出手，带着些许泄愤的意思，将宋清航的头发揉得乱七八糟。

宋清航连忙躲开，大声抱怨："姐姐好讨厌，男生的头发不能随便碰的！"

俞明珠在楼下听到姐弟二人吵闹，站在客厅里嚷了句："又怎么啦？"

黎星辰捏着宋清航滚烫的耳朵，朝着俞明珠的方向柔声说："没事，我和弟弟开玩笑呢。"

第三节

或许是心情太激动，回到卧室以后，黎星辰翻来覆去都睡不着。

能嫁给肖景初，这是她以前做梦都不敢想的，在宋宅的每一天，她的压力都很大，只有和肖景初相处时，是紧张又伴随浓浓甜蜜的。好在她得到了最好的回报，付出的一切都值得。

手机轻轻响了一声，黎星辰拿起枕头旁边的手机，可惜不是肖景初或陈瑾光发来的信息，而是一个陌生的号码，短信里写着："为什么不回我消息！"

真是一条莫名其妙的短信。

黎星辰一头雾水，回了句："什么消息？在哪儿？"

对方说："我给你的微博发了私信，你为什么不回我！"

黎星辰打开微博，看到右上角确实有些消息提示，软件是她新下载的，密码也是她才破译出来的，还没来得及看消息。有人发了许多私信给她，头像正是轩辕傲天。

黎星辰仔细看了眼私信，忍不住想翻白眼。

几十条私信，每一条都是一个笑脸。

笑脸？

她要回什么？

对于这种人，她只想回个呵呵！

"呵呵。"

"你终于回话了！"

"嗯。"

"请原谅我的冒昧，我加你是想问你一个问题！"

"哦。"

黎星辰打字很简短，单纯是为了报复他发的几十个笑脸。

但轩辕傲天并不死心："你不问我想问你什么问题吗？"

黎星辰勉强满足他的心愿："什么问题？"

轩辕傲天很快回过来消息："是这样的，我本来想问你盈盈最喜欢什么，生日的时候给她个惊喜，可惜你一直都没理我！现在才回我消息！错过了送她礼物的机会！"

这话说的，是在怪她吗？

"你不会什么都没送吧？"

"怎么会呢，我特意网购了一面锦旗送给她！"

锦旗？

黎星辰以为自己看错了，用力擦了擦眼睛，发现确实是锦旗！

"很有趣对吧，我好不容易才想到这个创意的。取快递的时候我还差点出车祸！"

"呵呵。"黎星辰发出去这两个字，过了几秒钟，又不情不愿地加了几个字，“你真用心。”

轩辕傲天倒是不谦虚：“盈盈也这么说。不过我觉得，她值得我用心！”

他到底想说什么？专程来秀恩爱的吗？

黎星辰懒得回复了，在脸上贴了片面膜，仰面躺在床上，很快，手机又响了。

“今天肖景初向你求婚，我看见了。有钱人就是厉害，求个婚就立刻上头条了。”

“嗯……”

“可我觉得你的笑容不是发自真心的。”

“？”

“就好像我和盈盈在一起，虽然她舍得为我花钱，但我并不是真正的快乐。”

她没让你花钱就算好了，你还嫌不快乐？那什么叫快乐？小白脸赚钱有那么容易吗？

黎星辰忍着心中愤然，温和地回复：“盈盈做的一切都是因为爱你，不管你们有什么误会，解释清楚就好了吧。”

轩辕傲天却得寸进尺，噼里啪啦给她打了一串字：“你不知道盈盈有多过分！我知道她家有钱，但我也不差，我这么有才华，将来肯定能出人头地的！我根本不欠任何人！她太强势了，别人都以为我被包养了！为什么现在的人都那么拜金，只知道在意物质方面的东西呢？为什么就看不到我的才华呢？”

难道不是包养吗？黎星辰强忍住说真话的冲动，继续打字：“呵呵，你想太多了，这只是盈盈表达爱的一种方式，并没有别的意思。如果有哪里不合适，我可以委婉提醒她……”

对方很快回复：“不用不用！我跟盈盈的事情，我们自己沟通就好了，你千万别告诉盈盈，要不然她又要难过了。我不想看着我的女人为了我流眼泪！我今天就是和你随便聊几句！没别的意思！”

既然没别的意思，他今天抱怨这一大堆，到底是个什么意思？

黎星辰懒得回复他了，这家伙根本就是耽误她睡美容觉。

她将手机扔在一旁，闭上眼睛回忆肖景初，想让自己尽快沉浸在美梦中。

快睡着的时候，手机在耳朵旁边响了一声，吓得黎星辰双腿一蹬，以为自己掉进坑里。她迷迷糊糊摸起手机，看到轩辕傲天发来的消息："谢谢你陪我聊天！早点睡吧！小猪猪！"

小猪猪？叫谁呢？撩妹也不是这样撩的吧？她可是他女友的闺蜜！

黎星辰差点把手机扔地上。

她咬牙切齿，在手机上打出两个字："呵呵。"

宋清航在宋家住了两天就回去了，短短两天，他和黎星辰相处愉快。

其实黎星辰对这个弟弟并不反感，可她总觉得哪里不对劲。

她在宋宅里转了几圈，发现并没有宋清航的房间。他来时是住在客房里，走时带走了所有行李，洗手间里连一管男士洗面奶都没留下，仿佛整个宋家豪宅里都没有他来过的痕迹。

黎星辰虽然疑惑，但也没有详细去调查这件事，这和她无关。

等宋云霆回来，黎星辰找了个机会，当面与他们商量她结婚的事情。

虽然宋氏夫妻有些怨言，怕女儿再次遭遇危险，但肖景初是众人皆知的黄金单身汉，能嫁给他是众多豪门千金憧憬的事情。他们也没理由拒绝，便也由着女儿了。

这段时间，黎星辰没有联系过陈瑾光，陈瑾光也没有主动联系她。

想起陈瑾光，黎星辰心中只有愧疚。

或许这世上，只有陈瑾光是她心中一处柔软的新伤。

难以愈合，永远疼痛……

即使她的未来有多么幸福快乐……

她都不敢触及心底那一处伤……

婚礼前夕，黎星辰来到医院，她曾在这里度过了她的童年，一草一木都如此熟悉。楼下的长椅经过风吹日晒，油漆已经掉落，施曼容安静地坐在长椅上。

她穿着一身蓝白条纹的病号服，头发被剪得很短。

虽然她只是一个在精神病院里备受煎熬的中年妇女，但她五官很美，肤色白皙，弯弯的柳叶眉下面是一对秋水明月般秀丽的眸子，可以看出她天生便是个美人坯子。

黎医生坐在她身边，温柔地跟她说着些什么，她看起来状态很好，脸上洋溢着微笑。

黎星辰站在不远处，墨黑色的双眸忽而闪过悲伤。

没有她在身边，妈妈过得也很好。

果然，她这个女儿是多余的。

黎星辰静静地看了一会儿，转身想走，却险些撞在一个男人身上。

她抬起头，看到陈瑾光站在她面前。他今天没有穿白大褂，上身穿着件浅蓝色衬衣，那颜色像极了被雨水洗过的天空，衬得他气质清新雅致。她知道他并非这家精神病院的医生，他在两条街外的私立医院就职。或许他是特意来看望她妈妈，看在她的份上。

“星星，你怎么来了？”陈瑾光眼神平静，好像他们之间什么都没有发生过。

黎星辰轻声说：“我想来看看我妈……”

不知道为什么，在陈瑾光面前，她会觉得心虚……

陈瑾光看了一眼坐在不远处的施曼容，淡淡道：“她已经认不出你了。”

“我知道。”黎星辰的声音轻若落雪，“我只是想来看看她，不管怎么样，她是我唯一的亲人。”

陈瑾光叹口气：“回去吧，你来这里太危险了，我会帮你照顾她的。”

黎星辰沉默了很久，垂眸说道：“对不起，瑾光哥哥……”

陈瑾光笑了笑：“你没必要向我道歉。”

“我说那天的事情。对不起。你对我那么好，我却想要利用你……”

她早就后悔了，却没有勇气来道歉……

陈瑾光挑了挑眉：“我又不生你的气，如果你是心甘情愿的，其实我是愿意的。”

他的语气像是在开玩笑，带着笑意的声音清润好听，让沉重的气氛变得轻松了一些。

黎星辰却笑不出来，她握紧拳头，轻轻地、轻轻地说：“我要结婚了。”

风好像暂停了。

阳光洒落在她白色的裙子上，闪过刺眼的光。

陈瑾光的心也有微微刺痛，但他什么都没有表示出来，嘴角依旧挂着温柔笑容：“我听说了。肖景初求婚那么高调，现在全世界都知道你们要结婚了。”

黎星辰问：“你没什么想说的吗？”

陈瑾光微怔，漆黑的眸子波澜微漾：“祝你幸福。”

黎星辰松开拳头，感觉到手心渗出细汗：“你会不会觉得我很无耻？”

陈瑾光看着黎星辰。

她漆黑的长发别在耳后，秀气的巴掌脸露出来，妆容干干净净，衣服和鞋子虽然考究但不繁复华丽，却在低调中透着高级感，一看便是品位出众的豪门千金。

她现在用的是宋清妍的脸，她也已经融入了这个角色。

陈瑾光摇了摇头，微笑着拍了拍她的肩膀：“努力得到自己想要的东西，一点儿都不无耻。你以前过的那种生活并不适合你。星星，我想看到你幸福。”

“我也不知道以后我会不会幸福，我不知道能不能演一辈子的戏……”

看着黎星辰落寞的眸，陈瑾光突然觉得心酸：“你什么时候变得这么患得患失。如果肖景初不能让你幸福，甩了他就好。你现在要钱有钱，要颜值有颜值，怕什么。”

黎星辰愣了愣，对陈瑾光露出笑容，双眸弯弯如月牙：“景初在我心里，意义不同。”

那我呢？

陈瑾光很想问，但他终究还是没有开口。

有些问题，早就知道了答案，何必还要问出来，让自己心里不好受呢。

第四节

黎星辰望向长椅。

黎医生有别的事情离开了，妈妈一个人坐在那里，似乎有些紧张，双手抓住衣角，原本红润的脸颊此时变得苍白，她左顾右盼，看不到黎医生的身影，焦急不安，站起身想去找他，结果不小心摔了一跤，身上沾满了土。

黎星辰大脑一片空白，来不及思考便冲了过去扶起妈妈，帮她拍了拍衣服上的土。

施曼容仰起脸，望着面前陌生的女子，眼神迷茫。

黎星辰温柔地说："我送你回病房吧？"

施曼容突然情绪失控，伸手掐住黎星辰的脖子，她用了极大的力气。只不过瞬间，黎星辰便觉得难以呼吸，整张脸涨得通红，耳朵嗡嗡作响。

她隐约听见愤怒的声音，好像从另一个世界传来："我要杀了你！"

像从前一样……

像那日日夜夜的噩梦一样……

陈瑾光惊呆了，施曼容时常对星星施暴，但她很少主动攻击外人，此时在她面前的，是顶着宋清妍的脸的黎星辰啊，她为什么会如此激动呢？

陈瑾光顾不得多想，连忙冲过来。虽然施曼容是个女人，犯病的时候手劲却像男人一样大，陈瑾光费了好大劲才掰开她的手，医生、护士也冲了过来，有人抓住施曼容，有人向黎星辰道歉。

一时间，周围乱糟糟，吵闹极了。

黎星辰渐渐缓过来，软软地靠在陈瑾光怀里，浑身无力。

陈瑾光紧紧握着她的手，回想起来只觉得后怕。护士小姐也很害怕，怕这位看起来有钱有势的千金小姐会追究责任，哭丧着脸说："病人很久都没有这样了，所以才敢带她出来散散步。对不起，实在是对不起！回去我们就把她绑起来……"

黎星辰的脸发白，嘴唇也泛白，宛如凋零干涸的花瓣，显然她受到了不小的惊吓，但她依旧温柔优雅，甚至还轻言软语安慰起小护士："没事，是我的错。我看她摔倒了想扶起她，没想到吓到她了，你们不用追究她的责任。"

怎么会有这么善良的人啊！小护士感激得都快哭了。

此时黎修生也赶了过来，从大家的议论声中知道了情况。

施曼容谁都不相信，唯独相信黎修生，她抓着他，颤抖着说："害怕……我害怕……"

护士生气地骂她："你还害怕？你差点杀人了你知不知道？"

施曼容好像什么都听不见，只是紧紧抓着黎修生的手："怕……我怕……"

黎修生眼中掠过一丝疼惜，将她拥在怀里，轻轻拍了拍她的后背："没事，我回来了。"

施曼容渐渐平静下来，靠在他怀里，闭上了眼睛，好像周围什么都没有，什么都无法干扰到她。

护士们小声询问黎修生，他摇摇头，示意她们不用管了，护士们这才离开。

"院长为什么对施曼容那么好啊，他们是不是有什么……"

"别瞎想了，院长条件那么好，怎么可能喜欢一个精神病患者。"

"可是听说院长这么多年来都是单身，那么多小护士喜欢他，也没见他谈恋爱。"

"太优秀的人，眼光都很高。院长对施曼容，那属于做慈善，肯定没别的想法。"

"有时候真觉得，他们很像恋人啊。太可惜了，那么漂亮的女人得了这种病……"

黎星辰隐约听到些议论声，黎修生应该也听到了，但他没有解释。

其实这么多年了，黎星辰也不知道为什么。

小时候只有黎医生对她和妈妈好，如果不是他，妈妈没有钱住院，她也没有钱上学。

后来黎星辰发现她和黎修生是一个姓的时候，她还去问他“你是不是我的爸爸”。

黎修生摇头，摸了摸她的头发：“我和你妈妈是朋友，她以前是一位温柔善良的护士。”

黎星辰眼里的希望暗淡下来：“可是为什么我们都姓黎呢？真的没有血缘关系吗？”

黎修生低低地叹了口气，他好像想起了什么，眼神变得忧郁：“我也不知道你妈妈为什么给你起这个名字，我问过她，可你也知道她的精神状况，没办法清醒地回答我。星星，我不是你的爸爸，但你可以把我当作爸爸，有什么困难就来找我。”

黎星辰相信黎修生没说谎，她和他长得并不像。

其实答案早在心中，就算听到黎修生否认，她也没有失望，没有难过。

她靠在医院走廊的墙上，垂下双眸望着自己的鞋尖。

黎修生蹲在年幼的她面前，认真而温柔地说：“星星，你要相信你妈妈是真的爱你。”

她轻轻“嗯”了一声，纤长的睫毛遮住平静的眸子。

黎修生继续说道：“黎星辰，黎明的星辰。很美的寓意，不是吗？我相信她给你起这个名字，是把你看作她的希望，她想要你变得像星星一样耀眼。”

她淡淡一笑：“黎明是天快亮的时候，星星也快要看不见了。其实我都知道，妈妈心里最希望我消失。对她来说，我的出生是个意外——并不美好的意外。”

黎修生惊讶地看着她。

良久，他将面前的小女孩紧紧抱进怀里。

她觉得脖子湿湿的，她不明白，怎么大人也会哭呢。

她都有很久很久没有哭过了……

"星星，你要相信，还有很多人爱着你。"

"嗯。黎叔叔，我会很努力很努力，让更多人喜欢我。"

黎星辰确实很努力，虽然她家境不好，但她很懂得察言观色。她总是温柔礼貌地微笑，帮同学辅导功课，帮舍友打扫卫生，不计较得失。在许多人眼里，她就像美丽璀璨的星辰。

她想变得更优秀，有资格追求自己心中的那束光……

黎修生安抚好施曼容，才对黎星辰表示了歉意。

黎星辰摸了摸脖子，若无其事地说："没关系。"

黎修生打量了黎星辰一番，目光转向陈瑾光，似有所指："我以为你跟星星在一起。"

陈瑾光满不在乎地笑了笑："我很久没有见过她了。"

黎修生瞥了一眼黎星辰，见她气质不俗，问陈瑾光："这位是你的女朋友吗？"

陈瑾光也想承认，可惜这个女人，很快就要成为别人的妻子了。

连梦，都不属于他……

他摆摆手，否认道："是我的一位朋友，偶遇而已。"

黎修生笑道："我还想说，你小子哪儿来的狗屎运，交到这么知书达理的女朋友。"

陈瑾光忍不住辩驳："我也帅气威猛好吗！到现在都没女朋友，老天爷真是不公平。"

黎修生习惯了陈瑾光的不正经，他知道陈瑾光在开玩笑。陈瑾光哪里是找不到女朋友？分明是忙于学业，耽误了个人问题。

黎修生和陈瑾光爸爸是世交，他从小看着陈瑾光长大。这孩子虽然有时候玩世不恭，但他学习的时候，做手术的时候，任何重要场合他都非常认真。他拒绝继承豪门家业，以优异的成绩出国学医，他是黎修生见过的为数不多的医学天才。

黎修生与陈瑾光左右搀扶着施曼容，走向大楼入口，黎星辰沉默着跟在后面。

走廊里阴暗下来，不知何处吹来幽冷的风，穿堂而过。

黎修生突然叹了口气："星星很久没有来了……"

他的声音很轻，但走廊里那么静，他的声音还是轻易传入了黎星辰的耳朵里。

陈瑾光道："是啊，真是个没良心的丫头，如果遇到她，我可要好好地谴责她！"

黎修生却说："别。我一直都想，如果星星能放手走自己的路，该有多好。那么好的女孩子，不应该被这样的妈妈毁掉……我不是说曼容不好，只是，她真的不是个好妈妈……"

黎星辰的脚步突然停下。

她站在阴冷的走廊里，听到黎修生带着微微笑意的声音，温暖如阳光，充满力量："如果你见到星星，记得转告她，我会照顾好她的妈妈，你让她放心好了。"

黎星辰停在那里，再也没有走下去。

她已经伪装得那么好了，为什么听到黎修生的话，她会忍不住流泪呢……

黎星辰低头看着深色的水泥地，紧紧地抿着唇，看到一滴眼泪落在地上。

她从前过得很不幸，但她从来没有怨恨过妈妈。每个人都有着不同的不幸，怨天尤人没有用。她知道，她自己的人生，只能靠自己来救赎……

第六章 他们是同一类人

○ ○ ◐ ● ●

第一节

陈瑾光从楼上下来的时候，看到黎星辰坐在长椅上。

她低着头，摇曳的树影洒落在她纤瘦的身上。

陈瑾光走到黎星辰面前，低头看着她，沉默片刻后，陈瑾光听到黎星辰轻软的声音：“妈妈应该是打心眼儿里讨厌我的吧，就算我的脸变了，她还是像以前一样讨厌我。”她的语气里甚至有着自嘲的笑意，这让她的话听起来非常让人心疼。

陈瑾光心中刺痛，他在黎星辰身边坐下，轻声说：“星星，你别胡思乱想。是黎叔叔突然离开，施阿姨心里发慌，才会情绪失控的。”

黎星辰扭头看他，瞳眸清亮：“谢谢你，瑾光哥哥，你总是这么认真地安慰我，不管事实真相是什么。”

陈瑾光的双眸闪了闪，不自觉地移开视线：“我只是想要你开心，你笑的样子最好看……”

黎星辰低下头，从手包里取出一张精美的请柬递给陈瑾光：“我的婚礼，希望你能来。”

陈瑾光有些犹豫，没有伸手去接：“方便吗？你不是说我们的关系不能被别人知道吗？”

黎星辰微微一笑，柔声说：“没关系，你是我的救命恩人，景初知道的。”

陈瑾光收下了请柬，放进口袋，对她笑了笑：“你幸福就好。”

黎星辰撇了撇嘴：“什么啊，这话就跟‘你开心就好’一样敷衍。”

陈瑾光突然岔开话题：“晚上一起吃饭吧，我想念你做的炸酱面了。”

黎星辰怔了怔，笑道：“一点儿追求都没有，应该吃大餐呀。走，我请你。”

陈瑾光摇摇头，看着她亮晶晶的双眸，固执地说：“我只想吃你亲手做的炸酱面。”

晚上，陈瑾光如愿吃到了黎星辰亲手做的炸酱面。

她手艺很好，因为她从小便经常给他做饭。黎星辰是个有恩必报的人，陈瑾光对她太好，她无以为报，便经常为他下厨，做他喜欢吃的东西，不论她做得怎么样，他都大呼好吃。

刚刚出锅的面条，浇上香喷喷的肉酱，铺满新鲜的黄瓜、豆芽、葱丝，香气四溢。

陈瑾光握着筷子，充满期待地看着黎星辰端着碗走来，碗边太烫，她将碗快速放在桌垫上，手指捏了捏耳朵，笑盈盈地说：“看你的样子，好像饿了三天没吃饭似的。快吃吧。”

陈瑾光却放下筷子，站起身拉住黎星辰的手，担忧地问：“烫到了吗？我去给你拿药！”

黎星辰抽回手，脸颊微红：“没事，没事。你快吃饭，放久了面就不好吃了。”

陈瑾光乖乖坐下，他早就被面条的香气诱惑得流口水了。

他一边吃，一边含混不清地说：“超好吃！星星，你如果开家面馆，一定生意爆红，我要天天捧场！我喜欢吃你做的炸酱面、葱油拌面、番茄鸡蛋面，你做的焖面和饺子也超好吃！我投资你开面馆吧！”

黎星辰被他逗笑了：“你别想一出是一出啊，我做饭很慢的，没办法批量生产。我把菜谱写给你，以后我不在了，你自己照着做，或者让保姆帮你做，很简单的。”

陈瑾光摇头：“不是同一个人，做出来的味道根本不一样！”

黎星辰在他对面坐下，托着腮看他：“说得好像你是专家似的。”

陈瑾光大口吃面，想了想又问：“你会给肖景初做饭吗？”

黎星辰说：“宋清妍不会做饭，况且家里有厨师，也不需要我做饭。”

“好可惜，这样的美味他都尝不到。”陈瑾光说这话的时候却明显很高兴。

黎星辰瞪他一眼：“吃饭的时候话还这么多，小心噎死你！”

陈瑾光很快吃完了一大碗面，抬头看黎星辰，突然发现哪里不对劲：“你不吃吗？”

黎星辰嘴角浮起甜甜笑容：“淀粉会发胖，我戒了。”

“你又不胖。”陈瑾光打量她，就算穿着显胖的白色，她依旧看起来清瘦娇弱。黎星辰以前就瘦，现在看起来甚至比以前更瘦，可想而知，就算她身在豪门，也身负重重压力。

“最近情况特殊嘛，晚上我只吃点水果、蔬菜。婚纱是量身定做的，万一我胖了，婚礼那天就穿不上婚纱了。你也知道的，我们的婚礼会有许多记者来，镜头很挑人的，只要稍微圆润些，拍出来就根本不能看，我可不能让别人觉得景初娶了个‘土肥圆’。”

陈瑾光轻轻叹了口气：“女人真可怜啊，顾忌这个顾忌那个的。还好你请了我这位天才神医去参加婚礼。如果你突然因为低血糖昏倒，我可以第一时间为你人工呼吸。”

黎星辰翻个白眼：“陈瑾光，你是欺负我没医学常识吗，低血糖根本不需要人工呼吸。”

陈瑾光露出惊讶的表情：“啊，忘了你已经长大了，现在不好骗了。真可惜。”

黎星辰站起身收拾碗筷，陈瑾光依依不舍地说：“我还想吃西红柿鸡蛋面！”

“你饭量太大了，养得起你自己吗？不如你直播吃饭吧，多赚点钱买肉吃。”

“我平时吃得根本不多，我只想吃你做的……你要是嫌弃我，我再也不吃晚饭了……”陈瑾光小心翼翼地说着，抬眼偷看她的表情，似乎在观察她的反应。

干什么嘛，这家伙，故意露出这种可怜巴巴的表情，好像她在欺负他……

黎星辰将碗筷拿进厨房，无奈地说："我的意思是晚上少吃点。以后有机会我再给你做。咱们又不是要绝交了，就算我结婚了，我们也是好朋友。"

好朋友……

陈瑾光坐在餐桌上，看着黎星辰的背影，眼神突然变得暗淡。

第二节

婚礼由肖景初筹备，黎星辰什么都不用做。宋云霆依旧忙碌，没有给予女儿太多关心。只有俞明珠忙得不可开交，她还特意托设计师为宋清航做了套衣服，让黎星辰给弟弟带去。

黎星辰按照俞明珠给的地址，来到了这栋公寓。

她按门铃按了好一会儿，宋清航才打开门，空调的冷风立刻从室内吹了出来。

黎星辰走进客厅，将手里的礼盒放在桌上："怎么不接我电话？"

宋清航似乎很惊讶，愣了一会儿才走过来："睡着了，没听见。"

黎星辰瞥了他一眼，见他睡眼惺忪地穿着睡衣，短发不听话地翘起来，确实像是刚刚醒来的样子。她也没有计较，打开礼盒，取出一套质地极好的黑色西装捧给宋清航："这是妈让我拿来给你的，我要结婚了，婚礼那天你可要打扮得帅一点，听说有许多漂亮的千金名媛会来参加呢。"

宋清航笑道："什么啊，好像要带我相亲似的。人家还小呢，身心都很纯洁。"

黎星辰白他一眼："别贫嘴了，快穿上试试，如果有不合适的地方还可以再改改。"

宋清航应了一声，去卧室换上了新衣服，走出来的时候，冷清的客厅仿佛亮起了一道光，照亮了黎星辰的眼睛。她让宋清航转了几个圈，啧啧赞道："嗯，很合适。没想到你穿上西装这么好看。我敢保证，婚礼那天一定有许多女孩子会爱上你。"

她没有说谎，宋清航真是个天生的衣服架子。穿白衬衣时像是学校里深受女生追捧崇拜的学霸校草，穿起西装又有种干净利落的帅气，原来不仅仅只有白色适合他，黑色也能被他穿得帅气卓然。

“我才没兴趣。”

宋清航脱下衣服，又换上了他灰色的棉质睡衣。

他连穿着睡衣都这么好看，这家人的基因真好。

黎星辰心中暗叹。她第一次来到宋清航的公寓里，之前一直对他的情况充满好奇，这次恰巧有机会看个清楚。她左顾右盼，虽然公寓很大，但正因空间大，反而显得格外冷清。不管是窗帘还是地垫，不管是桌椅还是沙发，都是冷色调。

“清航，你一个人住在这里习惯吗？”

黎星辰打开冰箱看了看，没有新鲜的水果、蔬菜，只有几片面包和半包挂面。

宋清航懒懒地靠坐在沙发上：“我喜欢一个人住，因为我喜欢自由。”

“可是你病了怎么办？这公寓里连个用人都没有，谁来照顾你呢？”黎星辰有些担忧。

当然，这间公寓比她以前住过的地方要高级太多。可是对于宋清航这种养尊处优的公子哥，已经可以称得上是简陋了，宋家豪宅的洗手间都比这里豪华。

“姐，你别担心了。人总是会成长的，我正在学着成长。”宋清航煞有介事。

黎星辰被他逗笑了：“你读书读傻了，说起话来一套一套的。吃饭了吗？”

没等宋清航回答，黎星辰看了眼窗外渐沉的暮色，自作主张：“肯定还没吃。你呀，一天三顿饭一定要按时吃。万一得了胃病，有你后悔的。”说着便从冰箱里取出挂面来，命令道，“去，给你姐煮面。我今晚在你这里混顿饭吃，你没意见吧。”

宋清航坐在那里没动，耸耸肩：“我又不会煮面。”

黎星辰惊讶道：“你不会煮面，买挂面做什么？”

宋清航撇撇嘴：“我以为我会煮，在我烧坏锅以后，我放弃了。”

宋清航打了个哈欠："姐，你出去吃吧，我还没睡醒呢，要继续睡了。"

他起身正要回房，黎星辰抓住他，斩钉截铁："不行，你该吃晚饭了！"

她抓着宋清航来到冰箱旁边，翻找着冰箱里的食材，可惜这里的食材真是少得可怜，除了面包和挂面，就是几罐饮料。她从冷藏柜里取出仅剩的两枚鸡蛋，在耳边晃了晃，没听到什么声音，她不放心地问："这鸡蛋什么时候买的？"她怕鸡蛋已经过期变质了，毕竟宋清航不会做饭。

他想了想，小声说："就前几天，和挂面一起买的。买了两斤，都做毁了，就剩下两枚……"

黎星辰无言以对。

鸡蛋这么简单的东西，居然也能做毁？

果然让宋清航一个人住在这里很不放心啊……

黎星辰拖着一脸不情愿的宋清航来到厨房。虽然他不会做饭，厨房里的厨具却是一应俱全。垃圾桶里扔着个烧得漆黑的铁锅。还好黎星辰找到一个崭新的小奶锅，如果把面条掰断倒也装得下。她将锅碗洗了一遍，烧上水，宋清航在旁好奇地望着她，她的行为让他睡意全无："你什么时候学会做饭的？"

黎星辰一愣。

她平时很谨慎，在宋家一直都装作十指不沾阳春水的千金小姐。但她其实懂得很多生活方面的常识，正因如此，她有时候才会忽略某些事的难度。比如，煮挂面需要学吗？不就是水开后把面扔进锅里吗？荷包蛋还需要厨艺吗？不就是跟挂面一样丢进水里吗？

为什么连这点小事，宋清航都能用闪闪发光的眼神看着她？

这也需要崇拜吗……

黎星辰低头磕开鸡蛋，让长发半遮住她的脸："我不会做饭呀，就是试试而已……"

宋清航"哦"了一声，一眨不眨地望着她。

黎星辰压力巨大，她只好故意加重力道，将鸡蛋磕得溅在白瓷台子上，掉进碗里的鸡蛋也散开了，蛋清和蛋黄混在一起。黎星辰手忙脚乱拿抹布擦掉污渍，沸水咕嘟咕嘟翻滚着，她连忙将蛋液倒入锅中，再放挂面。顺序反了，导致鸡蛋太熟，挂面又有些硬。

厨房里没有太多调料，黎星辰在面里倒了些酱油搅匀，端给宋清航。

比她平时的水准降低了太多，但味道不算差，至少不是令人难以下咽的黑暗料理。

宋清航前一刻还说没胃口不肯吃，在黎星辰的逼迫下，下一刻他就吃光了一碗面。

他吃得嘴角沾了酱油，黎星辰抽出纸巾帮他擦掉。她的手指不经意间碰到了他的脸，指腹柔软温暖，手指上有着护手霜浅淡的香气，伴随着空气沁入他的鼻息。

宋清航扭头看了她一眼，视线撞进她黑亮的眸子里，他怔了怔，脸颊突然微微发烫。

"怎么样，姐姐的厨艺很不错吧！"黎星辰笑盈盈地看着宋清航，等待他的赞美。

"马马虎虎吧……"宋清航低头喝了口面汤，并没有直视她期待的双眸。

"喂，承认别人很难吗？"黎星辰捏住宋清航的脸蛋。

他连忙求饶："好吃！姐姐做什么都好吃……"

黎星辰却更用力了："一点诚意都没有！你应该说，姐姐煮的面太好吃了！"

宋清航疼得眉毛都皱起来了，忙顺着她的话说："姐姐煮的面简直是人间绝味！"

黎星辰这才松开他："算你诚实，姐姐原谅你了。去把碗洗了。"

宋清航听话地去洗碗。

厨房里水声哗哗，伴随着盘子磕在水池里的清脆声音。

黎星辰笑望着宋清航挺直的背影，突然觉得这种日子很惬意。

宋清妍真是幸福，有出众的外表，有爱她的父母，有完美的未婚夫，有乖巧帅气的弟弟。

有时候，黎星辰不得不承认，人和人是有差距的，有人天生便拥有幸福……

她到洗手间取了条干净的毛巾，走到宋清航身边，擦干他湿漉漉的手，突然看到他手腕上有几条疤痕。他的肌肤凝白细腻，那狰狞的疤痕越过他精致的手腕，越过青紫色的血管。

触目惊心！

黎星辰一惊，毛巾掉在地上。

宋清航脸上的笑容突然消失了。

他将衣袖放下来，遮住他的手腕。

黎星辰盯着他："怎么回事？"

宋清航笑得风轻云淡："猫抓的。怎么啦，难道你以为是我割脉吗，哈哈哈！"

他越是笑，她越是觉得不对劲。黎星辰面无表情地看着他，直到他的笑声变得干冷。那本就勉强的笑声渐渐在空气里僵掉了。她反问："难道不是吗？"

宋清航抿着唇，脸色异常苍白。

他转身朝卧室走去，语气依旧温和，却隐隐开始不耐烦："我累了，姐姐，你该回去了。"

"清航……"黎星辰抓住他的手，惊觉他手指冰冷。

宋清航回眸看她，眼中已然冰寒一片，再无半点温情。

黎星辰从未见过他这样的表情。

她又想起宴会那晚她回到家，仰头看到宋清航站在阴暗的窗户里，仿佛被夜色吞噬。她看不清他的表情，但潜意识告诉她，那里站着的，不是平时与她肆意笑闹的纯真少年。

"疼吗？"鬼使神差地，她问出了这样的话。

宋清航皱了皱眉，晶亮的眸心流转着复杂神光。

黎星辰握住了他的手，轻轻的，却又紧紧的。

她的手指温暖，像雪地里的阳光，几乎要融化他心湖的坚冰。

宋清航想挣脱，却没有挣脱开，耳边传来温柔的声音，那样直白地刺进他心房的厚壁："清航，我不问你发生了什么。我只想告诉你，如果有任何难处，希望你第一时间能想到姐姐，我会尽我所能来帮你。当然，前提是你不能做违法乱纪、有悖道德的事。”

宋清航惊讶地看着她。

沉默了很久，他缓缓问道：“为什么要对我这么好？”

黎星辰不假思索：“当然因为你是我弟弟。”顿了一下，她伸手触摸他微凉的脸颊，“可如果你不是我弟弟，我也一样想对你好。你总是笑得没心没肺，好像你的世界里全是最美好的事物。可是刚才，我突然看到你面具碎裂后，露出了真实的自己。”

那样子，真的像极了身怀秘密，负重前行的她……

她突然觉得，她和宋清航是同一类人……

但她身上的秘密更阴暗，她只能永远戴着面具来面对他……

“清航，你让我很心疼。”黎星辰握住宋清航的手腕，疤痕划过她的手心，他的脉搏在她手中颤抖，她努力朝他微笑，好似自己身上全都是充满阳光的正能量，“也许我并不是一个好姐姐，但我希望以后你能依靠我。我会成为一个值得依赖的好姐姐。而你，只要学着放下防备，用心去信任我就好了。”

“姐姐……”宋清航小声重复这个词，他的声音轻得像吹散粼粼水波的微风。

黎星辰踮起脚，又轻轻地揉了揉宋清航的头发，坚定地说：“对，姐姐！”

宋清航突然抱住了她。

他的身体在微微颤抖，那是虚假面具后深藏的脆弱。

黎星辰愣在那里，动也不敢动，就任由宋清航抱着她。

他的头埋在她的肩膀上。他似乎哭了，让她的肩膀都湿了。

过了很久后，宋清航发出带着鼻音的声音：“姐姐，我会保护你的。”

这句话让黎星辰的心口颤了颤，怎么她也有种想哭的感觉呢？或许在不知不觉中，她将自己缺失的母爱全都给予了宋清航。对待这个弟弟，她并没有任何阴谋心机。刚才看见宋清航手腕上的伤疤，她难受得好像刀子是从她自己肤肉上划过去的。

“傻瓜，你连饭都不按时吃，鸡蛋挂面都不会煮，还说保护我，你拿什么保护我？”

宋清航揉了揉眼角，逞强地说：“当然是用心保护了！”

黎星辰哈哈大笑：“小伙子虽然没谈过恋爱，甜言蜜语倒是说得顺口嘛。”

“那要看给谁说了。”宋清航抬眼瞄了她一眼，他双眸中蒙着晶莹剔透的水光，在长睫毛下闪烁着动人光芒，“真别说，面对姐姐的时候，我什么甜言蜜语都说得出来。或许我是个天才吧。”

黎星辰白他一眼：“呵呵。”

然而心底深处，竟有种久违的感觉，那是她不曾拥有过的亲情……

是不是太奢侈了……

如果宋清航知道她是亲眼看见宋清妍死亡的人……

如果他知道，是她见死不救，是她抢走了宋清妍的身份……

太多的如果……

黎星辰想也不敢想……

第三节

很快就到了举办婚礼的日子。

豪门的婚礼流程烦琐，光是婚宴就要举办好几场，要在不同的地方宴请不同的人。

初次的婚宴并没有邀请太多人，只邀请了肖、宋两家最为亲近的人。这是一座豪华的大庄园，酒席和甜品台全都摆在草坪上，到处都是盛开的玫瑰和蔷薇，芳香迷人。

黎星辰穿着纯白色的婚纱，头戴珍珠花冠和白纱，站在蔷薇花前，对来往的宾客露出温婉礼貌的微笑，身后的蔷薇花娇嫩芳香，却无法夺去她夺目的光芒。

她比平日里美丽更多，或许因为心底那喷薄而出的幸福感，让她整个人都明艳照人。

肖景初走向黎星辰，一身黑色西装，气质超然出众，与她站在一起，般配得不能再般配。

黎星辰脸颊浮起樱花般的红晕，拉起肖景初的手：“景初，我心跳好快，你摸摸。”

他差点上当，大手距离她胸口几厘米时，他突然智商上线，猛然收回手。

“你是不是想看见明天的新闻写，我婚宴还没开始就着急对老婆动手动脚？”

看到肖景初微微发红的俊脸，黎星辰忍俊不禁，凑近他的耳朵，带着甜香的呼吸撩拨他耳边的发：“结婚这样的喜事，想那么多干吗。反正我已经是你的人了。”

肖景初竟被她撩拨得心跳加速，他挑眉：“你确定要在这里调戏我？想好后果了吗？”

黎星辰脸一红，小声说：“谁调戏你了，说几句真心话都不行啦。”

她走到不远处的桌旁，端起酒杯喝了两口，试图掩盖她的心虚。

肖景初端起另一杯酒，与她碰了碰杯，发出小小的清脆的碰撞声。

他们一会儿要去敬酒，因为宋清妍不太能喝酒，所以她的杯子里是兑了少量酒的矿泉水，喝到嘴里只有淡淡的辛辣味，酒精含量几乎可以忽略。只有肖景初手里的才是白酒。杯子看似一样，但有着小小标记，这使得他们确保不会拿错杯子。

其实做不做标记都没关系，只要将杯子拿到手里就能分辨出来，其中一杯有着浓浓的酒精味，另一杯则味道清淡。

黎星辰不知道肖景初的酒量如何，不过她决定了，今天一定要灌醉他，晚上才不会露出破绽。等他醒来的时候，她已经换了被单，成了他的女人，一切都是那么完美……

黎星辰心中已经被巨大的幸福感填满，她抬眸看到宋清妍的父母坐在最显眼的地方。

宋云霆依旧是不苟言笑的严肃模样，只是眼神闪动中流露出对女儿的关爱，俞明珠则激动得眼圈泛红，手里紧紧地捏着一块白帕子，生怕自己忍不住会哭出来。

而肖景初的父母显得冷静了许多，没有那么激动，但他们很和蔼地对她微笑。这几天黎星辰与他们碰过面，她举止端庄有礼，嘴甜又有眼色，公公婆婆表面上对她还是比较满意的。

出乎意料的是，宋清航并没有和宋氏夫妻坐在一起，他坐在另一桌，仿佛根本不是宋家人，不知情的人会以为他只是宋清妍的朋友。他穿着那套黎星辰见过的黑色西装，端正坐在那里，肩宽腰窄腿又长，简直比明星还要耀眼。有几位千金小姐显然对他很感兴趣，频频投来关注的目光。宋清航却好像并未察觉，微笑着朝黎星辰招了招手，视线一直停留在她身上。

人来得差不多了，黎星辰扭头看了看她给陈瑾光准备的位置，桌子一圈已经坐满了人，可是唯独陈瑾光的座位空荡荡。他向来守时，今天是有事耽误了呢，还是根本不想来？

黎星辰借口要去补妆，来到化妆间，拿起手机给陈瑾光打个电话。

电话响了一会儿，陈瑾光才接起来，语气有些疏远清冷：“你好。”

黎星辰压低声音说：“好什么好，是我呀。你怎么还没来，堵车了吗？”

陈瑾光沉默几秒，说：“抱歉啊，临时有个重要的手术，没办法来了。”

黎星辰微怔，虽然有些失落，但她没有强求：“好吧，工作重要，你注意身体。”

陈瑾光笑道：“知道了，礼金已经转账给你了，记得查收。”

黎星辰小声埋怨：“跟我还这么客气，你要是能来，比什么都重要。”

陈瑾光连忙道歉：“这不是刚好不凑巧嘛，下次我一定来！”

黎星辰佯怒：“什么下次！我又没打算离婚，你居然诅咒我！”

“哎呀，口误！口误！”陈瑾光大笑，随后小声嘟囔，“我怎么把实话说出来了呢……”

黎星辰不想和他讨论这个话题：“你不是在做手术吗？怎么还有空接我电话？”

“呃，手术还没开始，我正准备给你打电话请假呢，你就把电话打过来了。我们真有默契。”他的语气充满讨好。

隔着手机，黎星辰都能想象出陈瑾光此时的表情。

“行了吧，油嘴滑舌，快去做你的手术吧，别耽误了！”

“知道了。星星，很遗憾不能看见你穿婚纱的样子。祝你幸福。”

黎星辰坐在梳妆镜前，望着镜中这张不属于她的脸，垂下眼睫：“瑾光哥哥，我希望你能比我幸福。”

那边沉默了几秒钟，陈瑾光笑了笑：“但愿吧。”

有人推门进来，黎星辰立刻挂断电话，将手机放在桌上，随手拿起一支唇膏补妆。

进来的是姚知盈，她穿着优雅高贵的紫色露肩长裙，披散的波浪大卷发散落在肩头，象牙色的手臂裸露出来，肤色白如美玉，妆容美艳无比，简直是女神的标准范本。

黎星辰望着姚知盈，忍不住赞叹：“盈盈，你今天好美。一定会有很多人爱上你。”

姚知盈羞涩地说：“你可不许乱点鸳鸯谱啊，我是有男朋友的人。”

黎星辰掩唇笑道：“哈哈，我把这件事忘记了，你这么漂亮，一个男朋友哪够用啊。”

姚知盈戳了戳黎星辰的额头：“你怎么能说这种话，我可要向肖景初告状喽。”

黎星辰连忙求饶：“我开玩笑的，我心里只能放得下景初一个人。”

姚知盈道：“我也是，只要有家峰一个人就足够了，全世界都没有人比他更好。”

轩辕傲天的本名是杨家峰，他出道做歌手，用了本名，大概是自己也觉得轩辕傲天这个名字太羞耻了吧。呵呵，黎星辰想问，当初是谁说他爸爸姓轩辕？

杨家峰发行新单曲后反响不错，再加上专业造型师的打理，他从油腻小白脸一下子转型成了花美男，获得迷妹（追星者）无数。听说已经签约了某热门网剧的男一号。

杨家峰嘴上说感激女友的帮助，却要姚知盈不要对外公开他们的关系，说害怕得罪粉丝，害怕刚刚看到成功的曙光，就被绯闻影响跌进谷底再无翻身机会。姚知盈自然表示理解。

黎星辰还记得上次在综艺节目中见到杨家峰，主持人问他有没有女朋友。他对着话筒笑得腼腆："我也很想恋爱呀，可是每天都在练歌，实在太忙了。"

主持人又问："那你喜欢什么类型的女孩子呢？"

他站在灯光耀眼的台上，装模作样地想了想，认真地说："我对女朋友没什么标准，只要她善良孝顺就可以了，最重要的是我们心意相通。"接着，他将视线转向镜头，好像在对镜头前的每个粉丝说话，"只要你有一颗善良的心，你就可能走进我心里。"他一边说，一边用手比出了一个爱心。

话音刚落，他忍不住"扑哧"一声笑出声来："让一个没有谈过恋爱的人说这种话，真的好害羞……"

主持人也笑了，惊讶地问："你居然没有谈过恋爱，真是难以置信。"

杨家峰笑道："很多人都这么说，但是真的没有人追我哎。"

主持人根本不信："你不是校草吗？怎么会没人追你？"

"可能我太迟钝了吧，记得学校组织爬山的时候，老师安排校花跟我一组，结果我嫌她走得太慢，自己一个人飞快走到山顶，过了很长时间她才爬上来，我还嘲笑她来着。这种事情发生过太多次，直到毕业后的某一天，我突然回过神来，觉得自己真是个白痴。"

说到这里，他自己也忍俊不禁，挠了挠头："这是个悲伤的故事。"

台下一片愉快的笑声。

这家伙卖人设真是一流，走上顶级明星之路也不是没可能。

不过他是姚知盈选择的男友，黎星辰也没资格多说，一言不合还会惹得姐妹反目。

第四节

“清妍，”姚知盈撩了撩长卷发，眸中期待满满，“你看我今天有什么特别的地方吗？”

黎星辰仔细打量她。

姚知盈依旧如以往一般，化着亮眼却不俗气的浓妆。她并没有戴太贵重的首饰，只在脖子上戴着一条细细的银色链子，吊着枚水滴形的水晶吊坠，这与她华美的装扮有些不搭配。

“你的项链蛮好看，新买的吗？什么牌子？款式很清新，和你平时的风格不太一样呢。”

姚知盈羞涩地笑道：“我也不知道是什么牌子，家峰送我的，他说只是一条普通的铂金链子。我知道他现在还没赚到什么钱，但他能有这样的心意，我很感动，他送什么我都喜欢。”

杨家峰居然知道给女朋友送礼物了？

黎星辰震惊中又觉得欣慰。

这个男人总算有点儿良心了，说不定调教调教会变好。虽然一条细细的铂金链不值多少钱，但是有心就好，至少比草编的戒指和锦旗要好得多……

黎星辰对他没有抱太大希望，一点一点来嘛，总不能奢望一步到位。

姚知盈解开链子递给黎星辰，眼底眉梢都是幸福：“清妍，你不会觉得我今天戴的首饰不太正式吧。主要是你的婚礼，我也不好喧宾夺主。你是我最好的朋友，我戴着家峰送我的礼物做你的伴娘，我也觉得特别幸福。你看，吊坠后面还刻了我和他名字的缩写。”

黎星辰拿起链子看了看，神色古怪地问了句：“他说是铂金的吗……”

姚知盈点了点头，突然觉得她的问题有点奇怪：“怎么了？”

黎星辰的手微微抖了一下，但她很快恢复如初，笑着说：“哦，没什么。”

姚知盈并不是白痴，清妍的反应很不对劲！

姚知盈顺着她的目光看过去，看到了链尾银色小扣上的小字——925银。

姚知盈的表情明显有些尴尬，她明白那代表了什么，她的声音越来越轻："他说他辛苦做兼职，连早饭都舍不得吃，存钱给我买的……"

黎星辰直截了当地说："你知道吗，像这种银质的很便宜。"

姚知盈不愿意怀疑男友，仍在为他开脱："可能他被人骗了……"

黎星辰毫不留情地打断她："行了，盈盈，你还看不出来吗，他对你并没有很好。"

姚知盈将项链握在手心，声音微有哽咽："我不是在乎物质的人……"

黎星辰道："这和钱无关，是他不够爱你。你不拜金，也没嫌弃过他，你要的只是一份单纯的爱情。可现在的问题是他骗你，连这种小事他都能说谎，你凭什么认为他真心对你？"

姚知盈紧紧咬住嘴唇，没有说话，她消瘦的肩膀微微颤抖。

看到她的样子，黎星辰有些生气，或许更多的是心疼。黎星辰不管不顾地说下去："你在他身上花了多少钱？你给他买衣服，帮他进娱乐圈，花钱帮他铺路，你觉得你的付出和回报成正比吗？他编个戒指，折些纸鹤，你就感动得不得了，就算你再有钱，也不能鄙视为你花钱的男人，而去选择一个对你一毛不拔的男人吧！"

姚知盈突然开口："那你呢？"

黎星辰愣住，不明白她在说什么。

姚知盈盯着她："你为什么要和家峰私下联系？"

黎星辰大脑突然空白，她下意识地说："他只是问过我，生日送你什么礼物……"

姚知盈的眼神冷下去："他都给我说了。"

"说什么？"黎星辰惊讶地看着她。

姚知盈没有说话，她似乎在心中做着极大的挣扎。黎星辰忍不住抓住她的肩膀，心里压抑的怒气一点一滴溢出来："杨家峰到底给你说了什么！"

姚知盈皱着眉头，沉默片刻后，她鼓起勇气说道："他说你每天晚上都给他发消息，还说你劝我们分手。你说我有大小姐脾气，怕他将来受不了我。家峰说你善解人意、知书达理，他对你的印象很好。虽然我们都没想到你会那样说，但我相信你对他没有那种意思。你可能把他当朋友，为他着想。但我真的希望你离他远一点儿，男人都抵挡不了诱惑。”

黎星辰气得连脏话都说不出来了：“姚知盈，你怎么想的？明明是他骗你，怎么跟我扯上关系了？难道错的是我吗？”

“你也知道他是我男朋友，跟你没关系，你又为什么要说他不好？你凭什么说他不好？”

“那你要我怎样？无论他做什么恶劣的事情，都劝你原谅他吗？”

黎星辰气得都笑出声来，她是真心觉得可惜，姚知盈怎么能把一手好牌打得稀烂？

如果她有姚知盈这样的外表、这样的家世，她怎么可能被一个小白脸牵着鼻子走。

“及时止损吧！没结婚他都这样对你，结了婚呢？男人婚后绝对不会比婚前更好！况且他现在一直对外假装单身，谁知道他将来会不会跟你结婚。姚知盈，你好歹是受过高等教育的名媛千金，你要身材有身材，要长相有长相，家里那么有钱，为什么非要喜欢他！”

姚知盈没想到“清妍”会这么生气。

“清妍”没有解释，没有为自己开脱，也没有骂家峰过河拆桥，话语里却全都为她抱不平……

这和姚知盈预想的结果截然不同，她愣在那里。

良久，她垂下双眸，忧伤地说：“男人都是这样的，我从小就知道……我妈跟着我爸白手起家，可他们只能共患难，却不能同富贵。我爸有钱以后就有了别的女人。她们打电话辱骂我妈，可我妈一直忍辱负重，她说只有将这个家打理好，尽到她该尽的责任，在我爸心里，她就是最重要的。所以这些年来，她始终是姚家的女主人。”

黎星辰越听越生气，怒道：“你这种想法根本就是错的！”

姚知盈的声音陡然拔高：“宋清妍，你有肖景初，可我没有啊！我没你那样的手段，能让肖景初对你死心塌地。我就只有家峰，他是没有钱，没有肖景初那么优秀，那我又能怎样呢？我知道男人都抵挡不了诱惑，我只希望你离他远一点，我错了吗？我错了吗？”

黎星辰怔在那里。她秋水般的明眸渐渐变得失望：“原来你是这么想我的？”

姚知盈此时惊觉自己说得太过分，伸手想要拉住黎星辰：“对不起，我……”

黎星辰却抓起她手里的银链子，转身快步朝门外走去。

姚知盈不算她的知心闺蜜，她也不是伤心，她只是觉得失望。那种感觉，大概叫作恨铁不成钢。

这段时间她和姚知盈相处融洽，她并不讨厌这位光彩夺目的名媛，因为她知道姚知盈不是坏人。她本来不想管姚知盈的感情事，但杨家峰做得太过分了！他骗了她的人，骗了她的钱，还想挑拨离间，给她洗脑，谁给他那么大的脸？

黎星辰看到杨家峰坐在桌边，显然精心装扮过，唇红齿白，正和身边的某位千金小姐聊得热火朝天，小姑娘被他逗得花枝乱颤，用手拍了他好几下。

黎星辰越看越来气，她走得飞快，真想把那根银链子狠狠扔在他脸上。可是还没等她走过去，她突然捂住肚子蹲在地上，只觉得五脏六腑绞痛。

跟在她身后的姚知盈吓了一跳，连忙去扶她：“清妍，你怎么了，你别吓我啊！”

这剧痛来得凶猛，黎星辰已经疼得说不出话了，她想吐又吐不出来，倒在地上缩成一团。

姚知盈看到她脸色发青，大叫：“肖景初，你快来啊！清妍突然摔倒了，她是不是病了？”

所有人都涌了过来，肖景初挤开人堆，抓住黎星辰的手，惊觉她手掌冰凉。他惊慌失措，将黎星辰紧紧抱在怀里：“清妍，你怎么了？”

别担心，我只是肚子疼……黎星辰想要安慰肖景初，可她嘴巴微微嚅动了一下，却没有发出任何声音。

她在肖景初怀里不断抽搐，牙关打战，胃里翻江倒海好似熔浆倒流。

“让一让！”隐约传来焦急而熟悉的声音，“我是医生，让我来看看她！”

黎星辰眯着眼，看到人群分开，陈瑾光从中走出来，仿佛从天而降的救世主。

黎星辰的眼睛突然湿润了，她想问，你不是说今天要做手术，不能来了吗？医院离得那么远，你怎么会突然出现？你是不是不想参加我的婚礼，是不是躲在远处悄悄看着……

可是她什么话都说不出来，任凭陈瑾光翻动她的眼皮。

“好像是中毒症状，需要立刻送到医院洗胃！”

肖景初和陈瑾光合力将黎星辰抱起来，放进了车里……

第七章 她欠他一条命啊

○ ◐ ◑ ◕ ●

第一节

医生们诊断之后发现情况危急，立刻将黎星辰送入手术室。

陈瑾光站在走廊里，他强忍住焦急心情，尽量露出平静的表情，不想被肖景初看出破绽。

他和宋清妍没什么关系，他不该表现出担忧，他只是个把救死扶伤放在第一位的过路医生罢了……

小护士认识陈瑾光，对他说道："还好送来得早，要是晚来一会儿她就没命了！"

陈瑾光心中禁不住后怕，他叹口气："唉，没想到会发生这种事。"

肖景初沉浸在巨大悲痛和不安中，听到小护士的话才回过神来，抓住陈瑾光说："陈医生，谢谢你，如果你没在现场，会发生什么我根本不敢想……"

陈瑾光怔了怔，居然听到肖景初的声音有些哽咽。

看来他是真的很在乎宋清妍……

陈瑾光安慰道："别担心，你要相信现在的医疗水平。"

姚知盈掩面哭泣："对不起，我也不知道发生了什么事，我们只是有一点小小的争执，后来清妍突然跑出去，结果摔倒了……都是我的错……对不起，我不是故意想惹她生气……"

姚知盈的眼妆都被哭花了，眼线晕染成大熊猫，漂亮的眼睛红肿不堪。

陈瑾光于心不忍："这件事跟你没关系，宋清妍中毒了。她之前吃过什么东西吗？"

姚知盈哭着摇头："我不知道……婚宴还没开始，清妍应该只吃了早餐……"

肖景初在旁说道："早餐是我跟她一起吃的。"

陈瑾光摇了摇头，清晰流畅地说："应该不是早餐的问题，这是急性症状，应该在她发病前半小时之内中的毒，有其他宾客也出现了同样状况吗？"

"没有。"肖景初已经打电话问过，所有人都很正常。

那么，可能性只有一个了……

陈瑾光皱起眉。

他明白，黎星辰陷入了未知的巨大危险中。

大家等了很久很久，手术室的门终于开了，护士将病床推了出来。

黎星辰闭着眼躺在病床上，脸色依旧惨白，脸上戴着吸氧器。

肖景初跟过去问护士："情况怎么样了？"

护士神色凝重："还没有脱离危险，需要再观察。"

黎星辰被推进了重症病房，身上插着管子，护士将所有人都赶了出去，说病人不能受到打扰。

大家都没有回家，在走廊里等着，坐立难安，俞明珠已经快要崩溃，大声哭了起来。

黎星辰什么都听不见，什么感觉都没有。

她好像站在一片冰冷的白雾中，四面八方都是沁骨的寒气。

一个高大的影子隐隐现现，朝黎星辰伸出了手。

"走吧，孩子……"

"去哪儿？"

黎星辰牵住对方伸来的手，虽然无形，却冰凉渗骨。

"去寻找你的新生。"

"什么才是新生？"

那声音笑了起来："死亡，是新生命的开始。你会拥有幸福的。"

她松开那只冰冷的手："不，我已经快要拥有幸福了……"

"你真觉得你幸福吗？你只是一个替身，他心里根本没有你，你用谎言骗取的婚姻终究会破碎。跟我走吧，你可以有更好的选择，更爱你的人，更璀璨的未来。”

那黏腻的声音充满了诱惑，像一条美丽的毒蛇。

然而她却没有沉迷在他的诱惑中，她站在茫然冷雾中，态度坚决而固执：“不管我的婚姻有没有未来，我都不会放手，我好不容易才和他在一起！”

“你现在爱得越深，被抛弃的时候就越痛苦，你该为自己着想。”

“会不会受伤是将来的事情。我只知道我会好好对他，我会享受我人生中每一个甜蜜的瞬间。真的假的又怎么样，起码我爱他的时候是真心付出，无怨无悔！”

“肖景初付出过什么？他凭什么得到你无私的爱？你这样和姚知盈有什么区别？”

“你什么都不知道，你凭什么这样说？”

她仰起头望着那巨大狰狞的黑影，眼中满溢的泪水滴落下来。

“他有付出过的，他才不像你说的那样！他拯救了我！如果不是他，我早就死了！我不在乎受伤，就算是报恩也好，我一定要留在他身边！”

她的声音响彻空洞的天地。

影子突然破碎，白雾散开。

她看到面前是一条无尽深渊，她就踩在悬崖边上。

她转过身，毅然决然地奔向光明那头。

泪水破碎成星光，洒遍一路。

那么多次，她绝望到尽头，都是肖景初支撑她活下去。

那年秋天格外冷，还未成年的黎星辰好不容易找到了一份并不正规的工作。在小饭馆洗碗，水刺骨冰凉，她的手浸泡在冰水中，红肿刺痛。

但她需要这份工作。

天气那么冷，医院里没有取暖设施，妈妈的手脚常年冰冷，下雨的时候关节也会痛，她想买套厚衣服送给妈妈。

她好不容易做满一个月，店主却只扔给她几张钞票，还凶狠地说：

“我能给你钱就算不错了，你想告我就去告啊，我也不怕！”

她用这一点钱，买了手套和棉袜。可是妈妈并不领情，将手套和棉袜扔在地上，恶狠狠地说：“我才不稀罕这东西，你哪儿来的钱？是不是男人给你的？”

她惊呆了，站在那里忘记了辩解，眼泪一串串落下。

妈妈掐住她的脖子，眼睛发红，眼中只有无尽的怨怒：“小小年纪就不学好，长大了也是个害人精！”

妈妈用了那么大的力气，勒得她难以呼吸，眼珠快要爆炸。

“我当初根本不该生下你，为什么你还不死？为什么？”妈妈情绪失控，对她歇斯底里地吼叫。

她说不出话来，只能拼命挣扎，喉间发出粗哑断续的音节。

妈妈突然停下了手中的动作，迷茫地盯着她看了好一会儿。

她以为就要得救了，她以为妈妈清醒过来了，她用最后的力气轻轻说了一句：“妈妈，对不起……”

妈妈的脸上突然浮现一丝奇异的笑容，说出了令人毛骨悚然的话：“听说，精神病患者杀人是不用负刑事责任的。我杀了你，我们就都解脱了。所以你去死吧！去死吧！”

妈妈掐着她的脖子，将她的后脑勺狠狠地撞在墙上。

她听到自己头骨碎裂的声音，恐惧大过了疼痛，她睁着眼，看着自己辛苦赚钱买来的礼物被妈妈踩在脚下。

她已经不想呼救了，她开始对这个世界没有留恋。

她原本那么努力、那么认真，只想要好好活着。

她以为自己会看到希望，可是她的希望一次次被摧毁……

护士及时赶回来救了她，将妈妈绑在床上。

她捡起被踩脏的手套和棉袜，慢慢地，扔进了垃圾桶里。

或许妈妈说得对，她的出生本来就是个错误，从来就没有人爱她，以后也不会有。

既然活着这么痛苦，为什么还要坚持呢，她已经没有再坚持下去的理由了。

第二节

夜幕渐渐降临，黑色的影子笼罩大地。

她坐在冰冷的街头，头上缠着绷带，眼睛红肿，神色木然。

她手里握着一瓶药，只要喝一口，她就一定会死。

她听说过这药的毒性有多大。有位阿姨的老公出轨，阿姨只喝了几口，就在重症病房里躺了一个星期，最后全身器官衰竭，极尽痛苦而死。

最后那几天那位阿姨后悔了，哭天喊地说自己不想死，可是医生却无能为力，而那个出轨的老公嫌弃她住在重症病房要花钱，几次三番要求医生停止救治。

人情冷暖，黎星辰见过太多了。

她本不需要选择这种最痛苦的自杀方式，可是她却想，或许在她备受折磨的时候，妈妈会良心发现，会握住她的手，会流泪说对不起，会祝愿她下辈子不要有痛苦……

大多数人都拥有的母爱，对她来说却是一种奢侈。

夜晚的风冰冷刺骨，她穿得很单薄，手脚冻得快要失去知觉。

她望着街对面的蛋糕屋，看到玻璃橱柜里五颜六色的蛋糕，忍不住吞了口唾沫。

真想在死去之前大吃一顿……

可她没有钱……

对年幼的黎星辰来说，钱真的很重要。妈妈污蔑她行为不检点，可她真的没有想过用自己的身体去换取金钱。就算已经决定去死，她也没有想过……

她垂下头，呆呆看着手里的药瓶，突然有人伸手拿走了她的药。

她一时没反应过来，心脏扑通扑通跳得飞快，抬起头，看到一个年龄相仿的男孩子。

他穿着崭新的橘色外衣，鲜艳的颜色将冰冷的夜色点亮，他个子很高，腿也很长，皮肤白净，浑身上下都透着干净清爽的气质，那是一种极端优雅的少年气息。

他正低头端详那瓶药，眉毛微微挑了挑，似乎有些惊讶："百草枯？这种东西很危险，一般店里没有卖的。"

她面不改色地撒谎："哦，妈妈让我买的，我家院子里的草太长了。"

男孩打量她。这么冷的天，她还穿着单衣单裤，头上缠着绷带，很像是闯祸挨打的熊孩子，但她的眼神却淡漠得不像这个年龄应有的样子。

他笑道："看你的样子可不像家里有院子的人。"

想嘲笑她吗？

没关系，尽管嘲笑吧，她已经习惯了。反正她快要死了，也懒得跟他计较。

男孩将那瓶除草剂顺手放进口袋，在她身边坐下，另一只手伸过来。

她愣了一下，这才看见男孩另一只手里托着个精美的纸盒。

男孩见她没反应，将纸盒放在腿上，解开蝴蝶结，打开盒子。

她看到里面放着一个圆圆的大蛋糕，上面有草莓，有芒果，还有其他几种她没有吃过的水果。奶油的香甜气息弥漫在空气里，她听到自己吞咽口水的声音。

男孩微笑着说："今天是我的生日。"

她瞥他一眼："所以呢。"

他眼神真诚地望着她："可以邀请你一起吃蛋糕吗？"

她微怔："为什么？"

男孩笑着挠了挠头："总觉得，这样可以拯救一个女孩子。"

他用不锈钢餐刀分出一大块蛋糕，放在纸盘上，递给了她，她毫不客气地接过来。反正这是她在这世界上的最后一天了，应该吃点好的，就算是别人施舍的。

男孩没有吃，只是扭头看着她吃得满脸都是奶油，眼中有种满足的神色。

"我看见你一直坐在这里，你知道吗，你的眼神很吓人。"

吓人吗？可能是因为她头上还包着绷带，穿的衣服也不好看，像个小叫花子。

“你的眼神一点儿都不像个天真无邪的小女孩，就好像，对这个世界没有留恋……”

她愣在那里。她一向惯于伪装，也许是临到人生尽头，她懒得再伪装，被他看出来了。

过了几秒钟，男孩小心翼翼地问：“这瓶除草剂你是打算喝下去的，对吗？”

她冷淡地说：“问这么多对你没好处。”

男孩却固执地想要把话说完：“你知道这个东西有多难喝吗？首先你的口腔黏膜会全部溃烂，你的五脏六腑会被慢慢腐蚀，肺部纤维化且不可逆转。就是俗话说的‘求生不得，求死不能’。最后你呼吸衰竭，在清醒状态下活活被憋死。”

她听得头皮都发麻了，连忙打断他：“行了，你别说了，我都知道！”

男孩惊讶又疑惑：“既然你都知道，为什么你要这样做呢？”

她沉默片刻，遥望被夜色笼罩的天地。

“这个世界是黑色的。”

“那是因为天黑了呀。”

“在我眼里，不管白天黑夜，都是一样的黑暗。”

“可是你看，天空有星星，足够照亮所有的黑暗。”

男孩伸手指向天空。

她抬眸，看到满天繁星朝她眨眼。

尽管心中微有触动，但她仍旧神色冷漠，嘴角勾起凉薄的弧度。

“星星的亮光那么微弱，怎么可能照亮黑暗的命运。”

男孩对她露出微笑，那是比泉水还要清澈的笑容。

“这世上还有很多好吃的东西呀，奶油蛋糕、炸鸡可乐、巧克力冰激凌……”

“哦。”

“不感兴趣吗？还有很多好玩的东西，旋转木马、摩天轮、毛绒小熊、芭比娃娃……”

男孩列举的事物听起来很美好，可是距离她太遥远。从来没有人带她去游乐园，她也没有收到过玩偶。她垂眸说：“你说得对，一个娃娃就能收买孩子的心，可我已经不是小孩子了。在我最天真的年纪没有获得心爱的娃娃，现在我也不想要了。”

男孩不由得失笑：“我看你还是个小姑娘呀，怎么会说出这么老成的话来。”

她望向他，眨了眨眼睛：“哥哥，你有喜欢的东西吗？”

“有啊。”男孩的眼睛亮起来，“我喜欢足球，最近代表学校参加了比赛，获得奖杯的那一刻大家热泪盈眶。我还抽空练习架子鼓，对画画也很感兴趣，我喜欢看书，喜欢科幻推理，喜欢军事战略，也喜欢数学和物理……我有很多很多爱好，总是觉得时间不够呢。”

她竟然有些羡慕：“你的生活真是丰富多彩。”

男孩笑道：“生命本来就是有限的，所以一定要珍惜。”

顿了顿，他又问：“你呢，喜欢什么？”

她喃喃道：“我也不知道我喜欢什么……”

她低头看着自己脚上那双洗得褪色的旧球鞋，回顾自己短暂的生命，却想不起任何快乐的瞬间。架子鼓是什么？她不知道。她也喜欢看书，但她只能站在书店角落偷偷翻书，时常被店员赶出去，因为她没有钱买书，她的人生与面前的少年真是截然不同啊……

他突然揉了揉她的头发，声音清润好听：“别气馁，你以后一定会找到人生的方向。”

她呆呆地望着他，看到他灿烂如暖阳的笑容，仿佛发着光，逼退冷夜的雾。

“让人快乐的东西那么多，为什么要纠结不快乐的事物呢。晚上天黑了，早晨天还是会亮起来。路边的霓虹灯、天边游走的云彩、夏夜的蝉鸣、池塘里的蛙叫、破土而出的嫩芽……这些全都是生命中的色彩。等你用勇气扫清眼前的阴霾，你就能看到一望无际的阳光。”

她低着头，沉默了很久，看到自己的眼泪落在蛋糕纸盘里。

男孩伸手擦了擦她脸上的奶油，他的动作异常温柔，并不在意油腻的奶糕弄脏他的手。

她浑身一颤，她很久没有感受过陌生人带来的温暖了。

良久，她扭头望向他："谢谢你让我知道，奶油蛋糕是什么味道。"

男孩快乐地说："你还想吃什么味道的？明年生日我再请你吃！"

她摇了摇头："不用了，等我赚了钱，请你吃蛋糕。"

男孩笑道："你才多大，赚什么钱啊。现在好好读书，长大了你会很有钱的。"

他举手投足很有修养，说话温柔又有礼貌，一看就是个品学兼优的学生。

她很不服气："我知道啦，我学习很好的！"

男孩笑道："看出来了，你很聪明，要不然你也不会去买这种必死无疑的毒药了。"

她脸一红，总觉得他在笑话她。

她逞强地说："我真的是拿来除草的，谁会那么傻呀，自杀会下十八层地狱的！"

"原来你知道呀，"男孩笑着看她，仿佛一眼就拆穿了她的心事，"不管你怎么说，我是不会还给你了。想除草的话，还是自己用铲子吧，反正我看你家的院子也不会很大。"

那个男孩——

给予她温暖和希望的男孩——

就是肖景初。

尽管他后来忘记了她，但是黎星辰永远不会忘，是他把她从地狱边缘拉了回来。

他不喜欢她没有错，他选择门当户对的千金小姐也没有错。她不会无端指责别人。不管他做什么，他都是她心上开出的那株花。

她只能想方设法地接近他，努力接近自己的梦想……

就算手段卑劣，就算被所有人指责，她也愿意承担一切。

她只想守在他身边，给他全心全意的爱。

因为她欠他一条命啊……

第三节

病床上的女子眼皮微微动了动，睫毛轻轻颤抖。

接着，她缓缓睁开了眼。

肖景初差点落泪，他守了快一星期，她终于醒过来了！

黎星辰的视线从模糊到清晰，看到肖景初苍白憔悴的容颜，他胡子拉碴，完全不是婚礼上意气风发的模样。她哑着嗓子问：“你怎么在这儿？我们的婚礼呢……是不是取消了……”

“婚礼只是改期了，不会取消的……”

“但是请柬都送出去了……大家也抽空来了……都怪我……”

“都什么时候了你还在乎婚礼！宋清妍，你吓死我了，我还以为你醒不过来了……”肖景初背过身去，揉了揉眼睛，声音竟然哽咽到说不下去。

黎星辰的嘴角勉强弯起一个弧度，只要看到肖景初，她心里就满满的都是幸福。

“我那么爱你……怎么可能抛下你一个人……”

“我也很爱你，你千万不能有事……”

“你说什么呢，我又不是得了绝症，我只是肚子疼而已……”

“清妍，你不是单纯的肚子疼。你中了毒，你现在情况很不乐观。”

黎星辰沉默了。

其实，她已经有预感了……

她的微笑，只是不希望肖景初难过。

她想安慰他。

警察调查后发现现场丢失了宋清妍的酒瓶，很可能有人在里面下了毒。他们还在做调查，但并未找到更多线索。做了简单的笔录后，警察有了一个推论：“婚礼上安保措施做得很完善，外人不容易混进来，这种毒药也不常见，应该是有人故意投毒，而且目标锁定了你，凶手很可能就在当天的宾客之中！”

黎星辰突然想起宋清妍被绑架的事情。

她心惊胆战！

原来那次并不是单纯的勒索钱财……

有人一定要宋清妍死！

可是为什么选在肖景初和宋清妍的婚礼上呢？

当天人来人往，又有许多保镖，并不是下手的最佳时机。

难道有人不希望宋清妍和肖景初结婚？

会是什么人呢？

喜欢肖景初的某个女人？或者他的商业竞争对手？

黎星辰脑中飞速闪过婚礼上宾客们一张张喜气洋溢的脸……

她真的没有线索。

警察又问了她一些问题，说有消息会给她通知，然后离开了。

得知女儿醒来的消息，俞明珠和宋云霆第一时间赶来了医院。

看到肖景初，他们没有感激，反而将责任全都推在了他身上。

“我女儿平时好端端的，怎么每次跟你扯上关系就会出意外！”俞明珠扯着嗓子，要不是宋云霆拉着，她可能就要在病房里闹个翻天覆地了。

肖景初不卑不亢：“对不起，清妍的事我一定会查个水落石出。”

“那有什么用啊！我要的是女儿，下次她再遇到这种事情可怎么办！你又无所谓，再娶个年轻漂亮的就是，我女儿的命只有一条啊！”

俞明珠越哭越伤心，用力挣脱开宋云霆，抓住肖景初的衣领怒吼：“是不是你出轨了？不想要我女儿了？所以你想害死她！”

肖景初没有反抗：“我出轨直接分手就可以了，为什么要杀人？阿姨你冷静点儿，我没有出轨，也没有做过任何对不起清妍的事情。不管她变成什么样子，她都是我老婆。”

他的话让俞明珠稍微平静了些，她松开手，掩面呜呜地哭起来：“清妍是我的心肝宝贝，她要是有个三长两短，我也不活了！”

一直没有说话的宋云霆终于开口了：“婚约解除吧！”

肖景初心中一惊，下意识地拒绝：“那怎么可以！”

宋云霆面色阴沉：“我女儿跟你在一起太危险了！”

肖景初态度坚决：“除非宋清妍一定要跟我分手，否则我不会抛弃她的！”

宋云霆盯着肖景初：“她是我女儿，当然是我说了算！我会给清妍解释的，相信她也能做出正确的判断。我会告诉她，这一切都是我的意思，不会让你承担骂名。”

肖景初怒极反笑：“我在乎的根本不是骂名，我在乎的是宋清妍这个人！”

宋云霆咄咄逼人：“你在乎她就应该放手！”

黎星辰神志时而清醒，时而迷离，她想阻止宋云霆，想要大声说话，可她一点儿力气都没有，她好不容易才挣扎着蜷缩了一下手指，苍白的嘴唇微微张了张，却只能发出破碎的音节。

肖景初连忙握住她的手，听到她含混不清地说：“这件事和景初没关系……我不要跟他分手……”

宋云霆怒道：“爸爸是为了你好，性命重要还是他重要？”

黎星辰眯着眼看宋云霆，声音断断续续：“没有景初……我的人生也没有意义……”

宋云霆深吸一口气，目光阴鸷：“你非要到死的那一刻才知道后悔吗？”

黎星辰声音很小，却很坚持：“就算是死……我也……不后悔。”

宋云霆气得拂袖离去。俞明珠哀怨地看了女儿一眼，转身快步跟了出去。

黎星辰眼里有泪，一遍遍地说：“景初……你别离开我……”

肖景初看着她苍白如纸的脸。

她神志不清，却还是一遍遍地哀求他不要离开……

为什么他觉得鼻子发酸、心如刀割，眼前的视线居然变得模糊……

肖景初握紧了她的手，轻声说：“我不会离开你的，只要你不让我走，我一步都不会离开。”

黎星辰眯着眼看他，认认真真地看了好一会儿，小心翼翼地问：“我还能跟你结婚吗？”

肖景初点头：“只要你愿意，你就是我老婆，不愿意也是我老婆，我不打算放手了。”

黎星辰轻轻地笑了，她觉得很困，但又很幸福，好像快要融化在梦里。

“对不起……我把婚礼搞砸了……”

“别说对不起，根本不是你的错。你是受害者，都是我的错。”

黎星辰闭上眼，声音含混不清：“如果你早点爱上我，该多好。”

“什么？”肖景初没有听清，他低头凑近她干裂泛白的嘴唇。

没有声音。

她又陷入了昏迷……

这段时间，黎星辰的状态很不稳定，有时候醒来可以与肖景初清醒地对话，有时候却迷迷糊糊，虚弱得好像快要死掉。

所有医生都倾尽全力救治她，肖景初也推掉了一切工作陪在她身边。

他真的很害怕，怕他稍微离开半步，回来就会得到坏消息。

警察在庄园发现一处草地枯萎，土壤里检测出了相同的毒药成分，有人将毒酒倒在这里，却将酒瓶和杯子带走。警察已经可以百分之百断定，有人故意投毒。他们将所有宾客都列为了犯罪嫌疑人，在场很多都是有头有脸的人物，此事并不容易调查。

幸好黎星辰被及时送来医院，经过救治，情况渐渐好转。

第四节

再次醒来的时候，黎星辰看到陈瑾光坐在她面前，她也不知道自己又昏睡了多久。也许是她的错觉，陈瑾光好像比以前瘦了些，眼圈泛青，向来干净整洁的衣领也有了些污迹。

黎星辰眼珠左右转了转，发现病房里没有别人：“景初呢？”

为什么她眼里永远也没有他……

陈瑾光轻轻地叹了口气：“他出去吃饭了。”

黎星辰努力露出一抹苍白的笑容：“你不用来看我，我怕被景初误会……”

她的话真是残忍。陈瑾光垂下头：“他刚走，一时半刻不会回来。”

黎星辰沉默了一会儿，轻声问：“我会死吗？”

陈瑾光摇了摇头，看着她扎着针的清瘦手背：“没事的，你会好起来的。”

黎星辰微微阖上眼，灯光洒在她褪去血色的肌肤上，微弱的声音，像晚风掠过草叶：“对不起，瑾光哥哥，我知道我对你一点儿都不好……你肯定会怨恨我吧……”

陈瑾光冷哼一声：“你都快死了，我怨你干什么，我是那么小气的人吗。”

黎星辰被他逗笑了：“你不是说我不会死吗，骗子。”

“我没骗你，你不会死，只要你别胡思乱想。”陈瑾光对黎星辰笑了，尽管他知道，他的笑容很勉强。

她却笑得灿烂，在那张无比憔悴的脸上，笑容如同破灭前的烟花。

“我以前从来都不留恋这个世界，因为没有值得我留恋的那个人……可是这次不一样，我不想死……我还没有真正拥有肖景初，没有真正拥有幸福……我心里有很多遗憾……”

陈瑾光凶巴巴地瞪她：“别说了！你不知道吗，电视剧里话最多的那个人死得最快！”

黎星辰忍俊不禁，眼波如水，幽幽说道：“这种时候你还吓唬我。”

陈瑾光轻轻开口，声音仿佛一触即碎：“星星……”

黎星辰望着他：“嗯？”

陈瑾光沉默了很久很久，眼圈红红地说：“不然，还是放弃吧？”

黎星辰明白他想说什么，她微微摇了摇头：“我不会放弃的……”

“可我真的很怕你死。”

“你这个医生见惯生离死别了，怎么还脆弱得跟小孩儿似的。”

“可你不一样啊！你的出生并不是为了代替别人去死，你在我心里真的很重要……”陈瑾光的声音莫名带着些怒气，可是听起来却又有几分脆弱。

黎星辰静静望着他，神色淡然，却又有种与外表不符的成熟。

“我也不想死，可我还能回头吗？”

陈瑾光愣在那里。

黎星辰垂眸，睫毛上映着点点亮光，她的声音轻如叹息：“我不可能告诉肖景初，他的未婚妻早就死了，我是一个冒牌货。你觉得他会是什么反应？”

她苦笑：“我怕到时候谎言拆穿，我连住院的钱都付不起，我会众叛亲离，可能还会坐牢。我只能沿着这条路一直走下去，我已经没法回头了……”

陈瑾光没有说话，他埋着头，肩膀微微颤抖。

“你哭什么呀，你是男孩子，要坚强的。”黎星辰努力地伸出手，想要拭去他眼角的泪。

她依旧在笑，想要让他心安：“如果我没有冒充宋清妍，我就得不到肖景初的心。既然我已经做了最初的选择，我就做好了承担任何后果的打算。就算代替宋清妍去死，也是理所当然的，不是吗？人生总是这样，有得到就有失去。我早就想通了。”

为什么她总是理智得不像话呢……

肖景初回来的时候，病房里只有黎星辰一个人。

她仰面望着天花板，听到他的脚步声，转过来看了他一眼。

他真好看，走进来仿佛带进了一阵清新的风，伴随着暖洋洋的阳光，照亮她的世界。

肖景初轻声问：“清妍，你想吃什么吗？”

黎星辰却答非所问：“我想听你说爱我。”

肖景初连想都没想，脱口而出：“我爱你。”

黎星辰笑得灿烂，追问：“你从什么时候开始爱我的？”

肖景初居然没有回答，就这样沉默了几分钟。

黎星辰的神色渐渐变得惊讶：“难道从来没有爱过我吗？”

就算问出了这样的问题，她也难以置信，惊讶地看着肖景初。

那些甜蜜的相处，难道只是她一厢情愿的臆想？

她那么努力，想让他爱上她，她所做的这一切，难道并没有用吗……

良久，肖景初轻声说：“当初我们决定订婚的时候，你并没有表现得像现在这么爱我。我倒也不在意，对我来说，婚姻不过各取所需，我并不是一定需要一个钦慕我痴爱我的恋人。”

他轻轻地握住她的手，仿佛怕气息惊扰到她，他连说话的声音都那么轻柔：“可是从你回来开始，我觉得你好像和以前不一样了。你看我的时候，眼睛里有光。我甚至怀疑，你从这时才爱上我。而我也渐渐被你吸引，情不自禁地对你越来越用心。”

他望着她盈满泪光的双眸，眼中有着满满的爱怜与疼惜，满到毫不掩饰地从眸心倾泻而出：“能遇到彼此深爱的人真的很不容易，我不管这其中发生了什么，我只知道你爱我，我也不会辜负你的爱。清妍，以前你是我的未婚妻，而现在，你是我心里最重要的人。”

黎星辰眼中的泪顺着鬓发滑落。

这样是不是说明，肖景初爱上的不是宋清妍，而是黎星辰……

她声音微微哽咽：“在我被绑架之前，你没有爱过我吗？”

肖景初俯身拭去她眼角的泪，轻轻地叹了口气，清润的声音宛如落雪，消散在她耳畔：“我们在一起最主要的原因不是因为爱，而是因为合适。”

黎星辰明白“合适”是什么意思。

肖景初和宋清妍门当户对。

而黎星辰那种人，永远也不配成为肖景初的妻子。

“对不起，清妍，以前我把其他的东西放在第一位，忽视了你……”

黎星辰笑了笑，双眸明亮如星光：“别说对不起，我已经很幸运了。和自己喜欢的人在一起，而他也恰好喜欢着自己，这是全世界最幸福的事。”

“可我却觉得很愧疚，没能好好保护你，明明上次你也遇到了危险，凶手没有得逞，肯定会有下一步动作，我却忽略了，让你受这样的苦，这一切明明可以避免的……”

“不是你的错，谁也不知道这是蓄意犯罪。我们都以为上次的绑架是个意外，对方的目的只是为了钱。你千万不要太自责，事情已经发生了，后悔也没有用。”

肖景初苦笑：“怎么现在轮到你来安慰我了。”

黎星辰甜甜地笑：“我就是见不得你不开心。”

肖景初心里五味杂陈：“你为什么总是这么好？”

她真的很善解人意，她做的一切并不是故意在讨好他，全都是发自内心。

“感激我吗？”黎星辰笑得俏皮，“感激就对我好一点，这辈子都不要离开我。”

肖景初握紧了她的手，深情地望着她苍白却依然美丽的面孔。

他加重语气，一遍又一遍，告诉她：“我爱你……”

第八章 永远做我的姐姐

○ ◐ ◑ ◕ ●

第一节

陈瑾光关照同事多多照顾宋清妍，但他再也没有进来看过她，即使他时常路过这间病房。

他是医生，救死扶伤是他的职责。可是黎星辰心里有鬼，很害怕被肖景初怀疑到什么。陈瑾光只好按照她的意思尽量避嫌，他知道她能走到这一步有多不容易。

过了段时间，黎星辰情况好转，从重症病房转入了普通病房。

中午，肖景初喂她吃了些粥，听到脚步声渐行渐近。

肖景初扭头，看到姚知盈站在门口，她今天只化了淡妆，看起来有些憔悴。

肖景初知道她有话对清妍说，便与她打个招呼，走出病房，留下足够空间给她们。

姚知盈慢慢地走进来，站在黎星辰的病床前，话还没说出口就先哭了起来："对不起，清妍……你别生我的气，我不是故意想跟你吵架的……"

黎星辰笑道："我又不是被你气进医院的，你道什么歉啊。"

姚知盈小声抽泣，泪水滑过她苍白的脸颊，一滴滴落在她黑色的裙子上。

"我特别愧疚，总觉得没有那条项链，你就不会住院，我已经把那条破东西扔掉了……"

黎星辰挑了挑眉："那可是杨家峰送你最贵的礼物了，你怎么舍得扔掉啊。"

姚知盈尴尬地说："你别取笑我了，我跟他吵了一架，他已经道歉了……”

黎星辰好奇地问：“你们什么时候分手？”

姚知盈的表情僵了僵，咬住嘴唇没有说话。

其实事实与她说的有些出入，当时她拿着那条项链去指责杨家峰，没说两句话杨家峰便恼羞成怒，指责黎星辰故意挑拨离间破坏他们感情，又说姚知盈不够信任他，扯了一大堆有的没的，就是没有承认自己有错。后来他摔门离去，只留下她哭到失声。

想起杨家峰，姚知盈的心又疼了起来。她不明白为什么自己付出了这么多，却得到这样的结果。她越想越觉得委屈，低下头，想让披散的长发遮住她眼中的痛楚。

“你要看我和杨家峰的手机聊天记录吗？”黎星辰挣扎着想坐起来，伸手去拿桌上的手机。

姚知盈连忙按住她：“不看了！你都有肖景初了，肯定不会喜欢杨家峰……”

黎星辰认真地望着她：“以后，杨家峰跟你说的话，只能相信三分之一，明白吗？”

姚知盈点了点头，轻轻说了句“明白了”。

黎星辰看她眼神迷茫，不由得叹了口气。

曾经她站在卑微的角度仰望这些豪门千金，以为她们有钱有颜值肯定过得潇洒幸福。却没想到，每个人都有着不同的苦恼，就算是天之骄女，也会陷入爱情的陷阱。

“盈盈，你总是想要为你的男人做些什么，却不考虑他能为你做什么。记住，感情是要双方付出的。别总是想着把你最宝贵的东西全都给他，你要先爱自己，再爱别人。”

姚知盈似乎渐渐明白了什么，她擦干眼泪，眼中露出坚定的神色：“清妍，我知道你说得对！我以后不会再怀疑你了！”

黎星辰微微一笑，又听见姚知盈补充：“我真庆幸能有你这样的朋友。”

朋友？

黎星辰垂下双眸，睫毛投下的阴影覆盖在眼睑上。

良久，嘴角勾起浅浅淡淡的弧度。

她的爱情是她用谎言骗取的，所谓的亲情和友情，对她来说更加奢侈。她只是沿着她的计划一步步往前走，她不想伤害无辜的人。可这世上，很难有能够隐瞒一生的谎言……

姚知盈陪黎星辰聊了一会儿，突然有个身影冲进来，扑在床头就哭起来。

黎星辰愣了愣，扯了扯宋清航的耳朵，将他拉起来，看到他双眼发红，眼中含着泪。

黎星辰忍不住笑了：“哭什么，姐姐还没死呢。”

宋清航抽泣着说：“我以为要失去你了……我之前来过，医生说你不一定能醒过来……”

“哪个医生，敢这么咒我？”黎星辰假装凶恶，“还把我乖巧可爱的弟弟吓成这样。”

宋清航听见她说话时气息虚弱，嘴巴一扁，好像又要哭了。

这样明媚俊秀的少年哭起来杀伤力真的大，吓得黎星辰连忙摸摸他的头，试图转移他的注意力：“别哭，我很快就能出院了，到时候我再给你煮面吃，不过姐姐只会煮挂面，你可别嫌弃……你最近过得怎么样？快开学了吧？钱够花吗，不够的话记得给姐姐说……”

姚知盈见不得这姐弟情深的感人画面，掩面想哭，她连忙转身走出了病房。

宋清航的余光一直跟着姚知盈的背影，直到她离开。

他的视线转向黎星辰，深黑色的双眸里漾起一小片涟漪。

黎星辰拉着他的手，撩开他的袖口，看到并没有新的伤痕，她松了口气。

宋清航突然轻轻地问了声：“你到底是谁？”

黎星辰的动作僵在那里。

她望向他，他也静静地看着她。

他眼中依旧闪着晶莹泪光，如星辰闪烁，仿佛仍然是那个人畜无害的纯真少年。

黎星辰头皮发麻，仿佛有一股电流从脚底涌向大脑。

她笑着说：“我是你姐姐呀。”但话说出口的同时，她已经听到了自己话音里微微的颤抖。

宋清航偏着头看她，眼底似有惊涛骇浪，却又平静无波：“我知道你不是宋清妍。”

“什么……”

黎星辰惊讶地望着宋清航，脑中空白一片。

宋清航的下一句话，比上一句更令她心惊胆战：“从我第一次见到你，我就知道你不是她。”

黎星辰听到自己越来越快的心跳声，她知道自己的脸一定白得吓人。

“除了我妈，宋家没有人喜欢我。”宋清航说得轻描淡写。

“怎么可能……”黎星辰不敢相信，但很多事又不是无迹可循。

宋清航扬起嘴角，他的双眸清澈透亮：“六岁之前，我也曾经有过幸福的童年，可是有一天，一切都变了。爸爸发现妈妈曾经出轨，他做了鉴定，发现我不是他的亲生儿子。我只记得妈妈抱着我哭，哀求爸爸不要打我，爸爸眼睛发红，搬起椅子砸了过来。木头碎片溅得到处都是，我眼前都是血，妈妈的哭喊声萦绕在我耳边，从此我的世界变成了黑色……我不明白，错的又不是我，为什么我要承受这些痛苦，是不是我的出生就是个错误？”

他慢慢地伸出手，将那些愈合的伤疤展露在黎星辰面前：“你看到我手腕上的这些伤疤。没错，我曾自杀过，因为我得了重度抑郁症，只是活着就让我觉得很辛苦了。”

这样的话，从宋清航口中说出，是那样的淡漠。

黎星辰从他的眼中，突然看到了自己的童年……

是的，她的直觉没错。

她和宋清航是同一类人。

她可以理解宋清航的痛苦……

只是不同的是，在她阴冷的世界里，始终明月高悬，让她的生命不再毫无意义……

她一直在努力，试图冲破黑暗的束缚，想要靠近那冷雾之外的光……

“上了高中以后，我终于可以搬出去住，不用再挨打，妈妈会悄悄给我钱，在爸爸出差的时候我才有机会过来看她。宋清妍知道我的这层身份，她从骨子里看不起我。她不会对我笑，不会揉我头发，不会关心我有没有吃晚饭，不会想要做我的依靠。”

宋清航看着她，慢慢地说：“她不是你。”

第二节

黎星辰紧紧咬住嘴唇，尽管心中巨浪滔天……

但她知道，她绝不能承认，否则，她做的所有努力全都白费了。

“你在说什么呀。姐姐只是突然想通了，觉得以前对你太冷淡了……”黎星辰努力露出笑容，声音甜美，带着一丝无辜。

但宋清航没有上当，他将衣袖放下去，他的语气冷漠到了近乎残酷的程度：“不承认吗，那就做DNA鉴定吧。我们是同母异父的姐弟，很容易鉴定出来的。”

黎星辰突然感到绝望……

她还差一步就要到达山巅，却要在此刻被拉下去，再度滚回阴暗泥泞中……

“宋清航，你……”她艰难开口，声音突然沙哑得有些难听。

宋清航突然将食指竖在她唇边。

他冰冷的手指，触碰到她温热的唇瓣：“答应我一个要求，我可以让这个秘密永远烂在肚子里。”

“什么要求？”黎星辰怔怔地看着他。

宋清航微微一笑：“永远做我的姐姐。”

黎星辰的心脏猛地一跳。

她几乎不敢相信自己的耳朵。

宋清航俯身靠近她耳畔，他的气息温热而轻柔，像吹皱湖水的春风，好听的声音轻轻传进她耳中：“那个会和我打打闹闹，会把自己不喜欢吃的菜夹在我碗里，会把我的头发揉得很乱，会担心我不吃晚饭得胃病，会给我做饭的——独一无二的姐姐。”

“为什么……”黎星辰慢慢地扭头，望着宋清航带着暖意的眸子。

“因为，你是这世上唯一给我温暖的人。”

他莞尔一笑，双眸潋滟明丽，仿佛荡漾着澄碧的水波。

“姐姐，我早就习惯了黑色的世界，我以为我的人生就这样了，却没想到有一束光照了进来。你就像漫天星光，照亮了我暗淡的人生，让我对未来有了期盼。”

为什么视线渐渐模糊了？

宋清航的脸也仿佛模糊在朦胧星光中，只有他的声音，近在咫尺，清晰而坚定。

“我喜欢你，不管你是谁。”他手指滑过她苍白的脸颊，“从此以后，你就是我的姐姐，唯一的姐姐。我会帮你保守秘密。姐姐，我曾说过会保护你，我说到做到。”

黎星辰揉了揉眼睛，手背上湿了一片。

她以为自己已经足够坚强了，听到宋清航的话才明白，她的心也很脆弱。

她选择了这条路，就会努力走完，然而一个人背负着谎言，真的很辛苦……

“既然你说要保护我，那你以后不可以再做傻事。自杀是全世界最蠢的行为……”她握住宋清航的手腕，他身材比一般人纤瘦些，腕骨更是纤细。

看到那狰狞的伤疤，黎星辰心里很难受，她还想说点危言耸听的话，却没想到宋清航乖巧地点点头，向她保证：“永远不会了。”

他笑盈盈地说：“我抑郁的症状正在好转，独处时也不会感到人生无趣，我找到更多有意义的事情。我还会一个人去逛超市，看到想吃的东西就买回家，虽然我不会做饭，但我期待姐姐再为我下厨。姐姐，不知道为什么，每次看到鸡蛋和面条，我都会想起你。”

这话说得，怎么那么奇怪呢……

黎星辰道：“别那么寒酸，下次姐姐给你做波士顿大龙虾，争取你看到龙虾就想起我。”

肖景初在楼下抽了根烟，见姚知盈走了，他上楼回到病房里，看到宋清航站在床边正用纸巾为“清妍”拭泪，他吓了一跳，连忙问：“怎么了，清妍，哪儿疼吗？我这就去叫医生！”

宋清航拦住他，一本正经地说：“我姐说她想吃冰激凌，芒果味的。”

肖景初立刻拒绝：“不行，医生吩咐过了，你不能吃寒凉辛辣的东西！”

宋清航耸耸肩，将纸巾丢进垃圾桶，装模作样地对黎星辰说：“你看，我说了不能吃吧！哭也没有用，景初哥哥不许你吃，我有什么办法。”

黎星辰抽了抽鼻子，小声说：“好吧，不吃就不吃……”

肖景初见她委屈的模样，心又软了：“清妍，等你病好我带你吃，你想吃多少都可以！”

话说出口他突然觉得不妥，黎星辰抓住他话中的小漏洞，眼中放光：“吃多少都可以？”

“不行！”肖景初想到后果，又变得冷酷，“每次只能吃一小盒，最多一百克！”

“连分量都要控制啊，太没人权了吧。”黎星辰嘟起嘴，双眸却弯如月牙，盈着甜蜜的笑意。

她脑中又响起刚才宋清航的话。

“你是为肖景初来的，是吗？”

“是的。”

“放心吧，姐姐，我会守护你的。没人能欺负你，就算肖景初也不行。”

……

黎星辰在医院里住了一段时间，各项指标都正常，医生说她可以出院了。

俞明珠亲自来办理出院手续，接女儿回家，并且聘请了专业的家庭医生在家中看护她。经过此事，俞明珠警惕心大增，雇了许多专业保镖在别墅楼下来回巡逻。

若说宋清妍第一次在订婚前失踪是意外，那么第二次婚礼时中毒就太巧了，怎么可能在相似的时间点发生相似的事情呢？

或许，黎星辰的选择是错的，她不该假扮宋清妍……

但现在想这些又有什么用呢？

一切都只是假设罢了。

黎星辰每天都和肖景初煲电话粥，晚上视频聊天，感情持续升温。她已经是成年人了，婚姻大事她可以自己做主，她没有打算放弃，她知道肖景初也不会放弃。

黎星辰在家里闷了很久，眼见季节由夏转秋，窗外的叶子变成金黄色，一片片落下来。

她很久没有见到肖景初，心中想念得不行，觉得自己身体已经无碍。况且今天是她人生中非常重要的一天，她绝对不能错过。十年前的今天，是肖景初的生日，他给她品尝了一块甜美的蛋糕，让她明白人生不只有苦涩。

黎星辰换了衣服，精心打扮一番，想要去肖景初的公司给他一个惊喜。生日这种一年一度的大事，她当然要陪他度过了！

她推门准备下楼，却被俞明珠拦住。

俞明珠上下打量女儿，谨慎地问："你要去哪儿？"

黎星辰道："出去散散步，整天闷在家里，我都快发霉了。"

俞明珠不信："散步打扮这么漂亮干什么？"

黎星辰低头看了看自己的装扮，纯色毛衣和套裙，并没什么出格的地方，像是一位端庄婉约的大家闺秀："妈，你怎么了，我又不是浓妆艳抹穿了性感小短裙，你别太紧张了。"

俞明珠眼圈发红："不紧张行吗，你一出门，我就怕你回不来。"

黎星辰叹口气："别说这么不吉利的话呀，警察还在调查呢，凶手不敢顶风作案。"

俞明珠小声抽泣："都查多久了，一点儿线索都没有，我已经不抱希望了……"

黎星辰有些烦躁："难道我永远也不能出门了吗，那还不如在医院死掉好了。”

“你说的这是什么话？”俞明珠的声音忍不住拔高，“妈是担心你呀！”

“我已经吃腻了家里厨师做的饭，我要出去吃饭。”

“换个厨师就好了。你想吃什么，妈立刻找人去安排。

“冰箱里有你喜欢吃的蓝莓，早上刚买的。你先吃点儿，妈这就去安排新厨师！

“不想等吗，也对，还不知道厨师几点能来。没关系，妈现在收拾一下，跟你一起出去吃饭。昨天妈路过城东那家新开的西餐厅，看到许多人排队，听说很好吃。”

黎星辰看着俞明珠，没有说话，一抹悲伤从她的眼中流淌而过。

良久，她垂下头，肩膀微微颤抖，仿佛在控制着自己绝望的情绪。

俞明珠不忍看到女儿这样，顿时慌了神：“清妍，你别这样……”

眼泪一滴滴落下，黎星辰哽咽着说：“这样下去，我会抑郁的。活着有什么用呢。”

俞明珠见不得女儿落泪，顿时手足无措。

沉默了很久，俞明珠转身离去。

直到黎星辰出门时，她还在身后默默抹泪，眼中写满了悲痛，仿佛即将和女儿生离死别。

第三节

黎星辰买了块漂亮的蛋糕，走进肖景初的公司，大厅里鸦雀无声。

前台小姐惊讶地望着她，没敢出声问她有没有预约。

大家都知道，这位气质超凡的名媛是董事长的未婚妻。和想象里不太一样，她并没有打扮得珠光宝气。她穿着素净雅致的套裙和平底小皮鞋，显得平易近人。她是初次来到公司，但她眼中没有半点怯意，缓步走向电梯，真有种肖家少奶奶的气派。

直到电梯门关上，前台才爆发出一阵小小的议论声：

“宋清妍本人比照片更有气质哎，和咱们肖董真相配……”

“嘁，我要是像她家一样有钱，气质我也培养得出来。”

“那你还要有她的身材和脸啊。你看看她走进来那范儿，比明星还耀眼。”

“为什么这么不公平啊，人家又美又有钱，轻而易举就能嫁给男神。”

“我看一点儿都不轻易吧，你知不知道婚礼为什么延期？”

“为什么？”

“有人在宋清妍酒里投毒，她差点死了，在医院住了好久呢！”

“天啊，怎么会发生这种事情？”

“肯定跟豪门的钩心斗角有关，咱们只能看到最光鲜亮丽的那一面。”

“还好我家没钱，能做个小小前台每天看咱们肖董进进出出，我就很满足了……”

黎星辰出了电梯，走向尽头那间办公室，考虑自己进去是小女人般地扑到肖景初怀里呢，还是站在门口眼波如水地望着他呢。怎样能让他更惊喜，越来越爱她呢……

想着想着，她已经走到了办公室门口，伸手敲了透明的玻璃门。

肖景初在办公室里看到她，脸上露出掩饰不住的惊喜。

她推门进来，笑盈盈地望着他：“景初，我打扰到你了吗？”

肖景初伸手便将她揽入怀中，轻轻吻了吻她娇美的唇。

“当然没有。清妍，你怎么来了？身体好点了儿吗？我正想给你打电话呢。”

“好多啦，我天天闷在家里，今天好不容易溜出来的。”

“晚上带你去吃饭，我这边再处理一份文件就可以走了。”

“你忙你的，不用管我，工作重要。”

黎星辰将蛋糕放在桌上，蓝色盒子上系着精致的蝴蝶结。

肖景初疑惑地问：“这是什么？”

“生日蛋糕呀。景初，我专程溜出来给你过生日，你看我对你好吧！”

黎星辰偏了偏头，乌黑长发侧落下来，肌肤被衬得白嫩娇美，眼神如小白兔一般甜美纯洁。她望着肖景初迷茫的脸，忽而惊讶道：“你不会忙到连自己的生日都不记得吧！”

肖景初摇了摇头：“我的生日是10月31日，还有半个月。”

黎星辰难以置信。

她的记忆不可能出错，就是十年前的今天，她坐在蛋糕店对面的长椅上。

肖景初说今天是他的生日，还邀请她一起吃蛋糕……

难道，他当初说的都是假的？

他是特意买了蛋糕给她，却用生日这个借口……

肖景初望着黎星辰闪烁的眸子，突然想起很久以前，他曾对一个少女编造了生日。

那天，是不是就是今天……

肖景初下意识地去拿手机，想确定一下今天的日期，黎星辰突然抱住他。

他低头看着怀中的女子，她笑得灿烂，眸如碧波春水：“哈哈，我开个玩笑而已，你怎么那么认真。老实交代，今天是不是什么特殊的日子？前女友的生日？还是……”

肖景初捂住她的嘴，佯怒：“我没有前女友，我只有老婆。”

黎星辰狐疑地看着他：“没骗我？”

“当然，”肖景初瞄她一眼，“我的人品，经得起考验。”

“那就好。”

黎星辰转身，手心已然汗湿一片。

她坐在沙发上，低头翻看杂志，然而她的心思根本不在杂志上。

余光察觉到肖景初的眼神时不时地飘过来，难道他已经怀疑到什么了吗？难道他还记得那年秋天他们的相遇？

可是她表白时，肖景初却说不认识她。

这里到底隐藏着怎样的秘密呢……

办公室里静悄悄，两人并未再对生日的事情进行对话，仿佛什么都没有发生过。

肖景初很快处理完公事，带黎星辰下楼，一路上十指相扣，毫不避讳在员工面前晒恩爱。

等他们离开以后，前台再次叹息，肖景初和宋清妍真配！她一个人进来的时候很有气场，跟在肖景初身边却小鸟依人，她不但外表出众，还很擅长抓住男人的心。

肖景初特别嘱咐过管家，他要和清妍一起吃晚饭。

回到家，很快桌上便摆满了热气腾腾的美味佳肴，白色欧式桌布上放着精致的陶瓷花瓶，里面插着娇艳欲滴的新鲜玫瑰花，餐厅里没有开灯，厚厚的窗帘遮住了高大的落地窗，不露一丝光线。昏暗的餐厅里，亮着温馨浪漫的烛光。牛排的香气飘浮在空气中。

肖景初对今天的烛光晚餐很满意，抬眸看了管家一眼。

"我要和宋小姐单独吃晚餐，给你们放一天假。"

管家带着用人们离开别墅，黎星辰坐在肖景初对面，扭头看了看空寂的餐厅。

她垂下双眸，脸色微红："为什么让大家都走了……这样我好害怕……"

肖景初坐在黎星辰对面，懒散地靠在椅背上看着她："你害怕什么？"

黎星辰眼波闪烁如涟漪，小声说："害怕你……"

肖景初嘴角勾起浅笑："是我欠考虑了，我现在把他们叫回来。"

话音未落，黎星辰连忙劝他："哎，不用不用！我开玩笑的！"

肖景初忍俊不禁："我看你很期待嘛。"

"啊呀，这都被你看出来了，好害羞啊。"黎星辰捧着微红的脸颊。

肖景初笑出了声："没见过你这样的，嘴里说着害羞，眼睛却在发光。"

黎星辰惊讶起来："有这么明显吗，我还以为我的演技很好呢！"

肖景初看着她笑，很想隔空摸摸她的头，把她抱在怀里好好蹂躏一番。

黎星辰握住银灿灿的刀叉，将盘子里的牛排切成块放进嘴里，眼睛一亮：“好吃！”

肖景初看她腮帮子鼓鼓的样子，忍不住将自己盘子里的鳕鱼也放进了她盘中，他笑得宠溺：“多吃点儿。清妍，你知道吗，只要你喜欢，星星、月亮都可以摘下来给你。”

“景初，我越来越爱你了！你是全世界最好的男朋友！”

黎星辰吃得嘴角都沾了酱汁，却不显邋遢，倒有几分可爱。肖景初笑眯眯地看着她，所谓的秀色可餐就是这样吧，就算只是看着她吃饭，他都觉得满足。

第四节

黎星辰吃了正餐，喝了汤，吃了甜品和一小颗冰激凌球，还吃了超甜的草莓。

她突然跑过来，搂住肖景初的脖子，柔软的唇瓣滑过他的耳郭，带着温热的触感。

她细滑的肌肤、摇曳的烛光、玫瑰花的香气……

肖景初愣在那里，怔怔地望着面前笑靥如花的女子，心跳突然快了起来。

“景初，这草莓好甜！你尝尝！”黎星辰将一颗甜美多汁的草莓塞进他嘴里。

肖景初的唇被草莓汁水浸湿，烛光下闪着粉红的光泽，看起来十分诱人。

他真好看，这张对别人总是冰冷的容颜，却在面对她时温润如玉。

黎星辰心脏如小鹿乱撞，俯身飞快地吻了吻肖景初的唇，将他唇间的草莓汁舔在舌尖。

肖景初脑中似有焰火绽放，他能听到自己的心跳声，扑通扑通！

他伸手钩住黎星辰的脖子，狠狠吻上她。

草莓味道的吻，充满梦幻的香甜。

黎星辰的身体在肖景初怀里从僵硬渐渐变得软弱，力气好像被抽光，几乎站立不住。

为什么啊！明明都接过那么多次吻了，却还会脸红心跳，呼吸急促……

黎星辰突然后悔刚才主动去吻肖景初。

她只是情不自禁……

男人真可怕，简直是一点就着……

餐厅里静悄悄的，昏暗的光线，让气氛变得暧昧。

黎星辰强迫自己的神志快快清醒，不要被肖景初掌控……

她白皙的小手轻轻推了推肖景初，无力地说：“我认输……我快呼吸不过来了……”

肖景初放开手，望着她微微红肿却依旧无比诱惑的唇，只觉得意犹未尽。

“看你以后还敢不敢。”

“我哪知道你那么没有定力，我原以为你是正人君子呢……”

“我当然是正人君子，但前提是，你必须离我三米之外。”

黎星辰坐在肖景初怀里，听到他好听的声音近在咫尺。

他的气息很近，撩拨她鬓角的发丝，好似春风吹拂鲜花遍布的山谷。

黎星辰脸色通红，总觉得和肖景初的距离太近。

近到，像是一种诱惑……

黎星辰连忙起身，坐在肖景初旁边的空椅子上，小手捧住滚烫的脸颊，眼神闪躲不敢看他：“你做坏事，还恶人先告状……”

肖景初很无辜：“我做什么了？”

黎星辰说不出来，眼波里涟漪轻漾，有种说不出的风情。

肖景初的心跳又变快了，为什么她的每个眼神都牵动着他的心。

他移开视线，努力让自己显得正经：“快去吃饭吧。”

黎星辰摸了摸肚皮，笑得柔情蜜意：“我吃饱了。”

肖景初看了看她的餐碟：“嗯，比平时吃得多了一点儿，这是件好事，继续保持。”

黎星辰幽幽地看他一眼：“你怎么跟我妈一样啊，你不是应该控制我的饮食，让我瘦瘦美美地出现在你身边吗？”

肖景初淡淡道：“我不喜欢排骨精。”

“那你也应该为了你们肖家的声誉着想，娶个漂亮苗条的老婆吧。”

肖景初反问：“面子有你重要吗？如果我看你变胖就抛弃你，和渣男有什么区别？”

黎星辰掩唇，笑得娇俏可人，烛光映在她漆黑清亮的双眸中，像林间闪耀的萤火虫：“景初，你真会说话，我设计了那么多小陷阱，都被你避开了。你好聪明，我太崇拜你了！”

“哦？”肖景初假装生气，“原来你在诈我。”

黎星辰哈哈大笑，扑过来抱着他的脖子蹭他：“我喜欢逗你，喜欢听你夸我，喜欢你为我吃醋。为什么和你在一起这么开心啊！想到能和你在一起一辈子，我就觉得幸福得不得了！”

肖景初的身体一僵，望着她天真烂漫的笑靥，哑声提醒：“距离。”

黎星辰突然反应过来，连忙松开他，躲得很远，怯怯地出声：“可以了吗？”

肖景初望着离他十米之外的黎星辰，哭笑不得：“也不用那么远……”

黎星辰转过身背对着他，左顾右盼：“景初，饮水机在哪儿，我渴了。”

肖景初突然提议：“要不，我给你榨果汁吧！”

她高兴地点点头：“肖公子给我榨果汁，受宠若惊。”

肖景初走向厨房，黎星辰想跟进去，却被他推出来：“别进来，我要给你个惊喜。”

她可怜巴巴地扒住门框：“什么惊喜啊？”

肖景初像看白痴似的看着她：“惊喜说出来还是惊喜吗？”

门被关上了。

黎星辰只好忍耐着好奇心，在门口等着，听着榨汁机运转的声音。

等了好半天，肖景初都没出来，黎星辰实在忍不住了。

肖公子会榨果汁吗？

她推门进去，看到肖景初正举着榨汁机往水池里倾倒着什么东西。

见她进来，他神色有些尴尬："不是让你在外面等着吗……"

"突然没声音了，我还以为出什么事了呢。想到你不懂厨艺，我很担心……"

"这有什么好担心。我虽然不会做饭，但是榨杯果汁还是绰绰有余的……"

黎星辰挑了挑眉："所以，果汁呢？"

肖景初表情一僵，声音突然小到听不清："倒了……"

黎星辰惊讶地看着他："为什么？"

"没做好……"

脸红的肖公子真可爱，黎星辰更想捉弄他。

她不依不饶地追问："你不是说榨果汁很简单吗，怎么会没做好呢？"

"榨汁机坏了！"

"我刚才明明听到榨汁机运转的声音……这水池里是什么呀？"

黎星辰探头看了看，水池里满是黏稠的浅黄色不明物体。

有点像呕吐物……

肖景初将榨汁机扔进垃圾桶，一脸嫌恶："我想榨杯橙汁，又觉得橙汁的营养不够，就加了些牛奶，可是榨汁机坏了，榨出来的东西跟奶油似的，看着就恶心，我全倒了……"

他话还没说完，就看到黎星辰笑得前仰后合。

肖景初钩住她的脖子，不悦地问："很好笑吗？"

他的眼神太吓人了，黎星辰努力忍住笑，弯腰将榨汁机从垃圾桶里取出来。

"原来我心里最厉害的景初也不是无所不能的。"

"什么啊……坏了就扔了吧，我让管家再买一台。"

"干吗扔，榨汁机又没坏。"

肖景初狐疑地望着黎星辰："不可能……"

黎星辰笑得眼睛眯起来，耐心为他解释："牛奶中的酪蛋白跟酸性的橙子一起榨汁会产生化学反应，并不是不能喝，只是会凝固结块。

你如果把橙子换成香蕉、西瓜、草莓，都不会有问题。你犯了常识性的错，却把责任推在榨汁机身上，你说它无辜不无辜？”

肖景初盯着黎星辰的眼睛：“在你心里是我重要还是榨汁机重要？”

黎星辰笑道：“你要吃一台榨汁机的醋吗？”

她眨了眨清澈如水的眼睛，仿佛万千繁星都坠落在她漆黑的眸心。

肖景初怔了怔，低声说：“好吧，我承认，是我搞砸了，没想到榨果汁还有这么多学问……”

正说着，肖景初突然愣在那里，眼神慢慢地定在黎星辰脸上。

“你又是怎么知道的？我记得你根本不会做饭，连厨房都没进去过吧。”

扑通！扑通！

黎星辰的心脏狂跳，她竟然忘记了，自己一直在扮演宋清妍。

而宋清妍是个生活白痴，不可能懂得厨艺方面的小常识。

肖景初盯着她，他的双眸漆黑，如深不见底的潭水。

黎星辰嘴角绽开花一般的笑容，她搂住肖景初的脖子，甜甜说道：“因为我犯过和你一样的错呀，后来上网搜索才明白为什么。唉，我本来不想告诉你的，想要在你心里维持完美全能的形象。可惜我还是太诚实了，你一问我就坦白了，这个缺点一定要改！”

她反应很快，回答也很合理，再加上她笑得纯真无邪，肖景初没有怀疑。

第九章 死在你手里也不错

第一节

手机突然振动起来，黎星辰还以为是俞明珠打来的，掏出手机看了一眼，屏幕上竟然显示着张警官的名字。如果是俞明珠打来的，黎星辰肯定不接，但是张警官就不一样了！

她曾经请求张警官，一旦有那起投毒案的线索，一定要第一时间通知她。

黎星辰接起电话，并没有避讳肖景初：“张警官？”

没想到张警官第一句话竟然问她：“你和肖景初在一起吗？”

黎星辰有些惊讶，看了肖景初一眼，诚实地说：“我在他家，怎么了？”

张警官压低声音：“避开他听电话。”

黎星辰愣了愣，面色掠过一丝尴尬，对肖景初说：“我去接个电话……”

阳台上安安静静，窗外是灯红酒绿的繁华都市。

黎星辰轻声对话筒说：“张警官，到底是什么事这么神秘？”

张警官道：“我们抓到投毒的嫌疑人了。”

黎星辰惊在那里，她早就不抱希望了，却没想到真的可以抓到那家伙！

“你现在方便吗？来公安局一趟。”

“方便，我现在就过去！”

张警官叮嘱：“你一个人来，先不要告诉肖景初！”

黎星辰觉得这个要求很奇怪：“为什么？”

“来了就知道了，先不要问这么多。”

张警官挂了电话。

黎星辰低头望着暗下去的手机屏幕。

事情就要水落石出了，可为什么黎星辰会更加不安。好像有巨大的危险潜伏在她面前，像暗夜的巨兽张开獠牙……

沉思片刻，黎星辰慢慢回头，却看到肖景初站在黑暗里看着她。

他整个人都像是陷在深邃莫测的暗影中，冰凉的眸子，浓重的墨色，深不见底。

黎星辰吓了一跳，身体竟然颤抖了一下，他怎么出现得无声无息……

肖景初慢慢走近她，从阴森的黑暗里，走进凉薄的月光中。

“张警官给你打电话了？发生什么了吗？”

黎星辰有些慌张：“没什么，他说还有些细节想问我……”

肖景初淡淡地问：“哦，你现在要去公安局吗？”

黎星辰摇头：“不用，我妈刚又给我打个电话，催我快点回家。”

肖景初拉住她的手，他的手冰冷柔软：“那我送你回去。”

黎星辰本来想拒绝的，可她没有拒绝的理由，她也不想让肖景初怀疑。

她表面上答应肖景初，等他开车载她回家，她站在楼下与他挥手告别，看到他的跑车绝尘而去，她连忙招了一辆出租车来到公安局。

张警官带黎星辰来到审讯室门外。

隔着单向玻璃，黎星辰居然看到了郭天勤——

肖家的主厨！

黎星辰难以置信，虽然郭天勤有下手的机会，可他的动机是什么呢？

黎星辰问张警官：“是不是哪里搞错了，郭师傅我也认得的……”

张警官道：“那天是郭天勤负责婚宴的菜品。”

“不能因为这样就判定他是凶手吧，我和他无冤无仇啊……”

“有人指认，婚礼当天看见郭天勤鬼鬼祟祟地拿着酒瓶放回车上，有很大可能性是给你下过毒的酒瓶，可惜时间过去太久了，他的车上没有发现空酒瓶，应该是被他销毁了。”

“销毁了？无凭无证，你们不能为了破案随便抓个人来应付差事……”

张警官不甘心被质疑，打断黎星辰的话：“并不是无凭无证。”

黎星辰怔住，听到张警官说：“我们调查过郭天勤，他之前嗜赌欠下高利贷，但是在你中毒后，郭天勤突然有了一大笔钱，还清了高利贷，还买了新房子，那可不是一笔小数目。我们推断郭天勤是受人之托，事情办成后得到了酬劳，但这家伙嘴很硬，到现在不肯交代。他车上虽然没有酒瓶，但我们在他的车垫上检测出了少量酒精，含有相同毒素。”

黎星辰僵立在那里，说不清心中是何种震骇。

郭天勤在问讯室里叫嚣着自己没罪，手铐被他扯得哐当响：“你们知不知道我是谁！我可是肖家的主厨，你们敢把我抓进来，肖公子知道了有你们好看的！快放了我！”

黎星辰慢慢走进问讯室。

郭天勤见到她，突然愣在那里，脸上露出惊慌的表情。

“郭师傅，给我下毒的人是你吗？”

“我什么都没做过……我是无辜的！”

“为什么你的车上会检测出相同的毒物？”

“我不知道……我什么都不知道……一定是有人嫁祸我！”

“这件事和肖景初有关系吗？”

郭天勤显然非常惶恐，甚至不敢直视黎星辰明澈漆黑的眸子，他扭过头避开她的视线，答非所问：“宋小姐，你一定要救我！求你帮我联系肖公子，他一定会帮我的！”

黎星辰觉得可笑，她冷冷盯着郭天勤，原本柔美的面孔，此时寒霜遍布：“你知不知道你现在是什么身份？你是这起案件最大的犯罪嫌疑人，肖景初凭什么帮你！”

郭天勤恼羞成怒，嘶吼道：“让你去你就快点去，说那么多废话干什么！”

黎星辰怔了怔。

没想到郭天勤竟然是这样的态度！

很快，郭天勤又后悔，视线转过来看着黎星辰，满脸是泪：“什么酒瓶，什么毒药，我全都不知道……我不想死！你们没有证据凭什么扣留我！快点通知肖景初，只有他能救我了！宋小姐，反正你也没死成，为什么还要追着不放？你知道太多，对你没好处……”

黎星辰心脏猛地一跳，快步走过来盯住郭天勤。

“你们到底有什么秘密瞒着我，这件事肯定跟你有关系！”

“不要问我……我不知道……不知道！”郭天勤眼睛圆睁，太阳穴青筋暴起。

他突然伸手去掐黎星辰的脖子，试图以她的性命来威胁警察。但就在那个瞬间，有人冲过来，狠狠一拳，重击在他的肚子上！

郭天勤被迫放手，捂着肚子蜷缩在地上，脸色煞白，许久都没能站起来。

黎星辰惊讶地看着面前突然出现的男子——

是肖景初。

第二节

肖景初面色阴沉，将袖子挽起来，还想继续揍郭天勤。

黎星辰拉住他：“等等，景初，你怎么会来这里……”

肖景初望着黎星辰，眼中气焰未消：“你为什么没告诉我你要来公安局？”

黎星辰愣了愣，轻声说：“我……是临时决定的……”

肖景初眯起眼看她，眸心墨黑一片，张了张嘴正想说些什么，房间里突然传来郭天勤愤怒的叫喊声：“少爷，你何时跟这个女人这么亲密？你根本不喜欢她，难道你变卦了吗？”

肖景初脸色阴冷地盯着郭天勤：“闭嘴！”

郭天勤突然察觉到了什么，惊慌失措，扑过来想抱住肖景初的腿，却受制于手铐，只能抓住他的裤脚：“少爷，你不能不管我啊！我全是照你意思做的，你不能过河拆桥啊！”

肖景初一脚踢开他：“你乱说什么，我根本没有让你给宋清妍下毒！”

郭天勤痛哭流涕：“那次你要我找人绑架宋清妍，我已经照做了，可是明明把她的尸体埋起来了，为什么她会平安无事地回来，我真的不知道出了什么问题！”

黎星辰僵在那里。

郭天勤怎么会知道宋清妍被埋的这件事？

她只告诉了陈瑾光啊……

他们是一伙的吗……

黎星辰只觉耳膜嗡嗡作响，大地间一片黑暗。

“我知道你跟她结婚是被迫的，她肯定有你的把柄！我不想让你失望，这次我再帮你杀她一次。可我又失误了，没关系我还可以杀她第三次，我有一千种办法让她死，只要少爷您想办法把我救出来！肖家只手遮天，这点儿小事不可能做不到吧！”

肖景初狠狠地抓住郭天勤的衣领，双眸冷如寒冰：“郭天勤，你是杀人犯，没人能救得了你！而且这件事跟我毫无关系，是谁指使你嫁祸我？”

郭天勤震惊地看着肖景初，睁大了遍布血丝的双眼，痛苦地嘶号：“你这是什么意思？虽然我没能完成你的要求，但这几年来我在肖家任劳任怨，没有功劳也有苦劳，你不能为了宋清妍而牺牲我啊！”

黎星辰的心脏跳得很快。

她听见郭天勤的大骂声，听见肖景初愤怒的否认，听到张警官的声音……

很多声音，在她耳朵里交织盘旋。

天旋地转。

“清妍……”

恍惚间传来的声音，叫醒了黎星辰。

她迷茫地望着面前高大俊朗的男子，她的手被他紧握在手中。

“清妍，你要相信我，我绝对没有指使别人伤害过你！”

黎星辰莞尔一笑，声音甜软：“为什么要对我解释，我又没有怀疑你。”

肖景初愣在那里。

郭天勤也惊住了！

他想过很多种可能性，就是没想到“宋清妍”会是这样的反应。

“宋清妍，你的未婚夫要杀你，你竟然愿意原谅他？这世上怎么会有你这么蠢的女人！”

黎星辰扭头看了郭天勤一眼，她的声音很温柔，顺直的长发垂落下来，面容平静柔美：“因为我爱他，所以我无条件地相信他。就算他想杀我，我又能怎样呢？”

郭天勤怒不可遏：“你疯了！你这个蠢女人！亏我还同情你，对你手下留情了。”

黎星辰眼中掠过一丝怜悯：“你现在是不是很后悔没有杀掉我？”

郭天勤恶狠狠地叫嚣：“是你命大，下次你就没这么好的运气了！”

“下次？”黎星辰冷笑，“身为杀人嫌疑犯的你跟我谈什么下次？”

郭天勤脸色惨白，双腿因恐惧绝望一直在抖，却仍在嘴硬：“你跟一个想杀你的男人同床共枕，你总有一天会死！婚前他只是单纯厌恶你，等你们结婚了，他会抢走你的一切，再将你虐待致死！他会继承你的财产，跟新欢在你们的床上缠绵欢爱！”

郭天勤正说着，黎星辰突然扬起手甩了他一巴掌，用了十成的力气，打得他一个踉跄差点摔倒在地上。

“你的话太多了，闭嘴！”

郭天勤捂着被打得通红的脸，震惊地看着面前神色冷然的女子。

此时的“宋清妍”眼神好可怕，令人胆战心惊……

黎星辰扭头望向张警官：“他已经交代了，证据确凿，快点把他关起来吧！”

张警官神色复杂：“可是肖先生也是犯罪嫌疑人，我们不能让他离开。”

黎星辰急忙说：“我相信景初是清白的，我可以为他做证！”

张警官眼神古怪地看着黎星辰：“调查以后你才有发言权……”

黎星辰还想再恳求，肖景初突然扯了扯她的衣袖，他看起来有些疲惫，轻轻地说："清妍，你不用帮我说话，调查是正常流程，既然我问心无愧，我自然愿意配合调查。"

既然如此，黎星辰也没有再坚持。

肖景初打电话叫来自己的律师处理这件事。趁着律师与警察说话的空当，肖景初走到黎星辰身边说道："这边我会自己处理，我现在找人送你回家，别让你妈担心。"

面对肖景初的时候，黎星辰再也没有刚才的冷酷。她始终对他微笑，如此善解人意。

"这里离我家不远，我自己走回去就行。"

肖景初当然不肯："那怎么可以，晚上不安全，你又没有带保镖。"

"我想顺便散散步，反正杀人犯已经抓到了，不会有危险。"

"可是……"

黎星辰突然打断他："这件事我们都不要告诉彼此的父母好吗？"

肖景初惊讶地望着她："为什么？"

她垂下眼睫，乖巧温柔地说："我爸妈本来就疑神疑鬼的，要是知道这件事肯定会爆炸，我不想让他们担心。我希望，我们的婚姻能得到他们的祝福。"

肖景初皱了皱眉，眼底飘动着一片黑色的潭："你为什么相信我？"

黎星辰笑盈盈地说："因为我爱你。不管你对我怎么样，都不影响我爱你。"

转过身走了几步，她回眸一笑，灿比繁花："景初，其实死在你手里也蛮不错的。"

第三节

离开了公安局。

黎星辰脸上的笑容终于消失了。

她慢慢地走在路灯下的道沿上，觉得身上的力气都被抽干了。
为什么郭天勤要对宋清妍下毒手？
黎星辰不相信是肖景初做的。
可是，还会有谁有这个动机……
俞明珠和宋云霆在生意上有竞争关系的对手……
宋清妍不经意间得罪过的人……
某个躲在暗处暗恋肖景初的女人……
某个觊觎宋清妍，或者嫉妒她的人……
太多太多可能性，根本无迹可循。
夜色深沉，冷风吹起街道上枯黄的落叶，发出簌簌的声音。
秋天的夜晚格外冷，黎星辰缩了缩脖子，坐在街边的长椅上。
马路对面仍旧是熟悉的蛋糕屋，新装修过，比以前更气派了。
黎星辰突然想起了那个被肖景初救赎的夜晚……
然而此时，她心中不再有温暖悸动，只剩下一片茫然。
说真的，黎星辰对肖景初知之甚少，那段暗恋的青涩时光，她像其他的女孩子一样，远远看着他，沉迷在自己编织的梦中。
梦境是甜蜜的，梦中的他是完美的。
就算幕后真凶是肖景初，黎星辰也并不意外。
她当初就觉得古怪，为何肖景初和宋清妍如此迅速便决定订婚，这么短的时间有感情吗？肖景初那样利益至上的人，会轻易爱上一个女人吗？
如果说那次绑架是肖景初做的，她并不恨他，因为他要杀的是宋清妍不是黎星辰。
可是这一次，要和他举办婚礼的是她黎星辰，他说他已经被她吸引了。
如果这话是假的，那她的心动该是多么可笑啊。
她以为她得到了他的心，却没想到她早已迷失在谎言的迷宫中……
黎星辰正在发呆，突然，有只手在她面前摇了摇。
黎星辰回过神来，抬眸看到了陈瑾光微笑的面孔。
夜色幽暗，陈瑾光身上却好像洒满皎洁柔美的光芒。

“星星，你怎么一个人坐在这里？心情不好吗？”

黎星辰摇了摇头，听见陈瑾光温润的声音：“还骗我，你以前心情不好就会来这里。”

黎星辰眨了眨眼睛，眸心流转着银白色星辉：“你说错了，我不是心情不好会来这里，我是每次想吃蛋糕了就会坐在这里，闻一闻蛋糕的香味。买不起还不能闻了吗？”

陈瑾光狐疑地望着她：“这么可怜哦？刚好我买了蛋糕，喏。”

他伸出手，将手里小小的蛋糕盒子递给她，眼中满是讨好神色。

“星星，你看我们是不是很有心电感应。你想吃蛋糕，我恰好买了蛋糕。”

黎星辰愣在那里，看着陈瑾光手里精美的蛋糕盒，心中突然有种莫名的感觉。

“发什么傻？不会是感动得说不出话了吧。”

“我没胃口，不想吃……”

陈瑾光不满地抱怨：“这孩子，怎么说话呢，一见我就没胃口，你是嫌弃我的颜值吗？”

黎星辰被他逗笑了，嘴角勾起淡淡笑容：“你很好看，不要打扰我的减肥计划，好吗？”

“我看你的脸色就知道你在减肥，一副营养不良快晕倒的样子。吃饱才有力气减肥啊！”

陈瑾光在黎星辰身边坐下，拆开纸盒，将蛋糕递到她面前。

精致漂亮的三角形小蛋糕，上面铺了一层鲜美的蓝色浆果。

黎星辰突然想起了肖景初买的蛋糕，截然不同的外形，却有种同样的温馨甜蜜。

如果那天站在她面前的是陈瑾光，不是肖景初，结局会不会完全不同……

可惜这世间的事，没有如果……

“只买了一小块，放心吃吧，低脂低糖的，热量不高。”陈瑾光的语气里带着一点点小狗般的乞求，真是让人于心不忍。

黎星辰接过蛋糕，轻轻咬了一口，听见陈瑾光期待的声音：“好吃吗？”

可能是心情不佳的缘故，浓醇的奶油吃到嘴里有种甜腻的口感，但黎星辰还是点了点头，微笑着说：“好吃。”虽然舌头尝不出味道，但她心里知道，这块蛋糕一定很好吃。

她将咬了一口的蛋糕递到陈瑾光的嘴边，眼神期待：“你尝尝。”

陈瑾光愣了愣，下意识地张开嘴，咬了一口蛋糕。

从她咬过的地方下口，感觉这块蛋糕异常甜美，舍不得下咽呢……

黎星辰看到陈瑾光脸红的样子，忍不住笑了，她伸手擦了擦他的嘴角。

“吃得满脸都是奶油，傻乎乎的。我绝顶聪明的瑾光哥哥去哪儿了？”

她的手指冰凉却滑润，带着护手霜的清香。

陈瑾光忍不住握住了她的手，他的温度渗入她的肌肤。

“星星，你是不是有心事？为什么我觉得你一点儿都不开心呢……”

黎星辰的表情有些僵硬。

她不着痕迹地抽出手，脸上依然在笑，云淡风轻：“可能是晚上吃蛋糕，心里有罪恶感吧。”

“你为什么一个人坐在这里？保镖呢？”陈瑾光左顾右盼，可她的身后什么都没有。

黎星辰说：“我再也不需要保镖了，我自由了。”

陈瑾光有些惊讶：“为什么？”

黎星辰思考了一瞬间，要不要告诉陈瑾光？

虽然她不希望他担心，但她也不想骗他……

短暂的考虑过后，她如实回答：“下毒的人已经抓到了。”

“是什么人？”

黎星辰望着陈瑾光，淡淡说道：“是肖家的主厨——郭天勤。”

陈瑾光更震惊了，心中无数思绪飞掠而过。

半晌，没有说话。

“有人看见郭天勤拿走了空酒瓶，而且他车上也检验出了毒酒的成分。一切都太巧了。”

黎星辰轻轻叹了口气：“我不愿意相信。可是我却找不到证据，证明我的信任是有理由的。婚宴上能给宋清妍下毒的人，一定是她熟悉的人，所以凶手才会知道两杯酒，哪一杯是她的。”

“也许他是想给肖景初下毒，却不小心下错了杯子……”

“那怎么解释宋清妍在订婚前被绑架呢？”

陈瑾光当然要安慰黎星辰。

然而，他却无法给她的问题做出最佳解释。

黎星辰甚至冷静到了冷酷的程度，她的每句话都条理分明：“肯定有人想杀她。瑾光哥哥，当初你也看见了，宋清妍的伤势惨不忍睹，一定是有深仇大恨才会下手这么狠。”

“也许绑架她的人恰好是一个穷凶极恶、丧心病狂的杀人犯……”

“我也想要把这当成一件意外，可是这两起谋杀案，有着千丝万缕的联系。”

陈瑾光张了张嘴，却什么话都说不出来。

如此危险的境况，他怎么可能轻轻松松几句话就安慰得了呢？

她才从鬼门关里逃出来……

她的未来，每一步都在悬崖边缘……

第四节

“瑾光哥哥，你说我是不是做错了？”黎星辰仰头看天，洁白面孔被月色洒上淡淡柔光。

“是不是我抢了别人的身份，所以我就没有办法得到真爱……”

她的声音在风中微微发颤，竟有些许的脆弱。

陈瑾光的呼吸慢了一拍。

为什么连呼吸都会牵连到心痛。

“星星，你后悔了吗？”

陈瑾光想说，现在后悔还来得及，立刻和肖景初断绝关系……

然而黎星辰只是轻笑着说：“我没有后悔。我只是突然觉得害怕了。我不知道事情有没有结束，不知道下一次的暗杀会在什么时候。其实我并不怕死，我怕的是连‘死’都不知道为什么。”

“别说‘死’，不吉利！”

“你要是法医就好了，我的尸体交给你来解剖，我很放心。”

陈瑾光瞪她：“让你别说你还说，是不是要让我用袜子塞住你的嘴？”

黎星辰幽幽地看他一眼，清澈的眸子看不出悲喜：“所以说你单身是有原因的，人家都是用嘴来堵，你非要用袜子。我看我不被人杀死也会被你熏死。”

陈瑾光跷起脚闻了闻，小声嘟囔：“哪有那么夸张，我的袜子才换过，香香的。不信你闻。”

他努力把脚伸到黎星辰的面前，腿形笔直修长，白色球鞋很干净。

她从手包里取出一个小小的电击棒。

黑色的，像一个袖珍的手电筒。

陈瑾光吓得一个哆嗦，立刻收起手脚，正襟危坐，像幼儿园的小朋友一样乖巧。

“你怎么随身带武器啊……”发抖的声音。

黎星辰若无其事：“哦，带上防身，这不正好用上吗？”

陈瑾光直视前方，一动不动：“你快……快收起来啊……不要误伤好人……”

黎星辰看了他一眼。

又怂又萌的样子，居然莫名很可爱。

“怕什么，电一下又死不了，刚好让我试试新买的电击棒好不好用。”

陈瑾光好像屁股下面有钉子似的，猛然站起来，逃到离黎星辰五米以外的地方。

确定自己安全以后，他才敢张牙舞爪地控诉：“死不了会疼啊！你这孩子，怎么这么心狠手辣，瑾光哥哥白疼你了！”顿了顿，他压低声音，“俗话说得对，最毒不过妇人心！”

黎星辰打开电击棒，发出嗞嗞的声音：“你说什么？”

“哈哈……当然是说你聪明伶俐，善良纯洁啦……”

看到陈瑾光僵硬的笑脸，黎星辰低头将电击棒放回到手包里。

长发垂落下来，遮住她的视线。

黎星辰怔了怔。

突然发现，不知何时，她的脸上竟然露出了微笑。

虽然浅浅淡淡，却发自真心，没有任何伪装和虚假……

总是陈瑾光，变着法子逗她开心，转移她的注意力。

在无数女生眼中高不可攀的天才学霸，在她面前却这么蠢萌。

黎星辰抬起头，轻声说：“谢谢你，瑾光哥哥，我真的很感激生命里有你。”

陈瑾光愣了一愣。

完全不相信黎星辰说的话！

“怎么突然说这样的话？打一巴掌给个甜枣吗？一定有什么阴谋吧……”

“好吧，你当我什么都没说，”黎星辰站起身，抚平微皱的裙子，“我要回去了。”

她刚才在路上将手机关机了，已经这么晚了，俞明珠找不到她肯定很着急。

“我送你回去，”陈瑾光指着路边不远处那辆车，“我的车停在那儿。”

黎星辰坐上车，嗅了嗅车里的空气，有些沉闷。

她从化妆包里取出一瓶精致小巧的香水，朝车里喷了些。

“你的车太没有活力了，一看就是一个可怜的单身。”

“就算我有女朋友，闻到车里陌生的女士香水味，还不立刻跟我分手啊！”

陈瑾光似乎在抱怨，但他没有阻止黎星辰的行为，甚至语气里还有着宠溺的笑意。

冷清的车厢内，弥漫着淡淡的甜香，是她身上的香水味。

“瑾光哥哥，你如果有了女朋友，要第一时间告诉我哦。”

“为什么？你要拆散我们？”

“我是那种人吗？我会跟你保持距离，免得你女朋友生气。”

陈瑾光撇撇嘴：“真自恋，好像我女朋友会在意你的存在似的。”

黎星辰靠在背垫上闭目养神：“你不说话没人把你当哑巴。快开车。”

陈瑾光的车开得很慢，他想和她多相处一会儿。

即使就这样安静地待着，不说话，感觉也很好……

就这样慢悠悠地开到她家院门外，陈瑾光停下车，扭头看了黎星辰一眼。

她好像睡着了，却睡得一点儿都不安稳，眉心微皱，脸色苍白，车内的灯光洒在她美丽的面庞上，那好看的眉眼，浓黑的睫毛，优美的唇线，全都朦胧得不真实……

陈瑾光深深地看着黎星辰。

这张原本陌生的脸，在他的心里已经越来越熟悉。

他知道这就是他的星星，记忆里那个坚强的女孩子……

她永远在微笑，藏起脆弱苦难，即使身处绝望，却仍旧努力寻找着希望。

不管她的脸变成什么样子，她都是独一无二的。

陈瑾光慢慢地接近她。

她的呼吸轻缓，像兰花在月夜下静静绽放。

她淡粉色的唇，就在他嘴唇下方三厘米。

陈瑾光差点就要吻住她。

黎星辰突然睁开眼。

陈瑾光听到自己的心跳声，凌乱得几乎失控，剧烈撞击着他的胸腔。

黎星辰的眼神从茫然到惊讶，象牙色的脸颊瞬间变得通红。

她伸手想要推开他。

但在之前那一秒，他已经退回到他的座位上。

果然，他没有勇气走出那一步……

“到家了……”陈瑾光装作若无其事，只是握着方向盘的手在微微发抖。

黎星辰睁着水汪汪的大眼睛看他："你刚才想对我做什么？"

"你在我车上睡了好久，我想告诉你已经到了，不管怎么喊你都没反应，我就想凑近看看你是不是死掉了……你突然睁开眼睛干什么？诈尸啊！我被你吓一跳……"陈瑾光装模作样地拍拍胸口，想要掩饰自己的心虚。

黎星辰狐疑地看着他："是吗，我怎么什么都没听见……"

"你睡得像猪一样，怎么会听到？"陈瑾光露出沉痛的表情，"你知不知道你的呼噜声有多大，震得我以为我在开拖拉机。这一路过来，惊险重重……"

黎星辰越听越不相信："骗子，我根本不打呼噜。"

"你睡着了怎么知道你打不打呼噜？这种事情要结婚有老公了才会知道。"

"以后我会随身带刀。不要突然离我那么近，我怕会误伤你。"

陈瑾光眼中闪过一丝受伤："连我都防备吗，我又不会伤害你。"

黎星辰沉默了一下，低声说："瑾光哥哥，对不起……"

陈瑾光叹息："你总是对我说'对不起'，就不能说点别的吗？"

黎星辰怔了怔，试探着说出三个字："大变态？"

陈瑾光被她打败了："还不如'对不起'。"

黎星辰笑了，清丽美好的笑容，仿佛漫天晚霞都落在她晶莹剔透的双眸里。

"谢谢你送我回家，我回去了，改天见。"

黎星辰下了车，回身对陈瑾光招招手。

直到他开车离去，她才转过身。

走了几步，黎星辰突然觉得不对劲，她下意识地停在原地。

一辆跑车停在树影下，车里亮着灯，看不清里面的人。

第五节

黎星辰心里"咯噔"一声，加快脚步走过去。

透过车玻璃，她看到的是肖景初的脸。

他指尖夹着一支快要燃尽的香烟，烟雾飘过他冷漠的面孔。

她下意识地问：“你在这儿干什么……”

“这话应该我来问你。你不是回家了吗？要不是你妈给你打电话打不通，打到我手机上，我都不知道你还没到家。”肖景初将香烟摁灭，打开车门走下来，低头望着黎星辰苍白的面孔，“这么久你去了哪儿，你知不知道我有多担心。”

黎星辰挽住肖景初的胳膊，好像什么事都没发生过似的，用撒娇般的甜软声音向他道歉：“我想吃点儿甜的东西，就去了蛋糕店。抱歉啊让你担心了，是我不对。”

当她靠近的那一瞬间，肖景初的心突然软下来。

他看了一眼陈瑾光离去的方向，那条路被冰冷夜色覆盖。

“你为什么和陈医生在一起？”

黎星辰对答如流：“蛋糕店偶遇了他，我忘记带钱，手机又没电了，他请我吃了蛋糕，顺便送我回家。”

她瞳眸闪亮，唇边盛开着花一般的笑容，神色看不到半点谎言的痕迹。

可是……

他明明看到刚才陈瑾光离她很近……

近得好像差一点就会吻到她……

他们之间的那种气氛，亲昵得不正常。

肖景初不愿意去怀疑黎星辰，只要她解释，他就愿意相信……

但，只要想起那个画面，他心里便翻江倒海地难受。

黎星辰不知道肖景初为什么会出现在她家门口。

他不是在公安局吗？

她的嘴唇动了动，却没有多问。

现在提起这件事恐怕有些敏感，肖景初家里有钱有势，律师也是全国最有名的。他只是有指使杀人的嫌疑，并没有确凿证据。

现在黎星辰最担心的是，肖景初怀疑，宋清妍以为他要坐牢了所以准备变心……

但愿他不要这样想……

就算他这样想了，她也解释不清。

没想到肖景初并没有质问她，他低头看着她，高大的身体被摇曳的树影笼罩，月光透过枝叶，将斑驳碎影洒落在地上。他站在深深浅浅的树影中，双眸深邃，仿若无穷星河。

“清妍，对不起，你还在生我气吗？”

黎星辰怔了怔。

“没有呀。”

她依旧对他微笑，和平时一样甜美的笑容。

可为什么，他觉得那笑容并没有直达眼底。

肖景初第一次觉得，“清妍”是在伪装。

“你如果气我、怪我、怀疑我，你可以直接开口，可以打我骂我，你别这样对我。”

黎星辰露出迷茫的表情：“我什么也没做啊，我只是回家晚了。景初，我惹你生气了吗？”

肖景初神色复杂地看着她。

她的神色真是好无辜，如同小鹿般楚楚可怜。

她是在装傻吗？

该道歉的明明是他……

黎星辰踮起脚，软软的嘴巴在肖景初的嘴唇上点了一下。

肖景初愣在那里，只觉得好像一根羽毛落在他唇间。

就那么一下，短暂而轻浅。她身上的香气还没有钻进他的鼻息，她就已经退后了一步，笑盈盈地说：“景初，别想那么多，给你一个晚安吻，今晚早点休息。”

她和以前一样，温婉大方，纯真可爱……

可是有哪里不对劲！

黎星辰转身想走，肖景初在身后拉住她冰冷微颤的手。

“不对！你的反应很不对！你为什么不怀疑我？你为什么不生气？”

黎星辰回身看他。

完美无瑕的笑容，让她看起来像橱窗里那些精致美丽的人偶娃娃。

她的声音轻软如云朵："我为什么要怀疑我的未婚夫，爱一个人就是无条件的信任。"

肖景初冷声道："你并不是信任我！你做好了准备——就算被我杀死也心甘情愿的准备！"

黎星辰的心脏猛地一跳。

甜美的笑容从嘴角慢慢散去，她平静地看着肖景初："所以，是你指使郭天勤的吗？"

"我没有……"

黎星辰勾起嘴角，声音甜润："你已经解释了，我相信你。"

肖景初盯着她的眼睛。

直到她弯月般的双眸失去微笑的弧度。

直到，她绝美面孔覆盖了冰雪，那纤长的睫毛在冷风中战栗。

"宋清妍，我以为我了解你了，可是今天我才发现，你和我想的不一样。"

"我哪里做得不好？你告诉我，我可以改。"黎星辰仰头望着肖景初，眸心坠落星光。

她仍然在演戏，即使面具已经开始龟裂。

可是怀疑的种子已经开始生根发芽。

肖景初不再像当初一样，对她毫无戒备。

他微微俯身，在她耳边轻声说："你不需要改。你很好，完美得，就像假的一样。"

黎星辰僵在那里。

她甚至不敢面对肖景初，不敢去看他正在以何种眼神注视着她。

她别开脸，晚风吹拂她的长发，呼啸的风声遮掩了她紧张的心跳声。

肖景初指尖钩起她耳边长发，别在她凝白的耳后，望着她星光闪烁的眸子。

"你是不是喜欢上陈医生了？"

这句话太不合时宜，打乱了黎星辰的思绪。

"你乱说什么，我是那种容易变心的人吗？"

肖景初双手环着她的肩膀，望着她黑白分明的双眸。

她的身子纤瘦，好像稍一用力就会折断。

但她的眼睛无比清澈，他看不到谎言的痕迹。

肖景初在她耳畔轻轻呼吸：“清妍，我会失去你吗？”

黎星辰声音轻柔却坚决：“除非你先抛弃我。或者，我死……”

肖景初不喜欢听到她说这个字！

他低头吻住她的唇，比任何一次都温柔的吻。

他抱得很紧，却又很轻，好像生怕不小心会弄疼她。他嘴里有淡淡烟草味，但并不令人反感。他没有烟瘾，平时也很少抽烟，所以这烟草气息在他身上竟是异常干净清爽。

黎星辰闭着眼，被动地迎接他的吻。

每当他吻她的时候，她心中都很甜蜜。

可是，她越来越疲惫了……

纯粹的甜蜜也夹杂了苦涩……

第十章 近在咫尺的威胁

第一节

黎星辰回到家，不出意外，俞明珠已经急得满头汗，她刚披上外套准备出门，见女儿回来，一个箭步冲上来抱住女儿，语气里有紧张也有怒气：“清妍，你去哪儿了，妈快要急死了！”

黎星辰淡淡道：“没什么，一个人出去吃吃喝喝。在家里待久了我感觉很压抑。”

“那也不能手机关机啊！我差点报警了，还以为你又出事了！”俞明珠抱得那么紧，眼中竟有些湿润，她强忍着不要在女儿面前落泪。

黎星辰慢慢地挣开她的手，疲惫地垂下双眸，纤长卷翘的睫毛覆盖下来。

“对不起，妈，我以后会注意的。”

俞明珠还是不放心，狐疑地打量她：“你老实说，你是不是去找肖景初了？”

黎星辰摇了摇头：“没有。”

俞明珠不知道女儿是否在说谎，但事已至此，她不想过多追究：“清妍，这世上又不是只有肖景初一个男人，你这么优秀，何必在一棵树上吊死，妈妈立马就帮你物色新对象……”

黎星辰敷衍道：“不用了，我最近对谈恋爱没兴趣。”

俞明珠却不依不饶：“那怎么行！女人年纪越大就越贬值，你当然要趁自己最年轻貌美的时候把自己嫁出去。你还小，看不清人生未来的路，妈妈是用过来人的经验帮你……”

黎星辰有些烦躁，俞明珠到底在想什么，这根本不是为女儿着想吧。

俞明珠继续说着，红唇在黎星辰面前不断开合，尽是些不好听的大道理。

黎星辰脱口而出：“你有什么经验？你挑的男人靠谱吗？你的婚姻幸福吗？”

俞明珠僵在那里。

苍白的脸上，突然流露出令人心碎的忧伤。

她难以置信，女儿竟然会跟她顶嘴，在她伤口上撒盐……

黎星辰话说出口才意识到自己说得太过分，她并不想刺痛俞明珠。

她轻轻地抱了抱俞明珠，拍了拍面前这位伤心颤抖的妇人的后背，声音柔软起来：“妈妈，我不是故意要惹你生气，我只是想要跟我喜欢的人在一起，不管结果是怎样的，我都愿意承担。婚后不幸福可以离婚，但如果你现在非要拆散我和景初，我会恨你一辈子。”

俞明珠没有说话，她感到心痛，可她又能说些什么……

她无法强迫女儿做自己不愿做的事。

有时候，她真羡慕女儿，能够奋不顾身地追寻爱情。

俞明珠突然想起当初的自己，也曾为了爱而盲目冲动，将那不属于自己的爱牢牢握在手中，就算不幸福她也不愿放手，只要外界看到她与丈夫恩爱，看到豪门光鲜亮丽的生活，便足够。其实她并不想让清妍步她的后尘，强撑着真的很累……但清妍比她更理性，也更强大……

俞明珠叹了口气：“清妍，如果肖景初对你不好，你可千万不要忍耐……”

黎星辰笑得温柔，反问她：“我是那种逆来顺受的人吗？”

俞明珠神色复杂地看着她：“说实话，妈妈也想不到你会这么做，从来没见过你这么喜欢一个人。可是付出真心会让你受伤，你和肖景初现在爱得轰轰烈烈，将来……”

黎星辰打断她：“将来受伤的时候再说吧，现在谈这些太早了。”

她的语气竟然如此平静，根本不像个情窦初开、为爱痴狂的女孩子。

俞明珠想，或许是她老了，不了解现在的孩子都想些什么，她走不进女儿的心里。

但女儿的态度，却让她莫名地，稍微放下心来。

清妍没有为了肖景初跟父母大吵大闹，没有要死要活捍卫自己所谓的爱情。

她会顾及母亲的感受，轻声细语地安抚母亲。

她很孝顺，也很理智。

她好像长大了，可以照顾自己，可以做出至关重要的人生决定……

黎星辰疲惫地打了个哈欠："妈，我累了，你也早点睡。"她拨弄着被夜风吹得微乱的长发，慢慢地上楼，朝自己房间走去。

浅色毛衣裹住她玲珑有致的身材，是一种纤柔的美丽。

俞明珠望着女儿的身影，良久，轻轻地叹了一口气。

郭天勤因故意伤害罪被判刑，虽然他指认幕后真凶为肖景初，但他没有确凿证据，肖景初当庭被宣布无罪。黎星辰并未将这件事通知给俞明珠和宋云霆，陪同审判的人寥寥无几。

肖景初走出法庭的那个下午，天色格外阴沉。

司机在门口等待，见他出来，立刻下车为他打开车门。

黎星辰跟进去，与肖景初并排坐在后排座位上。

肖景初轻轻握住黎星辰的手，什么都没说。

他的手包裹住她的小手，可她却觉得他的手很冰，怎么也暖不热。

黎星辰扭头望向他："景初，你什么都别想，我没怀疑过你，我还是想要嫁给你。"

肖景初对上她柔情流转的双眸，心绪复杂："你不怕我吗？"

"为什么要怕你？"似乎觉得他的问题很可笑，她的嘴角微微上扬，衬着眼中明亮的笑意，声音轻软如飘零的樱花，"我知道你是无辜的，法院的判决已经还你清白了。"

就算到了这样的境地，她仍然善解人意。

可就是因为这样，肖景初才不明白她为什么如此善解人意。

这件事关乎她的生命安全，她怎么能像局外人似的反过来安慰他呢？

肖景初能看得出来，"宋清妍"是真的喜欢他。

可他突然开始怀疑，她为什么这么喜欢他？

仅凭一份喜欢，就能让她忘却生死吗？

他还记得那天她在公安局打了郭天勤一巴掌，让郭天勤闭嘴。哪有女人像她这么冷静会全心全意地袒护有犯罪嫌疑的未婚夫？肖景初不觉得宋清妍是陷入爱情智商为零的傻姑娘。

黎星辰似乎没有看出肖景初的疑虑，在旁温柔提议："我们尽快结婚吧，下个月21号怎么样？我查过了，那天是个好日子，这一次我们先不要公开，就当是我们两个人的小仪式，只叫几个关系好的朋友，以后等我们稳定下来再举办盛大的婚礼……"

她说了很多，显然是已经做好了规划。

鬼使神差地，肖景初问了句："你真的要嫁给我吗？"

黎星辰一怔："你不想娶我吗？"

"我怕你会后悔……"他垂下双眸，语气竟带着几分苦涩。

"我还没嫁给你呢，你就说这种话，什么意思啊？"黎星辰假装生气，明净的双眸闪闪烁烁，映着车窗外清冷的光。

但就算她在生气，却还是软萌柔美，让肖景初的心都化了。

他连忙道："是我说错话，我会努力，让你不后悔嫁给我。"

"哼，这还差不多。"黎星辰靠在他肩膀上，笑得柔情蜜意。

肖景初的嘴角也浮起了久违的笑容。

他不得不承认，宋清妍有一种魔力。

和她在一起，气氛总是会变得轻松愉快……

第二节

黎星辰将结婚的事情只通知给了亲近的友人。能看得出来，姚知盈是真心为她高兴，她坐在餐厅中，激动到几乎拿不稳手中的红酒杯，绯色酒水在杯中荡漾起一片片涟漪。

"太好了，清妍，这次一定会顺利的。听说下毒的人已经抓到了，到底是什么人呀？"

姚知盈并不知道凶手是肖家主厨，黎星辰也不想告诉她，随口说道："那人跟我家有些生意上的往来，算是竞争对手吧。事情都过去了，不说这些了，你最近怎么样？"

"嗯……还不错……"

姚知盈嫣然一笑，依旧妖娆明艳，黎星辰却从她双眸中看出几分落寞。

"你眼睛怎么有点肿，哭过吗？"

"肿吗？不会吧……可能昨晚喝太多水了……"

姚知盈从手包里取出镜子补妆，望着镜子中的自己，她发了会儿呆。

黎星辰总觉得姚知盈的状态不对劲，她忍不住问："你和杨家峰怎么样了？"

姚知盈将镜子放在桌上，微笑着说："还是老样子。他现在越来越忙了，也没时间陪我，当然，我也不是黏人的女人，我理解他，男人要以事业为重嘛。"

黎星辰问："但是他越来越红了，你不担心吗？"

姚知盈摇了摇头，很是善解人意："我相信他。家峰对我承诺过，等他做出一番成就，就公开关系。我说我希望在三十岁之前把自己嫁掉，家峰说不会让我等那么久。"

说到这里，姚知盈脸上露出笑容。

这是黎星辰今天见到的，她最真心的笑容。

真想劝劝姚知盈，可黎星辰又什么都说不出口，她不想残忍地摧毁姚知盈的希望。

姚知盈将杯中红酒一饮而尽，黎星辰又帮她倒了半杯，正想笑着宽慰她几句，余光突然看到不远处落座的一对男女，她的瞳孔惊讶地放大，手中的红酒瓶竟然差点没拿稳。

"清妍，怎么了？"姚知盈顺着她的目光看过去，整张脸瞬间苍白。

一直说忙的杨家峰居然就坐在不远处，笑容满面地望着对面的美丽少女。

那少女年龄不大，有着清纯的娃娃脸，穿了件雪白的羊毛裙，气质娇俏秀美，正是最近走红的选秀歌手莫雨琴。她曾与杨家峰有合作，两人合唱了一首甜蜜情歌。

姚知盈浑身都在发抖，她怎么也没想到他们私下会有联系。

杨家峰取出一条金光闪闪的项链，为莫雨琴戴在脖子上。

姚知盈再也忍不住了，起身走向杨家峰。

杨家峰听见高跟鞋的声音，抬头看到女友突然出现，顿时慌了神。

姚知盈扫了一眼莫雨琴，语气带着几分讽刺："带朋友出来吃饭？"

杨家峰拉着姚知盈走到一边，压低声音说："你怎么在这儿？你在跟踪我吗？"

他不但没有半点愧疚，语气中竟还带着几分怀疑与怒气。

姚知盈气道："我没那么无聊！我和闺蜜出来吃饭，恰巧看到你在约会。"

杨家峰皱眉："什么约会？你别说这么难听，我这是在工作。"

"工作有必要给人家戴项链吗？"

"雨琴在工作上帮过我，送件礼物有什么大不了？你能不能别这么无理取闹？"

莫雨琴察觉到气氛不对，走过来询问："家峰，这是……"

她竟叫得这么亲热，不知情的还以为她与杨家峰才是一对恋人。

杨家峰尴尬地一笑，对莫雨琴说："没事，遇到一个朋友，你先去点菜吧。"

朋友？

仿佛一桶冰水从头顶浇了下来，姚知盈漂亮的大眼睛里竟瞬间溢出泪来。

她明明是他的女朋友啊！

她为他付出那么多，给他花钱铺路，帮他进娱乐圈，他为了自己的前途不肯公开恋情，嘴上说工作繁忙，想赚钱给她更好的生活，却与别的女明星卿卿我我，还买了金项链！她为他花那么多钱，他却只舍得买廉价的银项链，为什么？

姚知盈越想越气，几乎控制不住自己的情绪，挥起手想打杨家峰一个耳光。

杨家峰察觉到她的意图，一把将她推倒。

姚知盈跌坐在地上，震惊而绝望地看着曾经对她千依百顺的男友。

黎星辰实在看不下去，走过来将红酒泼向杨家峰，浇湿了他那张涂脂抹粉的小白脸。

她将空酒杯放在一旁，嫌恶地打量他："真想给你一巴掌，又怕脏了我的手。"

杨家峰惊呆了。他每次遇到"宋清妍"，看到的都是她纯真温暖的笑容，他从来没有看过她这般冷漠的神色，以及这样震慑人心的气势。

有人在旁围观，杨家峰虽然气得要命，却也不敢当众对女人动粗。更别说，这个女人是赫赫有名的宋家千金，肖景初的未婚妻!

但黎星辰显然不想放过他，她转身望向惊慌失措的莫雨琴，疑惑地问："莫小姐，你在谈恋爱吗？"

莫雨琴更慌了，连忙否认："没有，我和家峰……和杨先生是来谈工作的！"

黎星辰微微一笑，她气质高雅、姿色脱俗，竟将面前这位明星的光芒轻易夺去。

"我知道莫小姐刚走红，凭借清纯的形象被称为'国民初恋'，当然不可能草率地谈恋爱，如果传出绯闻，对你的事业将是致命打击。谁都不想在还没爬上巅峰的时候被狠拽下来，对吧？"

莫雨琴用力点头，一张俏脸通红："我和杨先生只是普通朋友。"

"那就好。"黎星辰松了口气，如好友一般挽住了莫雨琴的胳膊，笑得十分友好，"莫小姐人美歌甜，你这么有潜力的歌手，怎么可以跟这种男人传绯闻呢，太掉价了。"

她眼角瞄了瞄莫雨琴的脖子，手指挑起那条金项链，沉甸甸的，似乎不像假的。金链子上挂着一只黄金蝴蝶。不得不说，杨家峰这次很大方，可惜审美观还是一如既往地差。

黎星辰勾起嘴角："至于这条项链嘛，我建议莫小姐去金店验证一下真假。像你这么单纯的女孩子，不懂得分辨这世间的恶意，万一被骗就糟了。"

莫雨琴脸上的红晕早已褪去，变得惨白。她摘下脖子上的项链丢在桌上，快步朝餐厅外走去，脚步竟然有些踉跄。

杨家峰的脸色也没好到哪儿去。

他是想借助莫雨琴的名气来炒作，但他也确实是有几分喜欢莫雨琴。

他承认，姚知盈很优秀，外表明艳，身材劲爆，家里还很有钱。

可是在两人的交往中，热恋时的激情早就被时间所磨灭。

姚知盈并不如外表看到的那样令人有征服欲，她只是个传统的女人，时间久了，他渐渐觉得无趣。莫雨琴的出现让他平静的心中掀起了惊涛骇浪。她比姚知盈年轻活泼，会撒娇也懂得撩拨他的心，她整个人都充盈着一种少女的青春气息，带给他欲罢不能的新鲜感。

他在姚知盈面前感到自卑。越是自卑，他就越敏感，他急需被其他女人所崇拜。

天知道他追莫雨琴有多难，好不容易有了些眉目，现在全都结束了！

杨家峰恼羞成怒，站在餐厅中央大吼大叫："你们知不知道我是谁？怎么能允许这种事发生？快把这两个疯狂的脑残粉赶出去，我根本不认识她们！神经病！"

黎星辰笑得轻蔑："渣男怎么可能有粉丝？"

她不慌不忙地取出一张金卡，对店长说："你应该见过我吧。"

店长忙不迭地点头："当然，宋小姐，您是我们餐厅的熟客。"

"所以你也清楚，我们怎么会对这种刚出道的新人小歌手感兴趣呢，真以为自己是一线巨星呢。"她纤手将金卡递给西装革履的店长，温柔而礼貌地说，"剩下的交给店长处理了，不要影响我和闺蜜用餐的心情。"

杨家峰脸色一阵红一阵白，怨恨离去。

姚知盈紧紧咬着嘴唇，不想在大庭广众之下哭得凄惨。她拿起那条金项链，以她的经验来看这条项链应该是纯金的……

那些追她的公子哥愿意送她豪宅跑车、钻石名画，包下时代广场的大屏幕祝她生日快乐，她却嗤之以鼻，瞧不起建立在金钱上的爱情。可是杨家峰为她做过些什么？他总说爱她，愿意花时间来陪着她，如今回忆起来，他所付出的成本少之又少。

难道在他心里，她就这么不值钱吗？

姚知盈越想越委屈，突然听见脚步声，她抬眸看见杨家峰又回来了。

姚知盈以为他要道歉，这一瞬间，心中竟然权衡着要不要原谅他……

然而杨家峰从她手中抢走了金项链，扬长而去。

第三节

姚知盈彻底崩溃，放声大哭起来。她心中满是痛苦绝望，已经顾不得脸上的妆花了，也顾不得餐厅其他顾客指指点点，黎星辰连忙扶她走进包间，关上了门。

姚知盈哭了很久，声音渐渐弱下来，最后眼神呆滞地趴在桌上。

黎星辰递给她纸巾，问："你到底喜欢杨家峰什么？"

"他对我好，他记得我们每个纪念日，他说会爱我一辈子，他还给我洗脚……"

说起这些恋爱中的甜蜜，姚知盈又呜呜地哭起来。

"洗脚也算付出吗？"黎星辰气到笑了，"他给你洗脚会掉一根头发吗？他愿意陪你，给你洗脚，跟你过每个纪念日，你问他借十万块他愿意给你吗？"

姚知盈哭得更大声了："清妍，你能不能不要在我伤口上撒盐？我知道他对我没那么好，我全都知道，可是我不知道该怎么办。我一直不想告诉你，我跟家峰的感情出现了问题，我怕你骂我。我自己也觉得很丢脸。他对我越来越冷淡了，他总说忙，忙到连打电话的时间都没有。他说为了我们的未来，他不能公开恋爱。他要我理解他，我愿意理解，可他却跟别的女人在一起吃饭。

"为什么我对他那么好，他还不珍惜我？为什么他对我一毛不拔，却送别人金项链？我不在乎钱啊，哪怕他送我一个草戒指，我都高兴得不得了，我把草戒指放在玻璃罐子里，把他送我的相册放在抽屉里。可我没有想到，原来他也会送别人金首饰。”

这种话说出来真是可笑，姚知盈随便买件衣服都比那条项链贵。她自认自己付出得够多，却没想到在杨家峰眼中，她毫无价值。

黎星辰递给姚知盈几张纸巾：“或许是你对他太好了，好到没有尊严。所以他不珍惜了。”

“可你对肖景初也很好啊！”姚知盈抽泣着说。

“有的人值得……有的人，不值得……”

黎星辰没有说的是，肖景初给她的意义是无可替代的。就算他是渣男，她也愿意无私付出，就当是报恩好了……

“清妍，我被杨家峰抛弃了，对不对？我都没嫌弃他，他居然抛弃我……”

“失去他也是件好事，我早就觉得他配不上你。”这是黎星辰的心里话。

“可是我真的咽不下这口气。为什么我全心全意的爱，换来的却是这种结局。”

事情发生得太突然了，姚知盈怎么也接受不了，好像整个人都被撕裂了，脑中不断掠过恋爱初期的甜蜜，却又交织着惨痛的现实。

黎星辰轻声问：“要我帮你报仇吗？”

姚知盈一愣，怔怔地望着黎星辰。

黎星辰看起来那么平静，红唇轻抿了一口柠檬水，温和地说：“虽然在这种情况下，大家都会说不要浪费时间去报仇，过好自己的生活，让渣男后悔就好。可是很多时候，渣男并不会后悔，他们会很快结识新欢，过得比你幸福，你对他来说只是一位令人厌烦的前任。如果他过得不好，他可能会回头来找你。如果他过得好，他永远都不会想起你。”

她将玻璃水杯放在桌上，透明的柠檬水在杯中摇晃。

她的面容依旧纯真美好，然而她的神色却有种与面容不符的沉着淡漠。

“所谓的善恶有报，很抱歉，这只是懦夫的想象。”

姚知盈沉默了很久很久，擦干眼泪，对黎星辰点了点头：“说我阴暗卑鄙也没关系。他伤害了我，我也不要他好过！”

黎星辰笑了：“盈盈，你以前是杨家峰的金主，他现在翅膀硬了敢甩开你，他只是一个没后台的小明星，我们不费吹灰之力就能毁了他。但你要答应我，千万不要再跟他纠缠，结束之后一定要过自己的日子，充实自己，追求更美好的爱情和未来，好吗？”

姚知盈“嗯”了一声，眼中泪光闪闪。

黎星辰从包里取出一支口红递给她：“补个妆，我们去逛街吧。”

姚知盈经历了一段时间的消沉，还好有黎星辰陪着她，安慰她，逗她笑，让她找回自信。

渐渐地，姚知盈不再哭泣，她将杨家峰送给她的礼物全都扔了，脸上也开始有了笑容。时间能抹平一切，这话确实没错，况且回忆起来，杨家峰真没什么值得留恋的。

他本是个普通人，是她的爱给他镀上了金身。

户外冷风瑟瑟，商场里却温暖如春。

姚知盈一个人站在玻璃柜台前，为清妍精心挑选了一套价值不菲的钻石首饰，当作她的结婚礼物。刷卡时突然听到有人在跟她打招呼：“姚小姐，来买项链呀。”

姚知盈扭头看到面前站着一位穿着黑色套裙的职业女性，对方似乎年纪比她大几岁，有着公式化的笑容，姚知盈只觉得她有些面熟，却一时想不起在哪里见过她。

“嗯，闺蜜要结婚了，我想送她一件礼物。”她笑得很美，眉眼间都是善意。

“你说宋清妍吗？”女子似乎有些惊讶，“她什么时候结婚，怎么没听说过……”

“就在这个月的21号呀。怎么，清妍没有公开这件事吗？”话刚说出口，姚知盈脸上的笑容突然僵住。

她想起来面前女子的身份了，对方是一位小有名气的记者，曾为她做过访谈。

果不其然，这件事很快被传了出去。姚知盈在电话里十分沮丧地道了歉。

黎星辰隐瞒婚期就是害怕节外生枝，但事已至此，她又能说些什么呢？郭天勤已经被抓了，按理说不会再有危险，可是黎星辰总觉得事情并没有结束，背后可能另有主使者。

俞明珠和宋云霆本来也被蒙在鼓里，知道此事后极为生气。

宋云霆暴跳如雷，一挥手将桌上的水杯扫在了地上，白瓷碎片散落一地。

“宋清妍，你到底有没有自尊？缺了肖景初你活不了是吗？你因为他差点死了，还想嫁给他，你这么任性，将来要是受了欺负哭着回来，家里不会有人可怜你！”他太生气了，以至于说话很难听。

俞明珠连忙扯了扯他的袖子，示意他别说了：“云霆，你别这么说咱们的女儿，她是真心喜欢肖景初……”

“喜欢重要还是自己的命重要，我简直不敢相信我女儿有这么蠢！”

黎星辰一直低头站在那里，没有出言反驳。

虽然宋云霆平时不苟言笑，但他还是很关心女儿，只是他的方式有些过激。

宋云霆发了一通火，见女儿没什么反应，满腔怒火无处发泄，摔门离开。俞明珠想追回他，却被他狠狠甩开，她站立不稳靠在墙上，眼中瞬时漫上一层水雾。

黎星辰慢慢走了过去，语带愧疚：“对不起，妈……”

俞明珠轻轻摇了摇头：“妈明白，你对肖景初的情意……”她的婚姻平淡无趣，若有再来一次的机会，她也想追求这样轰轰烈烈的爱情……

沉默片刻，俞明珠抬眸看着黎星辰，浓黑的睫毛上盈着细碎泪光。

“既然你坚持，那就走你自己的路吧。如果受伤了，记得回来，这个家永远都属于你。”

不知道为什么，黎星辰的鼻子竟然有些酸涩，她将头埋在俞明珠肩头。

这是宋清妍的妈妈，不是她的……

可是俞明珠却给了她少有的母爱……

良久，黎星辰发出一声带有浓浓鼻音的声音：“嗯，谢谢妈妈。”

第四节

晚上的时候，宋清航来了。

一见面，他就气鼓鼓地说：“姐，你要结婚怎么都不告诉我？”

黎星辰心知肯定是俞明珠将一切都告诉了宋清航，她站在床边叠衣服，若无其事地回答：“我还没来得及通知你。这次只是一个小仪式，没什么重要的啦。”

宋清航嘟起嘴：“可我是你最重要的弟弟啊。”

黎星辰回眸看他，莞尔一笑：“这次是我疏忽了，抱歉。”她从抽屉里拿出一张做工精美的请柬塞进宋清航手里，“到时候准时参加，姐姐一定给你包个大红包。”

宋清航的情绪这才好转，低头打开了请柬，笑吟吟地说：“红包不重要，婚礼那天我一定要全程待在姐姐身边，好好地保护你！你这次不能乱吃乱喝了，万一又遇到上次那样的坏人可怎么办呢。不过你放心，有我在，你绝对不会受伤的。”

他拍了拍自己的胸脯，信誓旦旦地承诺。

黎星辰戳了戳他的鼻尖，假装生气：“乌鸦嘴！”

然而她勾起的嘴角，却有着温柔的笑意，双眸似水流淌，波光粼粼。

她喜欢和宋清航相处，喜欢看到宋清航开心的样子，他应该是属于阳光的。

“对了，姐姐有礼物送给你。”黎星辰站在抽屉旁边翻找。

宋清航跟了过来，眼睛亮闪闪地望着她：“姐姐送我的礼物一定很值钱！”

“小财迷，不值钱你就不要吗？”

黎星辰伸出手，净白的手心上放着一条深褐色的牛皮腕带，款式简单质朴。

“果然不值钱，姐姐真小气。”宋清航假装抱怨，表情却很高兴。

黎星辰白他一眼：“我知道不值钱也不好看，但这是我自己纯手工制作的，意义不同。”

她不由分说便拉起他的手，将那条牛皮腕带戴在了他的手腕上，遮住了他手腕上的伤疤。

宋清航怔怔地看着她紧握着他的那只手，心中宛如万马奔腾。

黎星辰抬眸朝他微笑：“这样就不会有人看到你受过的伤了。”

她那美丽的脸上，盛开着烟花般璀璨的笑容。

宋清航的心口竟然抽痛。

他有多久没有感受过这种无微不至的温情……

黎星辰见他久久没说话，轻轻推了推他：“你发什么呆？”

她话未说完，宋清航突然紧紧地抱住了她。

黎星辰整个人都僵住了。

她能感受到宋清航身上的气息，能嗅到他发间的浅香，能感受到他心脏的跳动。

他身体在微微颤抖，连清润好听的声音也带着一丝脆弱的微颤。

“姐姐……”

“嗯？”

“你是这世上最好的姐姐……”

黎星辰竟有些慌了，她连忙轻拍宋清航的后背。

“干什么嘛，突然说这种煽情的话，你是故意想惹姐姐哭吗？”她明明是想要笑的，可为什么话说出口的时候，竟然有些许哽咽。

她是真心把宋清航当作亲人的，在这世上除了陈瑾光，就只有宋清航知道她的秘密了。陈瑾光是她青梅竹马一同长大的好友，他不会出卖她。而宋清航与她非亲非故，他完全可以利用她的弱点来威胁她，获取自己想要的东西，但他却用真心来回报她……

宋清航并不是单纯好骗的人，在他天真无邪的面具下，隐藏着一张冰冷的面孔。

但他在她面前却半点伪装都没有，他的笑容是真的，他的面孔也是真的。

黎星辰甚至不知道，该用什么来回报宋清航的信赖……

她轻轻推开宋清航，伸手抚摸他俊秀的脸庞。

“清航，其实我真的很感激，你能把我当姐姐……”

“你本来就是我姐姐呀。”宋清航睁着小鹿般清透无辜的双眸看着她。

黎星辰嘴角勾起柔软的笑容，眸心倒映的影子，像极了暗夜中展翅欲飞的雪鸟。

他们懂得对方，只一个眼神，便如此默契。

黎星辰和宋清航一起吃了晚饭，她担心宋云霆突然回来看见宋清航，但他一直没回来。俞明珠给宋云霆打电话时听到他语气很不耐烦，也不敢催促，只说让他早点回家。话还没说完，宋云霆就挂了电话，只留下俞明珠坐在一旁暗自伤神。

宋清航并未久留，吃完饭与黎星辰聊了一会儿便离开了。

临睡前，黎星辰与肖景初打了电话。

他还在处理工作，但接到她电话时，他的语气总会温柔下来，放下手边一切事务，耐心地与她谈笑聊天。黎星辰听见肖景初的声音，心情也会瞬间晴朗。

她想起暗恋肖景初的那些时日，她连接近他都不敢，当然也很少有机会听见他说话的声音，他在她心中遥不可及，如今她却能与他甜蜜通话，真是像梦一般难以置信。

挂掉电话，黎星辰如以往一般带着甜甜笑容睡去。

可不知道为什么，今夜却觉得异常不安，竟做了噩梦。

隐约中似乎听到诡异的声响，她于黑暗中醒来，浑身冷汗。

黎星辰打开床头柜上的小夜灯，抹了把头上的冷汗，突然看到手背上散落着乌黑的碎发。

黎星辰猛然爬下床，看到床上竟放着一把尖锐的剪刀，旁边全是头发，长长短短，散落在白色的丝绸枕头上，她冲到梳妆镜前，看到自己的长发被剪得乱七八糟。

门是虚掩的，似乎刚刚有人从她的房间离开。

黎星辰冲了过去，打开门，却只看到一条漆黑静寂的走廊。

她赤脚追了出去，可是没有看到任何人。

空荡荡的别墅里，静得像死了一般。

等她回到房间的时候，她才察觉到自己全身都在发抖。

刚才到底是谁来过她的房间？目的是什么？对方明明可以让她死，却只是剪断了她的头发，是在恐吓她吗？可到底是谁这么恨她，连一点线索都没有，让她如何应对……

黎星辰想起这些，心中实在是后怕。

她望向床上的剪刀，突然发现下面压着一张折起的白纸。

打开白纸，里面有着打印出的宋体字：

你难道不知道自己的身份吗？怎么敢妄想嫁给肖景初？

简单的一行字，没有署名。

触目惊心！

黎星辰心脏狂跳，发软的双腿再也支撑不住身体，慢慢地滑坐在了地上。

白纸轻飘飘地落在地毯上，她的面色如纸一般惨白。

她夺走的是宋清妍的身份……

她确实没有资格嫁给肖景初……

可她伪装得那么好，这世上不该有人知道她的身份！

到底会是谁……

手机突然铃声大作，划破寂静的夜。

黎星辰手忙脚乱地拿起手机，看到屏幕上显示着“未知号码”。

她心中隐约有种不安的预感，按下接听键，她听见手机那边传来机械的女声。

“你怕死吗？”

“什么？”

“如果你坚持和肖景初结婚，你就一定会死。”

对方的声音平静而淡漠，却如巨石砸进她心口。

黎星辰的手一直在发抖，几乎握不住手中的手机。

“你到底是谁？”

“你不知道吗？”

听筒里传来呵呵的笑声，声音听起来十分诡异，却没有要回答她的意思。

黎星辰几乎要崩溃，声音歇斯底里："你为什么这样对我？"

"我为什么这样对你？"

那声音好像在重复她的话，又像是在反问。

电话里静了几秒钟，她缓慢地说："你该问问你自己。"

手机被挂断了，屏幕返回待机状态。

黎星辰瘫坐在地上，手心已经被汗浸湿了。

在这条布满荆棘的阴谋之路上，她从来都是靠她一个人，不管遇到任何未知的危险，她都在独自承受。为了肖景初，她什么都能做，这是她坚信于心中的信念。

可她也是一个普通的女孩子，她也会恐惧……

她刚刚从鬼门关里逃出来，若是对方心狠手辣，她早就死了……

黎星辰第一时间想到的是陈瑾光，她想去求助他。

从小到大，他都如兄长一般照顾她、保护她。

他是这世上她最信任的人。

可是，陈瑾光有什么义务一次次地帮她呢？

她不能那么自私，他有自己的生活，她不想让他担心。

她只能依靠自己……

第十一章 忠贞的闺蜜情谊

○ ○ ◐ ● ●

第一节

清晨，肖景初打开门准备去公司，突然看见墙边蜷缩着一个小小的身影。

冬季寒风凛冽，她裹紧了大衣，一动不动，头埋在膝盖间。

肖景初愣在那里，竟不敢相信这是他平素完美优雅的未婚妻。

“清妍？”他试探着叫了一声。

黎星辰抬眸看他，泪眼蒙眬，似有星光闪烁。

肖景初从来没有见过她这般脆弱的样子，他只觉得心都要碎了。

“你怎么在这儿？发生了什么？”肖景初蹲在她面前，伸手拭去她眼角的泪。

她望着他，小声问：“你爱我吗？”

肖景初不假思索：“爱。”

她却不依不饶：“你爱的是我，还是我宋家大小姐的身份？”

肖景初不明白她为什么会问这样的问题，但他同样没有犹豫：“当然是你。”

黎星辰依旧固执地望着他：“如果我不是宋清妍，你还爱我吗？”

“你在说什么，你怎么可能不是宋清妍？”或许是她的问题太匪夷所思，肖景初终于察觉到古怪，轻声问她，“你今天怎么了，怎么突然问这么奇怪的问题？”

“我只想听你说，爱还是不爱！”她的声音突然拔高。

那双刚被他擦去泪水的眸子，又泛起了一层水雾。

肖景初的心口剧痛，他将她揽入怀中，温柔而坚定地说：“不管你是谁，我都爱你。”

黎星辰将头埋在他的肩膀上，身体微微颤动。

她在哭，但她又不想让肖景初知道她在哭。

她可以将所有伪装出的柔弱暴露在他面前，唯独不能将真实的脆弱倾泻出来。

肖景初轻拍她的后背，他的动作那样轻，像是怕稍稍用力就会弄疼她似的。直到她单薄的身体渐渐平静下来，他问：“清妍，到底怎么了？你什么都不说，我真的很担心。”

黎星辰轻声抽泣，她的声音柔软得像晴天里的一片云朵：“我做了噩梦，梦见我家破产了，我再也不是万众瞩目的宋家大小姐……你也抛弃了我，我好怕……”

竟然是这种事情……肖景初松了口气，忍不住笑道：“老婆，你怎么能不相信我呢，太伤心了。”

黎星辰哀怨地看他一眼。

她眼睛红红的，鼻尖也红红的，像一只楚楚可怜的小兔子。

肖景初捧住她的脸，在她额头印下极致轻柔的吻。

“别怕，有我在。我不会让你家破产的。就算破产了，我也会养你一辈子。”

他的誓言在她耳畔绽放。

其实黎星辰早就做了准备，就算死，她也不会放弃肖景初。

而此刻，肖景初的话，让她变得更加勇敢，心中的恐惧渐渐消散不见……

肖景初扶起黎星辰，这时他才察觉到她的头发被剪短了，却还有几缕长发掺杂其中，看起来凌乱细碎，显然不是她心血来潮换了新发型，这种水平的发型师早就被投诉了吧！

“你的头发是怎么回事？”他狐疑地望着她，“别告诉我头发是在噩梦里被剪的。”

黎星辰沮丧地垂下眼睫：“我太倒霉了，居然把口香糖黏在了头上……我怎么也撕不掉，一气之下就把头发剪掉了。”顿了顿，她小心翼翼地询问，“是不是很丑？”

“头发很丑，”肖景初揉揉她的头发，“但你很好看。”

黎星辰的呼吸一窒。

无论何时何地，她总会因肖景初而心跳。

一定是注定的，他是她逃不开的劫数……

肖景初扶着黎星辰走进温暖的室内，他让她坐在沙发上，倒了杯热水放在桌上，伸手覆盖住她冰凉的手背，心疼地说：“清妍，别胡思乱想，我不会抛弃你。就算在梦里，也不会。”

黎星辰轻轻应了一声，低头将脸颊贴在了他温暖的手背上。

肖景初没有去公司，他带黎星辰去修剪了头发。

宋清妍一直都是长发飘飘，被无数人视为女神。黎星辰也没想过改变，她知道男人大部分都喜欢长发的女孩，她想完完全全模仿宋清妍。她以为剪了短发肖景初会不喜欢，他却笑盈盈地打量她，语气里是满满的骄傲：“我老婆换什么发型都好看。”

“真的吗？”黎星辰半信半疑。

肖景初挑眉：“我从来不对你说谎。”

黎星辰抬眸望向面前的镜子，看到了全新的她。

俏丽的黑色短发散落在耳侧，半遮住她弧度完美的侧脸。虽然没有以前温婉雅致，却有种令人耳目一新的甜美灵动。或许是因为宋清妍的五官太完美，换怎样的造型都容易驾驭。

发型师也跟着附和肖景初的话：“宋小姐，你人漂亮，剪什么发型都好看！”

黎星辰扭头看肖景初：“你喜欢我长发还是短发？”

肖景初问：“说实话吗？”

黎星辰点头：“当然。”

肖景初揽住她的腰，在她耳畔轻柔呼吸：“我喜欢你。”

黎星辰听见自己的心跳声，冲破一切，所有声响都仿佛消失了。

她轻轻捶了他一下，眼神略带羞涩：“这里很多人呢……”

肖景初装无辜：“我对我老婆表白，还要分场合吗？”

黎星辰勾起嘴角，小声说了句：“景初，我也喜欢你。”

两人甜蜜的相处羡煞旁人，他们对视时都好像有粉红色的泡泡在空气里飘浮。本来还有些人以为他们只是因利益而结合，如今亲眼看到才

黎星辰被她逗笑了："做什么傻事，剪头发又不是自残……"

她话没说完，俞明珠连忙捂住她的嘴，面色煞白："不许乱说！"

宋云霆坐在沙发上看报纸。黎星辰不知道他是何时回来的，她若无其事地打了个招呼。

宋云霆抬头看了她一眼，目光锁定在她的头发上，他听到了她和俞明珠的对话，但他的语气可就没有俞明珠那么和善了："没事剪什么头发，一点儿都不像大家闺秀。"

"是吗，"黎星辰笑了笑，乖巧地说，"那我还是把头发留起来吧。"

俞明珠看了老公一眼："我觉得挺好看的，现在年轻人的审美你不懂，就别乱提意见了。"

宋云霆将报纸摔在桌上："我不懂，难道你懂吗，你女儿的审美就是被你教坏的！"

这种话说起来像是故意挑刺，俞明珠想说什么，终究还是没说出口。她不想在女儿面前跟老公吵架，尽管心中也有不甘，可她习惯了忍耐，她不想活在无休止的争吵中。

黎星辰想起俞明珠曾经出过轨，不知道在此之前，俞明珠和宋云霆的关系如何？是因为俞明珠曾背叛他，所以他的态度才会变成这样吗？还是婚后他先变得冷漠，俞明珠才喜欢上别人……

黎星辰也不知道在这场婚姻中，到底谁对谁错。虽说维持婚姻的不仅仅是感情，更多的是责任心，可是仅凭责任心守着不爱自己的人，确实太勉强了……

她假装没察觉到这夫妻两人之间不愉快的气氛，问："妈，饭做好了吗，我饿了。"

俞明珠点了点头，脸上挤出一丝笑容："快好了，你坐在这儿等一下，妈去厨房看看。"

这顿午饭吃得还算顺利，虽然宋云霆不赞成女儿与肖景初的婚事，但他也没再说什么，面无表情地吃完饭便回房了。

黎星辰将恐吓信锁在了抽屉里，好像什么都没发生过似的，只是每晚都会将门窗反锁。

她的睡眠质量变差，总是在凌晨时才睡去，又时常在噩梦中惊醒。

但每当出现在人们面前时，她依旧笑靥如花，明艳照人。

她是被众人羡慕的人生赢家，仿佛天生便如此幸运……

黎星辰渐渐习惯了自己的新发型，姚知盈也称赞说短发很适合她。

第三节

婚礼前一天，姚知盈心血来潮，突然要黎星辰陪她去选新的伴娘服。

黎星辰不太理解："你不是有伴娘服吗，上次的就很好看。"

姚知盈扁了扁嘴："上次那件不吉利，我已经扔了。"

真是个任性的女人，那条裙子是知名设计师为她量身订制的，价值不菲，挂在闲置网站上也能卖出不少钱呢。但黎星辰当然不会说出这样的话，毕竟豪门千金在这方面不会节俭。

她温柔地劝说："也太突然了吧，一天时间怎么做得好一件伴娘裙啊，算了吧。"

姚知盈却对这件事很有主意："没关系，我去买件现成的就好啦，不会影响明天的婚礼！"

黎星辰只好跟着姚知盈来到了一家有名的奢侈品服装店。

姚知盈是熟客，店员看到她十分热情，取了几件质感一流的漂亮裙子让她试穿。黎星辰坐在一旁等她。

姚知盈试穿了几件后，回头看黎星辰："清妍，你看这条裙子怎么样？"

黎星辰打量她，她穿着一条蓝灰色的裙子，露出雪白香肩，裙摆刚刚盖过膝盖，轻纱点缀藤蔓碎花，显得气质高贵，又不会喧宾夺主。蓬松的波浪卷发散落在胸前，风情万种。

黎星辰由衷地夸奖："很好看。"

姚知盈笑道："那就这件了！"

她正要回到更衣室换回便装，突然有人冲过来抓住她的手。

姚知盈整张脸都白了。

她看到面前痛哭流涕的男人，正是伤她至深的杨家峰。

“盈盈，我找你找了很久，只有你能帮我了！”杨家峰死死地抓着姚知盈的手，将她细腻柔滑的手背都勒出了青白的痕迹。

“网上那些照片都是假的，有人故意黑我！我越来越红了，我能给你美好未来了，可我现在被人设计陷害，我的工作全停了！盈盈，你这么爱我，一定不忍心看我这样的！”

姚知盈的身体微微颤抖。

她知道杨家峰是渣男，她不会再心软！

可她受到的伤害是真真正正存在的……

她以为自己没事了，然而看到他的时候，她的心却还是疼到窒息。

黎星辰走过去，掰开杨家峰的手指，牵住了姚知盈冰冷发抖的手。

“盈盈，”她若无其事地微笑，“这件衣服真适合你。”

姚知盈仰起头，看到明亮的落地镜中映出她的样子。妖娆妩媚的面孔，精致明艳的妆容，黑色高跟鞋衬得她腿型笔直修长，蓝灰色礼服美得不可方物，颈间一颗红宝石闪闪发光。

而身边这苦苦哀求着的、狼狈可恶的男人，如何配得上她？

黎星辰握紧姚知盈的手。

那只手渐渐不再颤抖。

沉默片刻后，姚知盈冷漠地开口：“我不认识你。”

杨家峰震惊地看着她，他急得满头冒汗，脸上的粉底都花了：“是我啊！我是家峰！你以前叫我傲天！轩辕傲天！你忘记了吗？”

“这什么鬼名字，好好笑哦。”姚知盈笑得花枝乱颤。

黎星辰拉着她走向更衣室：“别理他，神经病！”

杨家峰恼羞成怒，扑过来死死抓住姚知盈的胳膊，眼睛里全是愤怒的血丝：“姚知盈你什么意思啊，装不认识我？你忘了你以前爱我爱得死去活来？现在你玩腻了就想甩掉我，我告诉你，没那么容易！为什么记者会拍到我跟别人去酒店的照片，是不是你做的？你这个卑鄙的女人，你必须要赔偿我的损失，否则我绝不会放过你！”

他歇斯底里，额头上青筋暴起，跟当初甜言蜜语的小白脸模样判若两人。

姚知盈有些害怕了，她看了黎星辰一眼。

黎星辰不废话，直接取出手机报警。

杨家峰原以为姚知盈对他念念不忘，只要他回头，她就一定会心软，没想到她竟如此无情。他越想越觉得绝望，他已经低声下气回来求她了，她怎么能这样践踏他的尊严！

凭什么他现在走投无路，她却能继续无忧无虑做她的豪门名媛？

这个世界根本不公平！

杨家峰突然掏出一把匕首，扑向姚知盈。黎星辰眼疾手快，猛地推开姚知盈，杨家峰扑了个空，他暴跳如雷，将仇恨转移到黎星辰身上，一刀捅进她的小腹。

黎星辰僵在那里，低头看着从她身上露出来的刀柄。

直到那把刀子从她小腹里拔出来，她才感觉到剧痛。

鲜血喷涌而出，以肉眼可见的速度，瞬间染红了她浅色的上衣。

姚知盈惊呼一声，从地上爬起来，尖声大叫："快来人啊！"

服装店里早就乱成一片，有人拨打了报警和急救电话，却没有人敢接近。杨家峰的状态近乎癫狂，手里还握着带血的凶器，大家都怕惹祸上身。只有姚知盈不要命地冲过来挡在黎星辰面前，哭着说："都是我的错，跟清妍没关系，你要多少钱我都给你！"

杨家峰也被自己的冲动吓到了，但听到姚知盈的话，心中又浮现希望："我不要钱，我只要你回到我身边！"

"我答应你，我都答应你……"姚知盈哭得声音沙哑。

杨家峰死死盯着她："我们结婚吧！"

姚知盈惊呆了！

她愿意为了清妍做任何事，愿意给他钱，愿意暂时复合，她什么都愿意……

可是答应和这个渣男结婚，她无论如何也做不到！

杨家峰等不到回答，又愤怒起来："你为什么不说话，你果然是在骗我！"

他挥舞着带血的匕首，一步步走向姚知盈。

姚知盈怕得不行，浑身都在抖，却依旧张开双手护住黎星辰。

身后突然传来轻软的声音："你要怎么跟她结婚，在监狱里吗？"

“你说什么？”杨家峰推开姚知盈，愤怒地瞪视着黎星辰。

黎星辰按着伤口，她在极力忍耐疼痛，一张俏脸白得吓人。但她的神色却异常平静：“你看看你在做什么？你手里拿的是什么？”

杨家峰低头看到自己手里血迹斑斑的匕首……他突然意识到自己做了什么事，脸色越发苍白。

“都是你们逼我的，我不想……我不想这样的……”

黎星辰好像并不生气，她眼波如水，声音也轻轻柔柔：“你被偷拍的事情我们根本不知情。刚才盈盈还告诉我，你不是那种人，肯定是那个女人想借你炒作。盈盈特别心疼你，她一直问我该怎么帮你。但她也害怕轻易原谅你，以后你不珍惜她。杨家峰，你知道盈盈心里有多痛苦吗，你是她这辈子最爱的人，你怎么能怀疑她对你的感情？”

姚知盈瞪大了眼睛。

是“清妍”找人偷拍杨家峰，将他的照片卖给记者，让他落到这步田地。然而此刻，她却能如此镇定流畅地说谎，且面不改色。

这真的是她认识的那个宋清妍吗？

杨家峰听到这话，竟然慌了，心中满是悔恨：“是我不对，我知道我做错了，我错过了全世界最好的女人……”

他呜呜哭着，完全不顾及自己的偶像包袱。当然，此时他也不像偶像，满脸都是汗，将脸上的底妆晕得黑一片白一片，嘴唇发白干裂，下巴上还冒出了一层胡楂。

第四节

黎星辰虚弱地靠坐在沙发上，仰着脸看他：“你还想和盈盈在一起吗？”

杨家峰用力点头。

她好心提议：“那就去自首吧。”

杨家峰一惊，断然拒绝：“不行，那样我就一无所有了！”

黎星辰双眸清澈明亮：“放心吧，盈盈那么爱你，会等你出来的。”

杨家峰含泪望着她：“我不能再做歌手，我也不能大红大紫了。”

“你不是要跟盈盈结婚吗？”黎星辰露出困惑的神色，“婚后她的钱就是你的钱。做什么歌手呀，太辛苦了。如果你实在不甘心，盈盈会花钱帮你洗白，过两年你重新出道就好了。”

她的话真是动听，再配上她那真诚无辜的表情……

给杨家峰描绘了极致美好的未来……

匕首掉在地上，发出金属的响声。

杨家峰跪在姚知盈面前，哭得一把鼻涕一把泪：“盈盈，是我太浑蛋……你那么好，我还不珍惜你……我现在想通了，我会去自首，以后我会好好弥补你，你要等我回来……”

姚知盈不敢说话，余光看见“清妍”悄悄将匕首踢到一旁。

警察终于来了，用手铐将杨家峰铐了起来。

他大声哭号：“我是自首的，你们可要从轻发落啊……”

他哭得越来越大声，口中还说了些什么，声音含混不清。

警察问：“你们认识他吗？”

姚知盈正要回答，黎星辰抢先开口：“他是我闺蜜的追求者，我们跟他不熟。”

姚知盈惊讶地看了她一眼。

她依旧在说谎，杏眸泪光闪烁，楚楚可怜。

这样的神色，这样的语气，谁会怀疑她话中的真假？

杨家峰也惊呆了！

这和刚才说的不一样啊！

“宋清妍你说什么，我根本不是什么追求者！我是姚知盈的未婚夫，你说话要凭良心！”

他拼命挣扎，恨不得冲过来再给她一刀，可惜身边两位高大的警察同志紧紧将他抓住。

黎星辰吓得发抖，她想逃走，可身上的伤太重，疼得她眉毛都皱了起来。

那位面色和蔼的胖警察连忙说道：“别害怕，对于这种人，我们一定会严惩的！”

黎星辰犹豫了一下：“我相信他不是故意的，只是因爱生恨，心理有问题罢了……”

杨家峰越听越气，大声叫嚣：“宋清妍，你等着，我不会放过你的！”

黎星辰吓得又是一抖，明澈透亮的大眼睛盈满泪水。

胖警察听不下去了，怒道：“人家帮你求情，你还敢威胁人家！”

警察一边轻声安慰黎星辰，一边将杨家峰押上警车。此时救护车也来了，医护人员搀扶黎星辰上车，先为她做了基本的止血处理。

姚知盈一直守在旁边，看见黎星辰身上的伤口，她心疼极了，忍不住又哭出声：“清妍，对不起……都是我的错，对不起……”

黎星辰伸手拭去她眼角的泪：“哭什么，妆都花了。我又没死。”

姚知盈还是哭得停不下来：“以后你让我做什么，我就做什么……我再也不会不听你的话了……我交往男朋友一定让你把关……你说不好，我立刻分手……呜呜呜……”

黎星辰被她逗笑了：“别这样，我又不是你妈。”她唇色苍白，却更显得那笑容美丽绝伦。

“不过，你能想到交往新男友，说明你已经彻底放下了杨家峰，我很欣慰。”

“你欣慰什么啊，你都受伤了！”姚知盈瞪她一眼，睫毛上悬着晶莹的泪，“我总是连累你，万一你有个三长两短，我永远也不会原谅自己……”

黎星辰笑得温柔：“其实换个角度来想，我受伤是件好事。杨家峰纠缠你，还行凶伤人，我会雇最好的律师打这场官司，在你结婚之前，他都不可能从监狱里放出来了。”

姚知盈愣住了。

“清妍”是在安慰她吗……

还是她有意图地让杨家峰刺伤她……

想到这些，姚知盈心中竟然震骇不已。

她明明和清妍一同长大，为什么会觉得清妍越来越陌生呢？

她好像从来没有真正了解过清妍……

可姚知盈并不害怕，她羡慕这样的清妍，甚至到了崇拜的地步。

“清妍”知道什么是对，什么是错，她不止一次地保护她。失恋的那段日子，她陷入了深深的自我否定，她不明白为什么自己对杨家峰那么好，他却变了心？为什么她付出那么多，在他心里却不值一提？难道全都是她的错？难道她真的不配得到幸福……

是清妍耐心开导她，教会她自尊自爱，让她明白了很多道理……

清妍就像一盏明灯，照亮她的路……

让她看清自己的未来，不会是漆黑一片……

姚知盈埋头哭了起来，不只是对清妍的疼惜，还有深深的感激。

来到医院，医生为黎星辰彻底检查了一番，虽然失血过多，但好在没有伤及重要脏器。将伤口处理好以后，医生叮嘱她先留院休养，每天都要消炎换药。

黎星辰躺在病床上，稍微动一下都会感觉到伤口剧痛，全身的力气都好像被抽干了。

姚知盈取出手机：“你明天就要结婚了，我现在通知肖景初，婚礼延期。”

黎星辰一惊，断然道：“不行，明天的婚礼绝对不能取消！”

姚知盈惊讶地看着她：“为什么？”

黎星辰垂下眼睫：“上次的婚礼就出了意外，外面议论纷纷，什么难听话都有。结婚是女人一辈子的大事，我也是要面子的嘛。这次绝对不能再延期了，要不然谁知道会有怎样的谣言传出来。再说，我的伤也不重，婚礼结束后，我再告诉景初这件事吧。”

姚知盈望着她憔悴的容颜，焦急道：“这么重的伤，你还说不重！”

黎星辰朝她笑了笑：“盈盈，你应该知道，景初对我有多重要。”

姚知盈咬住嘴唇，低头望着清妍。她扭头看着窗外，漆黑短发半遮住她秀美的侧脸。

那双夜空般通透的双眸，仿佛落满了苍茫白雪。

“清妍，或许是我的错觉，总觉得你有什么秘密瞒着我。”

姚知盈的声音飘过来，像一阵风，却撼动了黎星辰平静的心湖。

她的心脏跳得飞快，仿佛所有声音都消失了，她只能听到自己剧烈的心跳声。

然而姚知盈并没有追问，她轻轻握住黎星辰的手，眼神充满坚定：“不管你有着怎样的秘密，我都会尊重你的决定。清妍，你比我小，我一直拿你当妹妹来照顾。不知道从什么时候开始，你变得比我更成熟。你用生命来保护我，我却没有为你做过什么。有你这个朋友，我真的很幸运。我会努力成长，不会再让你为我的事情操心。”

话说到最后，姚知盈的声音哽咽了。

她背过身，不想让“清妍”看她哭泣的样子……

为什么她只会哭呢，为什么她什么都做不了，她觉得自己好没用。

付出是双方面的，朋友也是一样。她不想再做弱者，不想永远依靠清妍……

黎星辰望着她，甜甜地说：“盈盈，你要相信，我们都会变得更好。”

姚知盈擦干眼泪，回眸笑望她。

尽管眼睛还有些红肿，那眼中却闪动着对未来的期待。

第十二章 我才是宋家千金

○ ◑ ◐ ◕ ●

第一节

婚礼如期举行。

教堂里都是些熟悉的面孔，没有记者，也没有宋家的生意伙伴。

黎星辰本想先与肖景初领结婚证，可是宋云霆不肯，藏起了宋清妍的户口本。就算女儿态度再坚决，宋云霆也不肯对肖景初放下戒备心，他说还要考察肖景初一段时间才放心。黎星辰等不了那么久，怕夜长梦多，她一定要先成为肖景初的老婆，哪怕只是形式上的。

伤口隐藏在婚纱之下，每走一步都是钻心的剧痛。

但她依旧笑得美好灿烂。

仿佛有阳光照耀在她身上，令她全身都发着光。

或许，是肖景初眼里的光，将她变得越发光彩照人。

黎星辰挽着肖景初的手臂，在他耳边轻声撒娇："景初，快说爱我！"

"爱你。"肖景初回答得不假思索，眼神里满满都是宠溺。

黎星辰却不满足，嘟起小嘴问他："谁爱我？"

肖景初笑出声来，认认真真地重复："我爱你。"

黎星辰也笑了："以后说话不要只说一半，还要猜，好累的。"

肖景初戳了戳她的额头："你呀。就算我不说，你也该知道我的心意啊。"

黎星辰笑得狡黠："知道是知道，但我还是想听你亲口说出来嘛。"

肖景初轻吻她的唇，在她耳边留下深情表白："宝贝，我爱你。"

他以前叫她清妍，此时却叫她宝贝。

黎星辰好喜欢这个称呼，她突然觉得自己不是宋清妍的替身了。

她咬了咬嘴唇，抛给他一个诱惑至极的眼神：“如果今天能喝酒就好了。”

“你还想喝酒？忘了上次的事了？”

“上次是个意外嘛，谁会傻到连续两次用同样的手段害人呢。”

肖景初将她揽入怀中，低头看着她明亮动人的双眸。

“那也不行。我知道你酒量不好，万一你醉了，晚上大哭大闹怎么办。”

黎星辰眼波流转，带着种清纯又妩媚的暗示：“怎么会呢，我喝醉酒只想睡觉。”

肖景初的心跳突然变得飞快，他挑眉：“你这是在玩火吗？”

黎星辰怔了怔，害羞地低下头：“你说什么呢，我听不懂。”

两人的互动充满甜蜜，虐得在场的单身汉快要吐血。虽然听不清他们在说些什么，可是肖景初的眼神里满满的都是爱啊！宋清妍运气也太好了吧，嫁给他妥妥等于嫁给爱情！

有人走来送上祝福：“宋小姐，新婚快乐。”

黎星辰突然僵在那里。

这个声音，她再熟悉不过！

黎星辰慢慢转身，看到了她自己的脸！

她已经很久很久没有再见过这张脸，她以为这个身份已经彻底死去，可她却在自己的婚礼上，看到了这个不可能的人！依旧是柔顺的长发，清丽秀雅的面孔，是她曾经在镜子中千百次见过的容颜，但她穿着一袭鲜艳的红裙，笑容落落大方，竟有着名媛千金才拥有的贵气。

是宋清妍！

她没有死！

黎星辰脸色惨白。

心脏仿佛被扼住，蔓延出极致的恐惧与震惊……

耳边传来肖景初惊讶的声音：“黎星辰？”

宋清妍笑着回应：“好久不见，难得你还记得我。”

她笑得那么美，充满自信，即使用着黎星辰的脸，没有华服浓妆做点缀，也能将她整个气质提升到极致。即使今天的宾客中有些光彩夺目的千金小姐，宋清妍仍然艳压群芳。

肖景初拉住宋清妍："你去哪儿了？"

黎星辰不明白，肖景初怎么知道她的名字？

她表白那天，他明明说不认识她！

他又怎么会知道她失踪？

难道他去找过她？

她有很多问题想问，但她什么都不能说。

宋清妍看了一眼黎星辰，勾起嘴角，像是挑衅，眉眼之间却百媚横生："肖先生，你在自己的婚礼上对其他女人表示关心，对你的未婚妻不够尊重吧。"

肖景初放开宋清妍，神色复杂："清妍被人投毒的事情是你做的吗？"

宋清妍反问："我为什么要做这种事情呢？"

"你……"

肖景初的话卡在嗓子里。他不想在大庭广众之下说出黎星辰曾对他表白的事情……

已经过去的事，他不想再扯出来，他得顾及她的颜面……

"我是来恭喜两位璧人的，祝你们……"宋清妍望向黎星辰，唇边绽开灿烂笑容，"白头偕老吧。"

黎星辰心中波涛起伏，握紧的双拳在颤抖，但她表面却丝毫不露，笑盈盈地说："你是景初的朋友吧，谢谢你来参加我们的婚礼。"

宋清妍似乎没想到黎星辰会是这样的反应，她收起笑，静静地望着黎星辰。

两人眼中似有火花，外人看来却很和睦。

黎星辰自来熟地与宋清妍拥抱，脸上笑容不变。

众人所看到的，是两位气质绝佳的美丽女子热情拥抱，如同久未见面的友人。

但在大家看不到的角度，黎星辰压低冰冷的声音，问她："你不是死了吗？"

宋清妍娇滴滴地说："瑾光哥哥救了我。你也知道，他是医生，仁心仁术，救死扶伤。”

“瑾光哥哥”是黎星辰的专属称呼，宋清妍却叫得娴熟。

黎星辰恍惚间以为，面前的女人就是她自己……

她还以为自己把宋清妍演得完美，殊不知宋清妍的演技同样完美。

“你到底来干什么？”黎星辰的声音有几分沙哑。

“当然是来感谢你了。”宋清妍笑得温柔，她的声音也同样娇柔，好似并无恶意，“谢谢你救了我。我很喜欢现在的身份，也喜欢现在这张脸。”

她身上有着高级的香水味，停顿了几秒钟，她话锋一转：“但这不代表我要将最重要的东西让给你。景初是我的，这永远不会变。谢谢你帮我照顾他，你该还给我了。”

“你已经不是宋家大小姐了，他现在爱的是我！”激动让黎星辰的气息有些不稳，腹部的伤口好像裂开了，疼得她倒吸一口凉气。

“以前我能让他爱上我，这次同样可以。”宋清妍姿态高傲，“黎星辰，你留下的破绽太多了，我们的脸虽然交换了，可我们的血缘没交换，做个鉴定不就知道谁是宋家千金了吗？”

黎星辰嘴角的笑容开始碎裂，美丽的面庞血色尽褪。

宋清妍轻轻地笑了，这一回合，她已经占据上风。但她却没有步步紧逼，竟给了黎星辰一线希望：“别怕，我暂时不会夺回我的身份，我只要你答应我一个要求。”

黎星辰松开她，后退半步，望着宋清妍那张熟悉的面孔。

她的声音在微微发颤：“什么要求……”

宋清妍说：“我要你离开肖景初，现在。”她抬起青葱般纤美白皙的手指，指向大门的方向。

那道镶满玫瑰的门开着，闪着模糊的白光，仿佛通向黑暗。

“不……”黎星辰摇头，“我不能……”

宋清妍的眼神突然冷下来，那双原本温和清透的眸子，忽而阴暗如夜。

“那么，我现在就宣布，我才是宋家千金！黎星辰暗恋肖景初，嫉妒我与他订婚，竟然绑架我，抢走我的脸，差点害死我！我侥幸捡回一条命，回来拿回属于我的东西！”

宋清妍逼近她，香水味钻进她的鼻息，那是一种美妙而强势的气息。

“像你这种卑鄙恶毒、心理扭曲的人，你觉得他还会留恋你吗？！”

“你这是污蔑……你很清楚，是我救了你……”

“我当然知道。”宋清妍对她微笑，“可别人知道吗？”

黎星辰抖得厉害。

她曾坚信，无论发生什么事，她都会陪在肖景初身边，哪怕付出生命也在所不惜。

可她从来没有想过，宋清妍会回来，宋清妍掌握了她的弱点，要挟她离开肖景初。

她不想离开，也没想过要离开……

可她别无选择……

多么绝望的感觉……

为什么会这样呢？她没有做过坏事啊！她只是努力想要接近自己喜欢的人，她想代替宋清妍去爱肖景初，有错吗？为什么在她离幸福最近的时候，要狠狠摧毁她的希望……

第二节

肖景初刚才被热情的朋友拉走了，他们笑着聊了几句，他走回来，手中拿着一枚钻戒。他眼中幸福的笑意，与钻石璀璨的光芒交相辉映，那是她再也触及不到的童话……

黎星辰望着迎面走来的肖景初。

朦胧泪光中，他好像越来越远……

他们像是两条轨道上的星星，永远不会交汇。

肖景初愣在那里，不明白为什么她眼中有着绝望到令人心碎的水光。

黎星辰慢慢地将手放在小腹上，用力挤压伤口。难以忍受的剧痛从伤口处扩散开，她疼得咬紧了牙关，下手却没有半分留情。鲜血迅速渗了出来，染红那纯洁如雪的婚纱。

肖景初惊慌失措，看着泪流满面的未婚妻。

“清妍，你怎么了？为什么会流这么多血？谁伤害你了吗？”

他疯了一样，取出手机拨打急救电话，他紧张得手都在抖，说话竟然有些结巴。

黎星辰疼得站立不住，她慢慢蹲下，喃喃道：“景初……对不起……”

肖景初挂了电话，抱住她：“你说什么傻话，你哪里对不起我！”

她无法解释，只能一遍又一遍地说：“对不起……真的对不起……”

宋清妍面无表情地看着黎星辰。

她不知道黎星辰出了什么事，为什么流了这么多血，黎星辰又遇到危险了吗？可是看肖景初惊慌的模样，她便明白，黎星辰什么都没有说，若无其事地穿着婚纱来到了婚礼现场。这个女人真是够心狠的，为了跟肖景初结婚，简直不顾自己的生死。

同时，宋清妍忍不住佩服黎星辰，她并没有如她想象那般，狼狈尴尬地逃出去。她用了一出苦肉计，既能终止婚礼，又不会让肖景初恨上她，她甚至引起了肖景初深深的疼惜。这是黎星辰给自己留的后路。

这个女人果然很聪明。

怪不得，他会喜欢她……

但没关系，只要婚礼能取消就可以。

凭什么破坏她幸福的人，能拥有幸福呢？

宋清航见势不妙，连忙冲过来，从肖景初怀里抢过黎星辰，将她紧紧护住，看着肖景初的眼神充满戒备。宋云霆和俞明珠也跟了过来，在场宾客骚动起来，场面一度混乱。

肖景初抓住宋清妍的肩膀，竟忘了平日的风度，怒吼道：“你对清妍做了什么？”

宋清妍神色无辜，伸出手让肖景初看她干净洁白的手心：“你不会以为我捅了她一刀吧？怎么可能。我身上没带凶器，手上也没有血。你想找个人迁怒，也该找到证据吧。”

“就算你没有伤害她，清妍也是因为和你说过话以后才出事的！”

“我只是对宋小姐献上我的祝福。她能嫁给你，我很羡慕。”

“我们不需要你的祝福！”

救护车还没来，才短短几分钟，肖景初觉得好像过了一个世纪。他突然看见了陈瑾光，就像溺水的人看见一根救命稻草。他一个箭步上前，将陈瑾光抓了过来。

“你不是医生吗，清妍到底怎么了？”

陈瑾光也不知道发生了什么，他蹲下检查黎星辰的伤势。

黎星辰冷冷地看着陈瑾光，那种带有压迫感的目光让陈瑾光不敢直视。他避开她的视线，望向一旁的肖景初：“裙子完好无损……她不是刚刚受到的伤，可能在今天之前……”

肖景初环顾四周，看到身为伴娘的姚知盈躲在一旁，她低着头，肩膀好像在抖动。

肖景初明白姚知盈肯定知道些什么，他大步走向姚知盈：“姚知盈，清妍昨天是不是和你在一起？到底发生了什么？”

姚知盈没有说话，只是肩膀抖动得更厉害了。

肖景初箍住她的下巴，迫使她抬起头，看到她满脸都是泪。

他怒道：“姚知盈，你到底瞒了我什么！”

姚知盈终于崩溃，放声大哭：“都是我的错，昨天我遇到了杨家峰，他手里有刀……我好害怕，清妍一直在帮我……杨家峰恼羞成怒就捅了清妍一刀……”

“这么大的事你为什么不告诉我？”

“清妍不让我告诉你，她害怕会影响婚礼……你打我骂我吧，我知道是我的错……”

“打你骂你有什么用，姚知盈你能不能长点儿心，交往的男朋友都是什么货色？”肖景初气到口不择言，话说出口又觉得太过分，松开她，“清妍要是出了事，我不会原谅你！”

姚知盈不敢解释，只是不停地哭，她容貌艳丽，哭起来梨花带雨，惹人心疼。

黎星辰轻声劝道：“不关盈盈的事，她劝过我，是我坚持……”

肖景初朝她低吼：“你不爱惜身体，姚知盈也跟着你胡闹吗！”

黎星辰抿着唇没有说话。

其实她很难过，可她又能做些什么呢？

有些东西明明很珍惜，她却不得不眼睁睁地看着自己失去……

这种感觉何止痛苦，根本就是一种走投无路的绝望。

她无法挽回，无法改变……

肖景初很生气，可是看到未婚妻虚弱的模样，他却怎么也说不出更重的话来。心中除了生气，更多的是深深的无助和疼惜。他只恨自己没能好好保护她……

很多人涌过来，教堂里满是喧闹之声。

宋清航不想让姐姐被太多人围观，他轻轻抱起黎星辰，将她移到更衣室里。

黎星辰躺在沙发上，唇色脸色皆苍白，好像随时会幻化成风，消失不见。

宋清航握紧她的手，声音竟然哽咽：“姐，你再等等，救护车就要来了！”

黎星辰双眸微阖，呼吸略显急促：“我想和陈医生说几句话。”

宋清航立刻将陈瑾光叫了进来。

肖景初站在门口望着他们，他不知道她要和陈瑾光说什么，心中实在不安。

他突然想到那夜陈瑾光送清妍回家，他们离得那么近，近得只有一个吻的距离……

那个画面像冰冷漆黑的潮水，瞬间涌上他的记忆，让他难以呼吸。

黎星辰看着陈瑾光。

陈瑾光也看着她，用一种极度复杂的、难以言喻的目光。

肖景初竟觉得自己像个局外人。

沉默片刻，黎星辰说：“景初，你能不能先出去一下？”这是一句问句，语气异常温柔，可她话里没有任何商量的意思。她也没有看他，她的目光自始至终都在陈瑾光身上。

肖景初心如刀割，为什么在她最脆弱的时候，想到的却是陈瑾光？

宋清航瞪肖景初一眼，语气里有些敌意："我姐让你出去，你没听见吗？"

黎星辰补了一句："清航，你可以在外面帮我把门锁上吗？"

宋清航泪汪汪地看着黎星辰："姐，你别赶我出去，我不放心你……"

"听话，我没事。"黎星辰对他笑了笑。

只是那笑容柔弱到极致，像昙花开败前的一瞬间。

宋清航撒娇哀求装可怜都没用，最后只好可怜巴巴地离开，顺便将肖景初也赶了出去。

第三节

门被关上了，更衣室里只剩下陈瑾光和黎星辰。

黎星辰扶着沙发背想要坐起来，她的动作牵连到伤口，疼得鼻尖都冒出了冷汗，差点又倒在沙发上。陈瑾光连忙上前扶起她："你再忍一下，救护车很快就来了……"

黎星辰望着他："你为什么这样对我？"

陈瑾光僵在那里。

他没有说话，俊朗的侧脸映着暖黄色的灯光，恍惚让她觉得陌生。

死一般的沉默，吞噬了黎星辰的理智。

她再也无法保持冷静，但又怕被外面的人听到，她尽力压抑自己的声音，却压抑不了歇斯底里的情绪："陈瑾光，我问你，你为什么这样对我！"

陈瑾光多想拭去她眼中渐升的水雾，然而他的手指动了动，却什么都没敢做。

良久，他轻声说："我是个医生。宋清妍还没死，我不能杀了她。"

"你说她死了，你说你将她的尸体处理了！是你说的！全都是你说的！"

“我不敢告诉你真相，因为我不知道你会做出什么来……”

“你怕我杀了她？在你心里，我就是这种人吗？”黎星辰怒极反笑。

她眼中深深的失望，刺痛了陈瑾光的心。他知道他说错了话，垂眸道：“对不起，星星……”

“别跟我说对不起！”黎星辰浑身都在发抖，“陈瑾光，你对得起我吗？我一直以为是你帮了我，我对你充满愧疚。只要你开口，赴汤蹈火我也愿意，可你却一直在我面前演戏！”

“我没有骗你，”陈瑾光神色复杂，“我对你的心意从来没有变过……”

“你现在还说这种话，你不觉得可笑吗？”黎星辰心中毫无触动，“你把宋清妍藏在你家，对吧。你们朝夕相处，我每次去见你的时候，她都能听到我说话的声音，她知道我的所有秘密，可我却一无所知。我真是太蠢了，我根本不该相信你！”

“宋清妍确实知道一些你的事情，但她没有恶意……”

“没有恶意，会在我婚礼当天逼我离开我的未婚夫吗？”

“但是，肖景初曾经是她的未婚夫啊……”

这句话再次激怒了黎星辰，让素来冷静的她难以控制情绪。

或许因为她清楚，陈瑾光说得没错，肖景初并不属于她……

她极力控制，声音却还是忍不住发颤：“你到底想说什么？你想说是我抢走了宋清妍的未婚夫，所以她回来报仇！她做的一切都是对的，她是众望所归的复仇者，而我万恶不赦。”

看到她这个样子，陈瑾光的心很难受：“我不是这个意思……”

黎星辰撩起耳侧的短发，问他：“我的头发是宋清妍剪断的吗？”

陈瑾光不知道她在说什么：“你的头发怎么了？”

话说出口，他突然愣住。其实他今天也察觉到她换了发型，虽然短发的她同样美丽，但陈瑾光太了解黎星辰。他知道她为了扮演宋清妍，绝对不会将那一头招牌式的长发剪短。

“难道你的头发，是别人剪掉的？”

“我的婚讯被公开后，有人潜入宋家，剪断我的头发，留下了威胁信，并且打电话恐吓我，让我离开肖景初。不是宋清妍做的，还会有谁，她对宋家别墅的布局一清二楚！”

“这件事我真的不知情……”

“你如果不知情，怎么会在当天打电话问我有没有出事呢？世上有这么巧的事吗？”

“你在怀疑我？”陈瑾光有些惊讶。

“我不想怀疑你，可是事实摆在眼前。”

“你知道的，我不可能伤害你。”

“那宋清妍呢？她那么恨我，你怎么能确定不是她做的？”

“宋清妍一直和我在一起，她没有机会做这样的事……”

“你终于承认了，你们一直在一起。真是甜蜜呵。”黎星辰抓住了他话中的漏洞。

陈瑾光竟然没有解释。

或许她心中还有一线希望，只要他解释，她就愿意相信。

可他什么都没说，他话语中竟然还在偏袒宋清妍……

泪水如珠玉般落下，浸湿了她白色的婚纱，血迹晕染开了一大片，像一朵妖娆的花。

但她丝毫感受不到身上的疼痛，心口痛到窒息，将其他一切的痛觉都冲淡了。

“我以为即使全世界都背叛我，你也不会。我不明白，你为什么要这样对我？你在恨我吗？我哪里做得不好，你可以骂我，你为什么要这样对我。你是我最信任的人啊……”

她的声音柔弱哽咽，眼中楚楚泪光让陈瑾光的心都碎了。

他伸手想触碰她婚纱上的血渍，她却嫌恶地推开他。

“别碰我！陈瑾光，你真可怕！”

陈瑾光僵立在那里，不知何处吹来的风，灌进他空凉的心里。

他果然还是失去了她……

尽管，他从来也没拥有过……

他退后一步看着她，眼中的痛楚，渐渐化作平静。

“星星，我喜欢你那张脸。你曾来学校找我，提着书包站在走廊里。每当我看到你时，我都会觉得很幸福，就好像心里拂过微风，落满了纷飞的花。你给我煮面，对我微笑，甜甜地叫我瑾光哥哥。你的眉眼，你的笑容，你的一切一切我都喜欢。”

回忆起那些再也无法找回的美好时光，陈瑾光嘴角似有笑意。

但很快，那微弱的笑意便消失不见，快得就像是她的错觉。

他冷淡地说：“既然你放弃了，为什么别人不能拥有？”

黎星辰终于绝望了：“陈瑾光，我恨你！”

他却笑了，好听的声音，风轻云淡——

“恨我也好，总比遗忘要刻骨铭心。”

第四节

门外响起敲门声，熟悉的女声隔着一道门传了过来。

“瑾光哥哥，你们在说什么呀。救护车来了，你快开门呀。”宋清妍的声音甜美而无辜，好似只是旁观的热心路人。

陈瑾光走过去打开门，几位穿着白大褂的医护人员走进来，将黎星辰抬上救护车。可能是失血过多，她的意识已经渐渐模糊。她听到俞明珠的哭声，还听到宋清航阻止姚知盈跟过来的声音。耳边有很多声音，她努力地听，却渐渐地什么也听不见了。

她只记得最后映在眼中的画面，是宋清妍挽住陈瑾光的胳膊。

那看似纯真清甜的笑容，与曾经的黎星辰如出一辙。

真是刺眼……

黎星辰醒来的时候，伤口已经被包扎过了，她身上穿着蓝色条纹的病号服，虚弱地躺在病床上，手背上插着针，透明管子一直延伸到床边的吊瓶上。

病房里围了很多人，见她醒来都惊喜万分。

然而黎星辰的视线，却没有办法从肖景初身上移走。

他站在门外，背对着她，正在与宋清妍说着什么。黎星辰可以看到宋清妍脸上的笑容。她从来没有发现自己的那张脸可以那么美。出身豪门的名媛就是不一样，举手投足之间充满了自信与魅力。即使用着相同的脸，她也不再是当年的灰姑娘，她是真正的白天鹅。

黎星辰居然自惭形秽。

肖景初听到医生的诊断结果，此时冷静了下来，他刚才确实太冲动了。

“抱歉，是我误会了你，清妍受伤和你没有关系……”

宋清妍显得十分善解人意，眼波如水望着他：“怎么突然这么客气，我又不会生气。”

她看到黎星辰已经醒来，但肖景初还没有发现。她突然凑过来，漂亮的面孔近在咫尺，她身上动人的香水味钻入他的鼻息。肖景初猝不及防，心跳竟慢了一拍。

“我们不要在门口说话，会吵到宋小姐。”宋清妍拉住肖景初的衣袖，很自然地将他拉到旁边安静的走廊里。

肖景初低头望着那只抓着她衣袖的手，愣了好一会儿。

记忆突然清晰回到那个风雨飘摇的傍晚……

司机开车载着他与清妍回到宋宅，他刚刚下车，就看见黎星辰朝他走来。她浑身都湿透了，双手紧握成拳，似乎想要掩饰心中那巨大的紧张，可她僵硬的模样显然什么都掩饰不了。

她说，她喜欢他，喜欢了很久很久……

肖景初的未婚妻就在车后座里，明天就要举办订婚仪式了……

他不可能给她回应，所以他拒绝了她，看着她绝望离开……

清妍从车上下来，望着黎星辰消失在暗夜中的身影，问：“那个女生是谁？”

肖景初为她撑着伞，两人一起走向别墅：“同校的女生。”

她突然来了兴趣，笑问：“她跟你说了些什么？”

肖景初若无其事地说：“没什么。”

清妍不依不饶：“没什么是什么。”

肖景初看了她一眼，随口说：“她毕业以后想来肖氏集团，问了我一些求职方面的问题。”

清妍“哦”了一声，眨了眨眼睛：“我还以为她是你喜欢的女孩子呢。”

肖景初勾起嘴角：“为什么是我喜欢的女孩子，而不是暗恋我的呢？”

宋清妍看着他的眼睛：“因为你的表情好像很难过。”

肖景初愣在了那里。

他的心跳声突然变得很快，扑通！扑通！猛烈敲击着他的胸腔。

他也分不清是那瓢泼的雨声，还是他的心下起了大雨……

清妍似乎只是随口说说，并没有展开这个话题。她跟在他身边，走到门口等他开门时，她突然想到什么：“啊，我把包忘在你车上了，我要出去取一下！”

肖景初回过神来，很绅士地说：“我陪你。”

清妍摇头拒绝了，肖景初也不知道自己是怎么想的，竟然没有坚持。于是，她再也没有回来。

肖景初调了监控，发现当晚清妍被人劫持了。绑匪一开始打过电话，宋云霆紧张得不行，在绑匪的威胁下没敢报警，他们找了私家侦探调查，可惜没查出什么头绪来。

肖景初怀疑过黎星辰，因为实在太巧了。黎星辰向他表白被拒，随后清妍就被绑架了。可他又暗暗否定这个猜测，他不相信黎星辰会做这样的事，她不是那种恶毒的女人……

况且，监控视频里的绑匪虽然戴了墨镜和口罩，却能从体形上看出是个男人。

面前气质优雅的女子突然问：“肖景初，你找过我吗？”

“什么？”肖景初一愣，脑中的回忆轰然粉碎。

“那你为什么问我去了哪里？”她似乎有些不解，“你一定找过我吧。”

肖景初的表情有些僵硬。他确实去找过她，没想到她竟然住在那样简陋的出租屋里。小小的一间房，摆着一张简单的硬木床，褐色的木桌上落了一层薄薄的灰。房东说她很久没有回来过了，他甚至担心，黎星辰和宋清妍一样出了意外……

能在婚礼上看见她，其实肖景初是松了口气的，但他并不想详细解释自己的心理变化。他避重就轻地说：“清妍被绑架的那天，你也在现场，我怕你会出意外。”

宋清妍却不肯结束这个话题：“你在担心我吗？”

她的眼波勾人摄魄，声音柔软得像棉花糖，尾音带着一丝若有似无的诱惑。

肖景初一时无法将她与当初那个略带羞涩的清秀少女联系在一起……

“你别误会，我只是礼貌地关心一下。”他语气冷淡。

她纤细的手指拨弄鬓边长发，好奇地问：“你喜欢宋清妍吗？”

这并不是个令他感到愉快的话题，他反问：“我不喜欢她为什么要和她结婚？”

她轻轻地笑了，语气似乎带着几分讽刺：“不是因为肖、宋两家门当户对吗？”

肖景初不假思索：“我爱她！”

他说得如此坚定，并不仅仅因为她的语气令他厌恶。

他是真心爱着清妍，他想要让全世界都知道，他对她的心意！

宋清妍嘴角的笑容渐渐隐去，眸光变得深不可测。

她当然清楚，她和肖景初的关系只和利益挂钩，根本不牵扯真爱。

当初爸妈为了事业，要求她嫁给一个比她年龄大许多的花心富二代。

起初，宋清妍轻描淡写地拒绝了，以为爸妈不会强求，没想到爸爸怒不可遏，骂她不知好歹，还将她锁在房间里好几天让她反省。宋清妍不明白，明明对方风评很差，绯闻一大堆，前女友也不少，听说还有私生子。为什么爸妈非要逼她嫁给一个这样的人？

宋清妍向来乖巧，可是婚姻大事她绝不草率！她不能将自己的未来交到这样一个人的手里。

宋清妍便自己物色起了人选，她做了调查，她知道肖景初的外表、人品、修养都很不错，况且他们门当户对，爸爸若是知道了，一定不会反对吧。

她查到肖景初的航班，特意过去“偶遇”，宋清妍看似落落大方，与肖景初谈笑风生，其实她明白，在她自报家门的那一刻，便抛出了利益的诱饵，她是宋云霆的独生女，将来会继承整个宋氏企业，如果肖景初和她在一起，便是强强联手，他没理由拒绝她。宋清妍没时间与肖景初慢慢培养感情，她这次是溜出来的，害怕爸爸将她抓回去，逼她嫁给那个老男人。

那时的宋清妍对爱情并没有希望，她只想摆脱她的处境。

她冷静地跟肖景初说出自己的想法：“反正你也没有女朋友，不如考虑考虑我？”

肖景初看着她的眼睛，唇边扬起浅笑：“你喜欢我？”

宋清妍点了点头，笑得甜美：“对呀，我对你一见钟情。”

却听见肖景初叹息道：“没人告诉过你吗，说谎的时候眼神不要闪躲。”

宋清妍咬了咬嘴唇，没想到自己的小心机被肖景初看得清清楚楚。

肖景初问她为什么，宋清妍便将自己的情况告诉了他。

后来，他们达成了协议。

不管他们的婚姻是否幸福美满，至少在外人看来，无比般配。

婚后，她可以让自己去爱他，毕竟肖景初条件很好，她也对他有好感。

如果实在没办法爱上，也没关系，即使无法拥有爱情，拥有财富也不错。从某种意义上来说，她和肖景初很相似，他们有着同样的冷静与理性。

宋清妍知道爸爸可能正因她的逃跑而大发雷霆，在查她的行踪，她准备到时候告诉爸妈，她对肖景初一见钟情，生米已经煮成熟饭。于是，她便跟肖景初一起下了飞机，在同一间酒店住下，当然，她是以他女朋友的身份。

她还记得，那间房里有一张漂亮的白色大床，她想过他们可能会发生什么，她越想越紧张，坐在床边，红着脸说：“要不然你睡在床上，我出去睡沙发吧……”

肖景初倒是坦坦荡荡：“哪有让女士睡沙发的道理，你睡在床上吧。”

她脸色更红了：“可是……”

看着她害羞的模样，肖景初忍不住笑了：“放心吧，我不会对你怎样的。”

他还有工作，取出笔记本电脑来到卧室外面的房间。

她躺在床上，能听到外面传来敲击键盘的声音。她虽然对肖景初做过一些调查，但知人知面不知心，她并不了解肖景初，她很怕半夜他会进来对她做些什么……

她关了门，还用椅子堵在门口，门把手上甚至挂了只玻璃杯。

她睡得很不踏实，有一点风吹草动就会惊醒，可是一直到天亮，肖景初都没有进来。

清晨，她小心翼翼地打开门，看到肖景初趴在桌上。电脑屏幕已经黑了，他的手还放在鼠标上，他似乎熬了一夜，此时已经睡着了，干净的黑发垂下来半遮住他的眉眼。

她暗笑自己，真是以小人之心度君子之腹……

她取出毯子，悄悄盖在他身上。

她看着他棱角分明的侧脸，看了很久很久，脸上竟浮现起温软的笑容。

这个男人将来会是她的丈夫。

其实，也没什么不好……

他们交往了一段时间……

不，根本说不上是交往，只能说他们接触了一段时间。

肖景初对她始终礼貌有加，他们有时会在外人面前牵手，但他从来不会对她动手动脚，他甚至没有亲吻过她。她明白，他不爱她。不过没关系，她也不爱他呀。她只是对他有些好感罢了，或许他们以后会擦出火花，毕竟他们还有一生可以培养感情……

但她好不容易为自己谋划的未来，在那一天，被粉碎了……

宋清妍浑身发冷。

她仿佛又感受到了漆黑的夜，还有那倾盆落下的雨水……

她怕得要死，可她怎么也动不了，泥沙落在她身上，埋没她浑身无数淌血的伤口……

那恐怖的夜晚，她至今都不敢回想……

“黎星辰，我不知道你来婚礼的目的是什么，但我希望你以后不要接近清妍。”

肖景初冷漠的话语将她从痛苦的回忆中拯救了出来。

宋清妍抬起双眸，与他对视的瞬间，她眼中的阴霾已经一扫而空：“干吗这样说，不知道的还以为我想迫害宋清妍呢。”她的声音娇滴滴的，竟有几分撒娇的意思。

肖景初没有回应她的话：“你还有事吗？”

宋清妍没有放过他：“你喜欢过我吗？”

肖景初没想到她会问出这样的问题，他愣在那里。

面前是一双波光潋滟的眸子，仿佛月光倒映在湖中。

原来黎星辰的美丽并不亚于宋清妍，恍惚之间，他竟以为她们两人对调了。

那个被绑架后回到他身边，看他时眼中有光，渐渐被他深爱上的女人，似乎更像以前的黎星辰，而面前这位试图撩拨他的心，神色却异常冷静的女子，才应该是宋清妍……

真是太可笑了，他怎么会有这种荒谬的想法？

肖景初脸颊发烫，他别开脸，盯着空无一物的白墙：“没事我就回去了。”

他转身大步离去，对她没有半分留恋。

第十三章 拥有了她的复制品

○ ◐ ◑ ◕ ●

第一节

黎星辰一直望着门口，直到肖景初回来。

她不知道肖景初和宋清妍聊了些什么，她想假装不在意，可是心里却忍不住疯狂地猜测。

肖景初爱的是宋清妍，她有吸引他的特质。

他能爱她第一次，也能爱她第二次……

为什么宋清妍想得到的东西总是那么轻易？她可以用宋家千金的身份得到肖景初的爱，也可以用黎星辰这个不起眼的灰姑娘身份再夺回他。属于她的，终究是她的……

心脏疼得几乎抽搐，黎星辰抓紧了被单，不想让眼中的痛苦泄露出来。

肖景初温柔地问："清妍，你醒了？要不要喝点儿水？"

黎星辰摇了摇头，轻飘飘地说："景初，我和你在一起，总是受伤呢。"

她无奈的叹息声，像云雾一般缠绕住肖景初的心，让他不安且恐慌。

果不其然，她的下一句话，将他打入万劫不复的地狱。

"我有些怕了。我们……分手吧……"

肖景初呆立在那里。

四周的光好像全都消失了，而他站在万丈深渊旁，摇摇欲坠。

"姚知盈说是她前男友刺伤了你，我一定不会放过那家伙……"

"也许杨家峰是受人指使呢？"她话有所指。

"杨家峰和你无冤无仇，谁会指使他。清妍，你别多想……"

肖景初还没说完，黎星辰打断他："有人潜入我家，剪断了我的头发。"

肖景初惊讶地看着她，听到她继续说："对方还留下了恐吓信，说我如果执意要跟你结婚，就会杀掉我。我很害怕，所以那天我去你家找你……"

"你为什么没有告诉我？你一定在骗我对不对？这只是你想分手的借口……"

"那封信现在还锁在我卧室的抽屉里，等我回家带你去看。"

"我们可以报警！只要你跟我在一起，我就不会让你受到伤害……"

"何必呢？景初，你那么优秀，会遇到比我更好的女人。放过我吧。"

她竟然让他放过她……

这简简单单的四个字，比任何话都残忍……

"我很感激你为我做的一切，这段感情对我来说是一段美好的回忆。我真心希望你幸福。"她望着他，小心翼翼的语气，像是一种哀求，"我们好聚好散，好不好？"

"什么好聚好散！我才不想跟你分开！"肖景初的声音在颤抖。病房里温暖如春，他却如坠冰窟，"你说过会永远爱我，你说哪怕死在我手里你也心甘情愿，你的承诺算什么？"

黎星辰轻轻地笑了，她的语气是那么满不在乎："你也知道，女人嘛，喜新厌旧，反复无常。习惯了就好。"

"你厌倦我了吗？"

黎星辰想给肖景初肯定的回答，她想要他对她死心。

可是触及他水光隐现的双眸时，她却什么都说不出口。

她害怕自己开口就会哽咽……

因为，她的心痛不比他少啊……

"你只是心情不好，过段时间就没事了，我不会离开你的……"肖景初试图挽回。

黎星辰抿着唇没有说话，她在控制自己的情绪。

她做得很好，如同天生的演员。再开口时，她平静得仿佛事不关己，连唇瓣的轻颤，都被她控制得难以察觉："你别这样。我想过了，我们并不合适，分开对大家都好。"

"我不想失去你……清妍，我已经不能离开你了……"肖景初握紧她冰冷的手，什么自尊什么面子，他全都考虑不了了。

他从来没想过失去她，因为他对未来的规划里，全都有她的参与。

宋清妍是他想要相伴一生的人，毋庸置疑！

然而，她却只是轻描淡写地说："你太自私了。"

"我知道都是我的错……我想过放手，可是交往越久，我越难以抽身……宋清妍，你为什么要回来……为什么说爱我……为什么让我陷进去，又要抛弃我……"

肖景初眼圈发红，滚烫的眼泪落在了她的手上。

黎星辰从来没见过他这样子，她牙关紧咬，强迫自己的情绪不要崩溃。

宋清妍就站在门口看着她，那冰冷的眼神，仿佛时刻在告诫她，她有她的把柄。

报应来得真快啊……

转瞬之间，她失去了一切。

她最信任的陈瑾光背叛了她……

连她最爱的肖景初，她也必须要放手。

黎星辰不想放手，可坚持又有什么用呢？如果激怒宋清妍，她的身份被拆穿，她不但会失去肖景初，可能还会坐牢，她会在监狱里听闻肖景初与宋清妍结婚的喜讯。

她怕的不是坐牢……

她怕的是在无尽绝望中，得知他与别人奔向幸福……

她没有坚持下去的资格，也没有退回原点的权利……

她只能背对着那阳光，一步一步走进永不见天日的暗夜……

俞明珠心疼女儿，插过来横在两人之间，对肖景初说："既然清妍不想跟你在一起，你就放过她吧……你又不缺女人，为什么非要来害我女儿呢。"

宋云霆也板着脸说：“你是不是非要把清妍害死才甘心！”

肖景初说不出话来，他不想在众人面前流泪，他从来没有这么失态过……

可他的心太痛了，甚至连呼吸都会让他胸口疼得抽搐。

他不在乎别人恶言恶语，他在乎的只有清妍。她是他决心挚爱一生的恋人，可她此时却沉默不语，任由所有人来指责他。她的放弃，才是令他痛苦的缘由。

宋清妍一直站在门口，面无表情地看着这场闹剧。

宋清妍没想到肖景初竟然这么爱黎星辰，黎星辰说要分手，他竟会为她落泪……

这还是她记忆里那个冷酷理性的肖公子吗？

真不知道黎星辰用了什么手段，将这个男人牢牢掌控在手心。就算他们分开了，肖景初也忘不掉她吧……他心里，永远都有个位置，封存着她的影子……

宋清妍的眼神又冷了几分，突然有人拉着她往外走。

宋清妍被迫跟在陈瑾光身后，他走得飞快，而她只能小跑着跟在他身后。

“瑾光哥哥，你干什么呀？”她小声抱怨，手都被他箍得疼了。

“别叫我瑾光哥哥。”陈瑾光连头也没回。

“可是……”

“这里又没有外人，你何必还要演戏？”

陈瑾光将宋清妍拉到医院天台上，松开了她的手。

宋清妍揉着泛红的手腕，哀怨地看了他一眼：“陈医生，你懂不懂怜香惜玉。”

她的脸那么熟悉，顺滑的长发不染不烫，笑起来与黎星辰一模一样，她的声音也与黎星辰相似，可陈瑾光看见的只有宋清妍。他很清楚，这个女人不是他的星星……

陈瑾光冷冰冰地问：“宋清妍，你到底想怎样？”

她娇滴滴地说：“我做什么了，你干吗对我这么凶？”

第二节

冬日的冷风吹动陈瑾光干净的白大褂，晚霞映上他略显凌乱的短发，他的眼睛里倒映着一片绯红色的夕阳：“我让你好好在家待着，你为什么要跟踪我？”

宋清妍表情无辜：“我知道你来参加婚礼，我也想向我的前男友献上祝福嘛。”

陈瑾光才不信她：“你那是祝福吗？你毁了他们的婚礼。”

“这不是你想要的吗？”宋清妍挑了挑眉，言语中毫无愧疚，“你该感谢我。”

“这不是我想要的！”陈瑾光说得斩钉截铁，“宋清妍，你根本不懂我。”

“我不懂你？”她笑得讽刺，“黎星辰懂你吗？她心里根本没有你的位置！”

陈瑾光的表情僵了僵。

他态度冷硬：“那是我的事，跟你没有关系。”

宋清妍抱肩看着他，她说的每个字都好像在故意刺痛他的自尊心：“我真想不通，这世上怎么会有你这样的人。喜欢就去抢啊！你以为无私暗恋很光荣吗？那次她投怀送抱，你就应该把握机会，先占有她，再偷拍些私密照发给肖景初，到时候她就彻彻底底属于你了。这么完美的计划，难道还要我教你吗？”

“闭嘴！”

陈瑾光的脸一下子就红了。

他不是在害羞，而是恼怒。

“舍不得啊？”宋清妍并没有因他生气而畏缩，她凑近他，就这样赤裸裸地看着他的眼睛，“哦，我忘了，她是你的白月光，你哪里舍得碰她一根手指。我真不知道该说你可笑呢还是可悲。”

陈瑾光退后几步，避开她身上诱人的香水味，就算她在他家住了那么久，朝夕相处，他眼中仍然没有对她的半分情意：“我不会做乘人之危的事。如果不是她心甘情愿的，我硬抢过来有什么用？我跟你不一样，我没那么卑鄙。”

“卑鄙？”他的话刺痛了她，宋清妍的声音陡然拔高，“我只是拿回属于我的东西，有错吗？”

陈瑾光看着宋清妍，眼中情绪复杂难言：“是黎星辰救了你。”

“我有让她救我吗？”宋清妍冷哼一声，“况且，救了我就可以抢走我的东西吗？”

陈瑾光皱起眉，面前的女子披着件羊绒大衣，里面那件质地不俗的红裙子被风吹得飘扬起来，鲜艳的红色衬得她眉眼中有种亦正亦邪的妖娆。

陈瑾光突然想起宋清妍刚刚醒来的时候，她根本不是这样的。她就像一只受到惊吓的小白兔，说话时连话音都在颤抖。她比黎星辰更加乖巧听话，她怕他，也依赖他。

陈瑾光甚至以为，他拥有了黎星辰的复制品……

是他错了。

原来这世上，真的不可能有两个人一模一样。

他收留的，不是需要拯救的天使，而是等待时机的恶魔。

“你刚才和肖景初说了什么？你是故意让黎星辰看见的吗？”

“和前男友叙叙旧而已，”宋清妍无所谓地笑了笑，“怎么，吃醋了？”

她肆无忌惮地盯着他的眼睛，幽幽如兰的吐息，带着种若有似无的暧昧。

陈瑾光没有回应她的调戏，他用一种乞求的眼神看着她：“你能不能不要伤害星星？”

“星星……”宋清妍收起笑，眼中竟掠过几分妒意，“这称呼真是亲昵。”

“她是我最在乎的人……”陈瑾光的声音在呼啸的风声里模糊。

“即使你已经背叛了她？”宋清妍字字尖锐。

陈瑾光摇头：“我没有背叛她。”

宋清妍反问：“那你把我藏在你家，朝夕相处的这段时间，难道不算背叛吗？”

陈瑾光张了张嘴，想要解释，可是任何话说出口都太苍白。

冬季的傍晚来得格外快，落日滑入地平线之下，天空从明朗的天蓝色变成了暗淡的蓝黑色。宋清妍一步步走近陈瑾光，夜色落在她美丽的面孔上，给她的双眸晕染了一层浓雾。

“她来找你的时候，你把我锁在书房里。我背靠着门坐在地上，听着你们在门外欢声笑语，你不让我出声，我也不敢出声。我卑微到了这种程度，你还要我怎样呢？”

陈瑾光一步步后退，直到无路可退。

他背靠在冰冷的墙上，看着宋清妍冷漠的面孔。

她个子没他高，却有种强大的气势，竟逼得他喘不过气来。

沉默了很久，陈瑾光哑着嗓子说：“对不起……”

“别对我说对不起。你是我的救命恩人，我应该感谢你才对。”

宋清妍笑得温柔，但她的声音却很冷，无法分辨她话语中是真心还是假意。

陈瑾光别开脸，吐字艰难：“我不奢望你感谢我，我只希望你别恨星星……”

他清润的声音飘散在寒风里，声线像以往一样好听，清晰地传入她的耳中。

宋清妍看着陈瑾光。

她突然想起初见时，他就是这样一身白衣，气质俊雅如明月。

她吓得浑身发抖，还以为他是绑架她的凶手。她歇斯底里地尖叫，盼望有人能听见她的求救，可她全身都是伤，躺在床上无法动弹，连声音都在颤抖。

他低头看着她，眼中闪动的光，是怜悯吗？

可为何还带着一丝复杂难辨的深情……

她不懂……

“别怕，不会有人伤害你的。”

他的语气异常温柔，竟如良药般治愈她心中的恐慌。

她慢慢平静下来，颤声问：“你是谁？”

他微微一笑：“我叫陈瑾光，是你的医生。”

她以为自己得救了。

直到那天，她在玻璃窗上看见自己的脸。

窗外雷声轰鸣、暴雨倾盆，玻璃在夜色下漆黑一片，将她的五官映得如此清晰。

这是噩梦吗？为什么映在玻璃窗上的人不是她？

手里盛着牛奶的马克杯掉在地上，她抱头尖叫。

陈瑾光应声冲进来："怎么了？"

她扑进他怀里，泪眼蒙眬地望着他："我是谁……"

陈瑾光愣了愣，他伸出手，指腹轻轻抚摸她的脸。

她吓了一跳，她后退几步，跌倒在地上，惊恐地望着与平日不太一样的陈瑾光。

他一步步走近她，半蹲在她面前，浓黑的眸心仿佛倒映着窗外的雷霆闪电。

她环住紧张发颤的肩膀，如同待宰羔羊，一瞬间她想到了最坏的结果。但陈瑾光什么都没做，他的视线从她的眉眼扫向她的下巴，声音轻得近似呢喃："星星……"

她垂下眼睫，眼泪缓缓落下，晶莹剔透，悬在她精致的下巴上。

"这是她的名字吗？"

"什么？"陈瑾光好像才回过神来。

"真正拥有这张脸的女孩子。"她说。

"你比我想的聪明。"陈瑾光叹息。

"我见过她，那天是她把我从坟墓中挖了出来……"

她不会忘记自己在潮湿泥土中窒息的痛苦与绝望。

她以为自己要死了，她甚至看到了幻觉……

在她生日时，妈妈笑着为她切蛋糕，爸爸送她漂亮的洋娃娃，弟弟还不会说话，坐在宝宝椅上，对她笑得天真无邪。不知从什么时候开始，这一切都变了。爸妈再也记不得她的生日，爸爸变得喜怒无常，妈妈则总是偷偷哭泣，弟弟与她的距离也越来越远……

无数画面在脑中飞速掠过，如临死前的走马灯。

神智即将迷离之际，她感觉眼前的黑暗散去，出现了一道光。

她眯着眼，看到了黎星辰的脸。

真奇怪啊，这个女孩子明明吓得脸都白了，却还是甘冒生命危险救她……

“为什么我变成了她？她去哪儿了？”

陈瑾光用纸巾拭去她眼角的泪，他好像怕吓到她，声音轻柔到了极致：“她以宋清妍的身份，回到了你父母身边。”

“我们的身份对调了？”

“嗯……”

“你们是绑架我的人吗？”

“不是。”陈瑾光摇了摇头，“她是这场绑架案的目击者，可惜她没有看清对方的长相。是她救了你，然后她找到我，向我求助……当时你受了重伤，我们都以为你会死……”

“她为什么要冒充我？她有什么目的？为了钱吗？”

“星星不是那种人，她……有自己的苦衷……”

“陈医生，你一定很在乎她吧？”

陈瑾光抿着唇，他没有承认，也没有否认。

她小心翼翼地问：“我可以替代她吗？”

陈瑾光惊讶地看着她：“你不想回去吗？”

“回哪里？”

“当然是回到宋家，你是亿万身家的宋家千金。”

“我不想回去了，”她摇了摇头，“这张脸其实也不错。”

医院的天台静寂无声。

重重云层后，透出了苍白微凉的月光，映照在陈瑾光的脸上。

破碎的记忆打碎了看似温馨的时光，他看她的眼神，再也没有了当初的温柔。

“宋清妍，是你说你不想再做宋家千金，你说想要替代她。”

“我说这话只是为了保命，当时我太害怕了。”宋清妍眨巴着水汪汪的大眼睛，声音刻意变得娇柔。

不知情的，还真以为她是被人胁迫。

“所以你要背弃承诺吗？”

“我又没有发过毒誓，算不得承诺。”

陈瑾光看着她，双手握紧，又慢慢松开。

而她迎着他冷冽的目光，晶莹透彻的眸子里隐含挑衅。

就这样僵持许久，陈瑾光突然笑了。

那淡如水的笑容，盛开在他嘴角，竟有种令人目眩神迷的撩人。

“你当然可以回去做你的宋大小姐，不管你以后过得怎样，就当我们没有认识过。”

“需要这么绝情吗？你是我的救命恩人，我永远都不会忘。”

她的声音甜得好像在撒娇，他却认真地纠正她：“你的救命恩人是黎星辰。”

“陈瑾光，你到底有没有把我当作一个独立的人？”宋清妍伸手抵住他的胸膛，声音微微颤抖，那是她难以抑制的怨恨，“在你心里，我只是黎星辰的替代品吗？”

陈瑾光推开她，扯了扯被她抓皱的上衣。

“你可以替代她，但你永远不是她！”

第三节

黎星辰和肖景初彻底分手了，她没有再见他来过医院，她也没有问过。

黎星辰整夜整夜地睡不着觉，仰面望着白色的天花板。

她感觉不到饿，也感觉不到困，不管是睁眼还是闭眼，脑中都是肖景初的影子。

每一分钟都过得漫长而煎熬，她要如何度过这没有肖景初的一生呢……

清晨，护士走进病房，将几盒药放在床边的柜子上，笑盈盈地说：“宋小姐，你今天就可以出院了。这是消炎药和祛疤膏，你按照说明书来使用就可以。”

黎星辰礼貌地说了声谢谢，小护士又说：“你男朋友对你真好呀。

这种祛疤膏效果很好，国内都断货了，很难买到，他特意从国外带回来的，还叮嘱我一定要交到你手里。”

黎星辰愣了愣。

肖景初来过吗？他还在关心她？

她心中百味陈杂。肖景初越是对她好，她越是难过。

黎星辰垂下头，短发半遮住她苍白的脸：“已经不是男朋友了。”

“啊？”小护士惊讶地看着她。

黎星辰淡淡一笑，尽量让自己神色显得自然：“只是朋友而已。”

“普通朋友怎么会每天都来呢？”小护士很不理解，她小心翼翼地问，“我都看见好几次了，他站在外面也不敢进来，你们是不是吵架了……”

黎星辰眼神暗淡，她望向窗外叶子掉光的枯树，什么都没有说。

俞明珠来医院帮女儿办理了出院手续。

回家后，黎星辰的情绪并没有好转。俞明珠也没多问，只是让厨师变着花样为女儿烹制美食，可女儿胃口并不好，总是吃一点儿就吃不下了，女儿越发消瘦，话也变少了。

俞明珠看在眼里，急在心里。

午后的暖阳透过落地玻璃窗，将金色阳光洒落在露台，映得那花花草草也明媚起来。

俞明珠端着一盘刚烤好的蓝莓饼干走过来，轻轻放在桌上。黎星辰坐在藤椅上发呆，似乎根本没看见她。俞明珠实在是心疼：“清妍，别想那么多了，你会找到更好的。”

黎星辰抬眸看了俞明珠一眼，她眼神空洞，好半天才反应过来，点点头。

俞明珠在黎星辰对面坐下，虽然她身材微微发福，但仍然保养得当，看上去比实际年龄要小不少：“你给妈说说，你喜欢什么类型的男人，妈这就为你物色。”

黎星辰拿了块饼干放进嘴里，觉得味同嚼蜡，也不知道是饼干难吃，还是她的味觉出了问题。她吃了半块，将剩下的半块饼干放在盘子里。

“不用了，我没这么着急，我想先休息一段时间。”

“不着急！不着急！妈就是先帮你挑几个合适的，你先相处着试试。”

宋云霆走到露台看他心爱的那几盆兰花，听见母女俩的对话，他冷哼一声：“当初还不如和名扬家纺的曹老板交往，如今做了曹太太，也不会扯出这么多破事来！”

名扬家纺的曹老板？

黎星辰隐约记得，那是经常出现在八卦杂志中的某位富商，年龄比她大十几岁，身材、长相也不敢恭维，听说交往过许多漂亮女朋友，私生活混乱，跟宋清妍根本不配……

说实话，以宋清妍的家世外表，不管是选择前途光明的“高富帅”，还是跟演艺圈年轻帅气的“小鲜肉”交往，她都有足够的资本。为什么宋云霆偏要给她介绍那种明显不靠谱的男人？

俞明珠小声说：“都过去这么久了，人家也有女朋友了，你就别提这件事了。”

宋云霆道：“他和那个小模特就是玩玩而已，随时会分手，只有我们家清妍才配得上他。”

“我看他根本配不上清妍吧。他换女朋友速度那么快，谁知道对清妍能有几天热度？”

“你懂什么！”宋云霆声音拔高。

两人又争执起来，最后以俞明珠的忍让告终。

黎星辰一直没有说话，她默默转动袖口上的珍珠纽扣，眼神好似飘向远方。

办公室里异常安静，肖景初坐在电脑前，低头看着桌上的手机。

年轻的女实习生小江走进来送文件，看见肖景初沉默地坐在那里。他似乎比前几日憔悴了些，但他的五官依旧俊朗出众，比她见过的任何明星都好看。她小心翼翼地将文件放在桌上，红着脸说：“肖总，合同我放在这里了，还有四点钟的会议，您不要忘了。”

肖景初的下巴微微点了一下，示意自己听到了，视线没有从手机上离开。

小江看了一眼他的手机，屏幕上是肖景初与宋清妍的合影。他钩着她的脖子，侧身望着她，眼中满满的爱意几乎要溢出来，而她依偎在他怀中，笑靥如花，美似诗画。

小江充满羡慕地感叹："宋小姐真漂亮。"

肖景初勾起嘴角，脸上有了难得的笑容："是啊，她很漂亮……"

小江不解地问："听说你们分手了，看肖总的态度，好像并没有变心啊。"

肖景初神色平静："我还是很爱她，有些地方是我做得不够好，我会追回她的。"

这简直是偶像剧里的情节嘛，小江感动得心都要化了："没想到肖总这么专一！宋小姐一定会明白您的心意！"

"她真的很好，为她做一切都是值得的……"脑海中浮现出清妍的一笑一颦，肖景初脸上温柔的笑容渐渐变得苦涩，"我想，我除了她，应该也没办法再爱上别人了……"

第四节

窗外飘着雪，偌大的公寓冷冷清清。

宋清妍坐在沙发上，如雕塑一般静止不动。她呆呆地望着门口，就这样看了很久很久，直到窗外暮色渐深，房间变暗，瓶中枯萎的百合花被阴影投上了暗光，再也不复初时的纯美。

宋清妍取出手机，拨通了那个熟悉的号码。

过了很久，陈瑾光才接起电话："你好。"

宋清妍嘴角勾起笑，柔声问："你今天不回来吗？"

"我今天有手术。"

"你已经半个月没回来了……"

"我最近住在医院宿舍，你有事吗？"

他的语气真冷淡啊，如她想的一样。

宋清妍反问："没事不能给你打电话吗？"

陈瑾光说："我很忙。"

"我好饿哦。"宋清妍假装没有察觉到他的冷漠，甜甜地撒着娇，"冰箱里只有方便面，我又不会煮。没有你的日子真难熬。你什么时候回来，我等你。我们一起吃火锅吧。"

"你可以订外卖，"陈瑾光的声音没有起伏，"或者我帮你订，你想吃什么？"

宋清妍摇头："我不想吃外卖，我想念你煮的泡面。"

陈瑾光轻轻笑了一声："那种垃圾食品，宋大小姐也稀罕吗？"

宋清妍的笑容僵在脸上，已经维持不住那刻意的温柔："你为什么跟我说话带刺？"

陈瑾光淡淡道："我说了，我很忙。"

宋清妍不依不饶："你以前再忙也不会这样对我！"

他沉默了几秒："以前我们是朋友。现在，我们什么都不是。"

电话被挂断了。

四周静悄悄，那是一种令人恐惧的孤独。

宋清妍握紧了手机，紧得她整只手都在颤抖。

她才是受害者啊……

她失去了一切，以别人的身份活着，像个卑微渺小的影子……

她本就孤立无援，只有陈瑾光是她唯一的依靠。他们曾朝夕相处，她还以为他能成为她的同盟，没想到他说走就走，对她连半点同情都没有，为什么男人可以这么残忍呢？

胃又疼了。她一整天没有吃饭，实在撑不住了。

宋清妍站起身，只觉天旋地转，忍不住弯腰干呕起来。

她什么都没吐出来，只看到木地板上溅了几滴小小泪花。

宋清妍突然想起那天，黎星辰过来给陈瑾光煮面。他们在外面笑着聊着，而她坐在地板上，背靠着书房那扇上锁的门，仿佛被隔绝在另一个冰冷的世界里……

只听声音，她都能听得出，陈瑾光有多喜欢黎星辰。

陈瑾光虽然只会煮泡面，但他厨房里的厨具和油盐酱醋应有尽有。

宋清妍找到泡面和鸡蛋，在锅里倒了凉水，努力回忆着陈瑾光为她煮面的画面，可是什么时候放面什么时候放蛋，她全都记不清了，她只记得陈瑾光微笑的侧脸，是她灰色记忆中唯一的光亮……

她为了维持身材长期节食，从来不会吃泡面这种垃圾食品，但是陈瑾光为她煮的面，她连汤都会喝光，他每次都很体贴地只煮半包面，多放蔬菜，再煮个荷包蛋进去……

回忆真是一种美好又残忍的东西……

宋清妍将面饼和鸡蛋扔进凉水里，手忙脚乱地开了火。她脑中想到的是一碗香喷喷的面和一颗完整的荷包蛋，可是不知道怎么回事，面条被煮烂了，鸡蛋也碎得像棉絮一样……

为什么连泡面这种简单的东西，她都能煮成这样？

她真的太笨了，失去了宋家千金的身份，她一无是处。她甚至没办法好好照顾自己，她不可能像黎星辰那样，拥有强大的生活技能。在陈瑾光家里，她就像个废物一样……

她弄坏了他的扫地机器人，烫烂了他的衬衣，还烧坏了他两个微波炉……

她什么都做不好，他早就该厌恶她了……

深深的挫败感袭来，宋清妍坐在餐桌旁，低头用筷子扒拉着软绵绵的面条。她吃了两口，就再也吃不下了，端着碗来到洗手间，将剩下的面一股脑倒进了马桶里。

墙上的挂钟嘀嘀嗒嗒，时间不断流逝。

宋清妍穿着衣服冲了个冷水澡，打开窗户站在露台上。

凛冽的寒风如刀子一般，冻得她瑟瑟发抖，衣角滴着水，很快在地上汇成了一摊水。

就这样过了很久很久，直到她快要支撑不住，她看了看时间，已经很晚了。她猜测陈瑾光应该忙完了吧，她用冻得僵硬的手指再次拨通了他的手机号。

电话接通了，那边很安静："又怎么了？"

他的语气真是冷淡，可他起码还接了她的电话……

"你回来的时候能不能帮我买盒药，我好像有点感冒。"

“我没打算回去，你自己去买吧。”

“我是想自己买的，可我刚才摔了一跤，现在一瘸一拐的……”宋清妍很擅长装可怜，她故作坚强的语气里，透出一点让人难以拒绝的委屈。

陈瑾光沉默片刻，态度终究还是软了下来：“我忙完了回去，你先睡一会儿……”

他回来得确实很晚，已经到了凌晨，但宋清妍一直没睡着，听到声音就立刻睁开了眼睛，看到他正将药盒轻轻放在桌上。她从床上坐起来望着他，那楚楚可怜的眼神她练习过无数次，浅色的睡衣领口微敞，露出柔白莹润的肌肤……

“好点了吗？”

陈瑾光低头望着她，黑暗里她看不清他的脸。

不知道是不是她的错觉，宋清妍觉得陈瑾光的语气竟然有几分温柔。

他打开床头的小夜灯，映着他俊秀的面孔，清冷寂寥的卧室里好像突然春暖花开。

宋清妍伸手牵住他的手：“我好冷……”

陈瑾光愣了一下，下意识地想抽出手，但她握得很紧，他没能抽得出。

她的手确实很冷，似乎在微微颤抖，她说话的声音也带着感冒的鼻音。

陈瑾光用另一只手探了探她的额头，还好没有发烧。

“我去给你倒点水，你先把药吃了。”

宋清妍乖巧地点了点头，恋恋不舍地松开他的手。

陈瑾光端来一杯温热的水，看着她喝下药，说：“你快休息吧。”

宋清妍有些惊讶，睁大眼睛望着他：“这么晚了，你要去哪儿？”

陈瑾光伸手准备关灯：“我回宿舍。”

“你要丢下我这个脆弱的病人吗？”宋清妍跪在床上，伸手环住他的腰。

陈瑾光的呼吸好像突然停止了。

面前的女孩子仰着脸看他，那双迷蒙的眸子好似盛满了璀璨的碎钻。她没有化妆，容颜素净婉丽，柔顺的黑色长发披散在肩膀上，让他想起了那个不可能的人……

“一起好不好？”宋清妍问他。

陈瑾光垂眸。

她果然不是他朝思暮想的那个人……

“我就抱着你，什么都不做……”她将脸靠在他胸膛上。

他推开了她：“这种话是你一个女孩子说得出口的吗？”

宋清妍望着离她几步远的陈瑾光，咯咯地笑起来：“陈医生，你总是这么无趣。”

陈瑾光没理她，转身要走，她突然问：“如果黎星辰死了，你会忘记她吗？”

她问得那么认真，陈瑾光整个人都僵在了那里，回身望向她：“你想做什么？”

宋清妍笑得柔情蜜意：“好奇问问嘛。”

陈瑾光神色复杂：“不要伤害她。”

“跟我有什么关系，”宋清妍耸耸肩，“有人想杀她，她很可能会死。”

她将最后一个字咬得很重，陈瑾光总觉得她话里有话，他强调：“凶手已经抓到了！”

宋清妍挑眉，露出一种似笑非笑的古怪表情：“你真相信郭天勤是凶手？”

“你这话是什么意思？你知道凶手是谁？”

“我当然知道。”宋清妍突然放大了嘴角的弧度，那笑容竟令人毛骨悚然，“你以为我为什么要抛弃宋清妍这个身份？你以为我真想体验灰姑娘的生活吗？我只是不想死。”

陈瑾光的心跳越来越快，无边的黑暗将他包围。

“凶手到底是谁？”

“你知道得越少越好。”

“宋清妍，你又在骗我对不对？你要真知道凶手是谁，你早就报警了！”

“我为什么要报警？这件事跟我已经没关系了，我现在是黎星辰。”

宋清妍的态度激怒了陈瑾光，他抓住她的手腕，力道大得让她皱紧了眉头。

“你根本不是她，也别妄想拿她当替死鬼！”

“陈医生，你是不是误会了什么？”宋清妍偏着头看他，长发从肩膀泻落，带有一种清纯又诱惑的风情，“虽然黎星辰抢了我的东西，但我一点儿都不恨她。你说得对，她是我的救命恩人。上次她救过我，下一次她还会替我去死，我真的很感激她。”

她望着他笑，甜甜的声音如夏日缤纷水果。

他却听到了满满恶意，连她美到不真实的苍白笑容，他都觉得刺眼。

“我就不应该回来！宋清妍，我根本不该同情你！”

陈瑾光甩开宋清妍，转身大步走出房间，重重地关上了门。

第十四章 她是黑夜的启明星

○ ◐ ◐ ◐ ●

第一节

初春的风掠过四月柔美的樱花，空气中飘浮着花的馨香。

姚知盈约“清妍”出来逛街，她知道这段时间“清妍”的情绪一直都不高，她想安慰她，又怕自己说错话，也不敢多问，只是边走边偷看“清妍”的表情。还好，“清妍”依旧会对她笑，脸上并没有露出明显的难过。

姚知盈松了口气。

“清妍，谢谢你。”

“嗯？”黎星辰回过神来，看了她一眼。

姚知盈不好意思地说：“谢谢你在我失恋的那段时间，陪我走出来。”

黎星辰摇了摇头，淡淡微笑：“我又没做什么。”

“你还说没做什么？你为了我受伤呢，只要想起来我就想哭。”

说到这里，姚知盈的眼睛还真的红了，她停住口中的话，努力控制着自己的情绪。

黎星辰轻拍她的后背：“你呀，事情都过去多久了，说起来还会哭，不是说好要做个洒脱的‘白富美’吗，怎么分分钟变‘傻白甜’。”

姚知盈揉了揉眼睛，逞强地说：“我没哭，是风太大，沙子迷了眼睛。”

她抽了抽鼻子，继续说：“杨家峰因为故意伤害罪被判刑了，之前你找人偷拍到他和别的女人去酒店，那姑娘不知道怎么回事，居然主动站出来说他暴力胁迫侵犯她。杨家峰向来抠门小气，又被揭发有偷税漏税的问题，数罪并罚，他被判了好多年呢，我都没想到会判得这么重。就算他在监狱里表现良好减刑几年，出来也是个中年男人，这辈子肯定没希望了。”

黎星辰最近做什么都没心思，根本已经忘记了杨家峰的事情，现在想想，可能是肖景初做了些什么，才使得杨家峰判刑如此之重。

听到姚知盈主动提起杨家峰，黎星辰心中略有些不安，问道：“你还喜欢杨家峰吗？”

姚知盈摇头：“现在走出来了，觉得自己以前好傻，怎么会喜欢那样的人呢。跟他在一起满满负能量，一点儿都不幸福！”

黎星辰看着姚知盈的眼睛，她一如既往化着美艳动人的妆，浓密睫毛下那双眼睛清亮明媚。谈及杨家峰的时候，她不会再难过了。她说话时甚至带着自嘲的笑意，或许伤疤还在心上，永远不会痊愈如初，但触及时已经不会再痛了。

两人边走边聊天，但黎星辰总是走神，一直都是姚知盈在说话，她偶尔迎合几句。

走进一家鞋店，姚知盈试穿了几双鞋，让店员帮她装起来，回头看到“清妍”坐在沙发上发呆，姚知盈走过来说：“清妍，你不觉得今年的春季新品很好看吗？”

黎星辰朝她笑了笑：“是很好看，你的眼光一向都很好。”

姚知盈皱眉：“既然好看，你怎么不感兴趣呢？”

“哦，那我也买几双鞋吧……”

黎星辰见状站起身，姚知盈连忙拉住她：“你这话太敷衍了啦，我又不是逼你买东西。我是担心你得抑郁症。你知道吗，抑郁症的一大特点就是对什么都不感兴趣……”

看着姚知盈忧心忡忡的样子，黎星辰忍俊不禁：“你胡思乱想什么呢。我的鞋子太多了，鞋柜里都放不下了。我又不是蜈蚣，买那么多鞋子也穿不过来呀。”

“清妍，你变了！我们以前买东西从来不考虑能不能穿得过来，喜欢就买啊！”

姚知盈语气夸张，但她长得美艳动人，打扮又很时尚，说出这话一点都不令人反感。连旁边殷勤的店员都被她逗笑了：“姚小姐说得太对了！像你们这种漂亮有钱的千金，当然要趁年轻好好享受！我们普通人想跟你们一样都做不到呢。”

黎星辰弯了弯嘴角，从离她最近的鞋柜拿了双鞋递给店员：“帮我装起来吧。”

店员一脸诧异，姚知盈大笑道：“装什么啊，人家都不知道你的鞋码！清妍，你到底在想什么，一副心不在焉的样子。”又对店员说，“这双鞋要36码的，谢谢。”

黎星辰也不知道自己是怎么回事，明明想在姚知盈面前假装没事，为什么自己总是出错？

可是到处都是回忆，她记得跟肖景初一起去过的地方，记得他们一起吃过的东西，记得他说过的每一句话，就连在商场外看到一辆相同款式的车，她都会想到肖景初……

每一次回忆，都会牵连心底未愈的伤，生出锥心刺骨的痛……

黎星辰垂下双眸，柔顺短发遮住她秀雅的眉眼。

姚知盈突然凑过来问她：“你是不是还在想肖景初？”

黎星辰的心口猛地一跳，突然听到这个名字，让她心痛更甚。

但她还是若无其事地说：“我们已经分手了，你要是不提起，我都忘记这个人了。”

“我才不信呢！”姚知盈满脸都写着质疑，“肖景初对你那么好，你干吗非要跟他分手？我到现在都不能理解……不会是因为杨家峰吧？那件事都怪我，跟肖景初无关……”

黎星辰打断她：“别说这些了，都过去了……”

姚知盈挑了挑眉：“你想不想知道他的近况？”

黎星辰毫无犹豫：“不想。”

即使她拒绝了她的好意，姚知盈仍旧固执地分享自己获知的情报：“他呀，就是个工作狂，最近天天加班，身边没有任何女伴。听说有个漂亮当红的女明星在倒追他，但他拒绝得很坚决，他说他有女朋友。你猜，他口中的女朋友是不是你呢？”

黎星辰没有说话，她好像没有听见姚知盈的话，背过了身。

可就算“清妍”什么都没说，姚知盈仍然感到心痛，自己被杨家峰那样的渣男抛弃，都痛苦了一段时间，“清妍”跟肖景初那样完美又深爱她的男人分手，怎么会不痛呢？也不知道“清妍”有怎样的苦衷，为什么不肯告诉她呢？她们不是好闺蜜吗？只要“清妍”开口，她什么都愿意去做，只要那个人是清妍，一切都值得……

姚知盈望着“宋清妍”高挑消瘦的背影，柳眉紧紧皱起。

两人逛完街，一起吃了晚饭，姚家司机将黎星辰送回宋宅，再将姚知盈送回家。

姚知盈下了车，让司机将后备厢里大包小包的战利品取出来，余光察觉到身后有一道影子，姚知盈回头，看到一位气质优雅的长发女子朝她走过来，看起来似乎有些眼熟。

姚知盈还没想起对方是谁，便听到对方亲热地说：“盈盈，好久不见。”

这人是谁啊，叫她叫得这么亲昵。姚知盈心生不悦：“你是……”

“你怎么会把我忘了呢，我们是最好的朋友呀。”

“我最好的朋友是宋清妍！”

“能听到你这样说，我真开心。”宋清妍挽住姚知盈的胳膊，笑意盈盈。

这人怎么回事啊，也太自来熟了吧！姚知盈推开她，听见她问：“你现在恢复单身了吗？”

触及这种敏感话题，姚知盈再没办法保持友好态度，板着脸说：“和你有什么关系？”

宋清妍好似没有察觉到姚知盈的反感，自顾自地说：“我记得上学的时候很多人喜欢你呢，从小学开始你就是校花。还记得小学四年级有个男生总是跟在你身后，你特别讨厌他，不许他再跟着你，还用石头砸伤了他。后来他成了校草，大学时在演讲比赛上，他说他被暗恋十年的女孩子用石头砸到脚，那是他第一次为女孩子哭。真浪漫呢，对不对？”

宋清妍笑得眉眼都弯了起来，姚知盈却面色苍白。

“你怎么知道……”

姚知盈的声音在颤抖，她并没有将这件糗事告诉太多人，面前的女人怎么知道？

她趁着月色看着对方，突然想起她曾在“清妍”的婚礼上见过她，是叫黎星辰吧……

虽然没有戴贵重的首饰，衣着也不华丽，但那气质和长相却十分出众，若自己以前见过，肯定能记得！可姚知盈冥思苦想许久，实在没有印象，也不可能将自己的私密往事泄露给她！

宋清妍勾起唇：“以前我总是说，等我有了男朋友，绝对不能介绍给你认识，因为你太有吸引力了。可没想到你会选择杨家峰。盈盈，你还是和以前一样，看起来妖娆妩媚，其实单纯保守，喜欢一个人就会变得不理智，还好你跟他分手了。”

姚知盈心脏狂跳：“你到底是谁？”

宋清妍笑望她，说的每个字都分量十足：“我是宋清妍。”

第二节

姚知盈难以置信：“不可能的，我今天还见过清妍……”

宋清妍露出疑惑的神色：“你们关系好吗？”

“当然好！”姚知盈不假思索，“我们是最好的闺蜜！”

“那你就没有察觉，那个冒充宋清妍的女人，演技有多拙劣吗？”

“什么……”

姚知盈惊怔地瞪大眼，她不愿相信耳中所听见的一切，可脑海中却有个声音告诉她，面前这个女人说的话很可能是真的。“清妍”确实跟以前不太一样，而她也有所察觉……

“盈盈，我们认识那么多年了，你还分不出来真假吗？你听我的声音，是不是比她更像宋清妍？只要我们一同经历过的事情，你现在问我，我全都能告诉你，但那个女人不能。”

姚知盈闭上眼，发觉如果不看对方的面孔，传入耳中的，完全就是宋清妍的声音！

巨大的恐惧袭来，姚知盈的心脏跳得极快。

不！不可能的！

这世上哪有这种匪夷所思的事情？

姚知盈试图从她话中找到破绽："你不喜欢吃的蔬菜是什么？"

宋清妍不慌不忙地回答："青椒，以及一切菌菇，比如木耳、蘑菇之类。"

姚知盈盯着她："你为什么不喜欢吃菌菇？"

宋清妍不假思索："因为我觉得味道很重，我受不了。"

身边朋友之中，确实只有宋清妍对菌菇有如此大的敌意。但只要稍微了解宋清妍，便知道她的口味喜好，这也不算秘密。姚知盈又问："你最喜欢吃什么水果？"

"蓝莓，"宋清妍嫣然一笑，"富含营养而且热量低。"

"为什么连吃水果你都考虑热量？在很多人眼里你又瘦又美，根本不用减肥。"

"在高中之前我确实有些胖，饭量也很好。小时候胖点儿没关系，很多人夸我可爱。可我长大以后，觉得只要瘦瘦美美就好。"

宋清妍神色平静，面容被月色笼罩了一层皎洁清光，衬得她更加冰清玉洁。

"我喜欢的男生说他不打算恋爱，转身却去追求别人。有人在学校论坛留言说我长残了，还发了对比图。我们的合影出现在论坛里，她们说我是你的跟班，我表面说没关系，心里却很难过。放学以后我没有跟你一起回家，躲在天台哭了好久，是你找到了我，一直安慰我。"

宋清妍说得越多，姚知盈心中的怀疑就越少，因为这些全都是存在于她记忆中，真实发生过的事情……

她还记得清妍看到网上的对比图后，躲起来偷偷哭了，她好不容易才在学校天台上找到清妍，看到清妍哭得眼睛红肿，她气得要命，挥着拳头说要找到发帖人揍他一顿。清妍拉住了她，用带着鼻音的好听声音劝她："盈盈，他们说得也没错，我确实又胖又丑。"

她怒道："别听他们乱讲，你根本不胖！如果你也算丑，这世上没美女了！"

她不是在安慰清妍，她说的都是真心话。清妍幼时曾拍过戏，虽然戏份不多，但清妍凭借可爱的外表和讨喜的角色，成了家喻户晓的童星。长得丑能红成那样吗？只是清妍小时候太美太有灵气，让别人对她产生了极高的期待，自然也对她更挑剔。

姚知盈望着面前的女人，明明是陌生的容貌，为何她却好像看见了宋清妍？

她神色复杂地打量宋清妍：“你是用什么方法减肥的？”

宋清妍莞尔：“对外当然说是运动健身，其实是每顿饭数着米粒吃的残酷节食法。”

姚知盈的心沉了下去。

或许她已经猜到答案，只是她不肯信……

她又问了许多问题，却更加迷茫。那些小小秘密，确实是她和清妍经历过的……

姚知盈咬了咬嘴唇，又问：“你十八岁生日那天，我送你的礼物是什么？”

“一块手工手帕，你在上面绣了我的名字，超丑！”宋清妍抱怨。

“干吗这么说。那是我第一次做手工，手指头都被扎破了呢！”姚知盈不服气。

“还不如你在我十七岁生日那天送的丝巾，或者十九岁生日送的粉色皮包。”

“可我觉得那条手帕最贵重了，世界上唯一的一条！”

“我明白，所以你生日的时候，我也送了我手工做的陶壶。”

“你那个更难看好吗，我都不知道能拿来做什么。你还镶了一圈钻石，真不知道你是什么意思，搞得我不舍得扔掉，放在那里又觉得丑到无法直视，简直就是眼中刺！”

“我怕你嫌弃它不值钱，特意用钻石排成你的名字缩写，你居然想过扔掉？”

“呵呵，我从来都不在乎礼物是否贵重，我只看颜值。”

“你还是那么肤浅！”

说到这里，两人都笑了。

然而随后，气氛却更尴尬了。

姚知盈抿着唇没有说话，蓬松的鬈发被风吹得凌乱。

宋清妍轻声询问："盈盈，你相信我的身份了吗？"

姚知盈犹豫了很久，下巴微微地点了一下。

宋清妍抓住她的手，语气急迫："你一定会帮我的，对吧！"

姚知盈隐约预感到了什么，她下意识地避开宋清妍充满期望的眼眸。

"如果你需要钱，我一定能帮你……你要多少？"

"我不要钱！我要报复黎星辰！"

"黎星辰？"

"就是那个抢走我身份的坏女人！"

宋清妍将事情添油加醋地讲了一遍，在她口中，黎星辰当然是为了钱不择手段的恶女。

她以为姚知盈会帮她，她太了解姚知盈了，然而没想到，姚知盈却轻轻掰开了她的手。

"清妍，我承认，我们是朋友，从小到大的朋友。"

"那你……"

"但她是我的姐妹。"

有什么东西在心中碎了，涌出一点一滴的绝望，渐渐渗透了宋清妍的四肢百骸。

她僵立在冷冽的月光下，尽管她很美，此时却有种令人害怕的气场。

姚知盈退后一步，眼中闪过愧疚，却没有犹豫："对不起，清妍，我没办法帮你。"

"姚知盈，你到底怎么了？为什么要帮那个坏女人？你被她洗脑了吗？"宋清妍气得浑身发抖，再也无法维持初时的温婉优雅。

姚知盈已经不怀疑宋清妍的身份了，但她心中却做好了决定。

"对你来说，她是个坏女人，但对我来说，她是一道光，照亮了我枯燥暗淡的人生。"

她的脸上露出浅浅笑容，目光仿佛透过宋清妍，看向了遥不可及的远方。

只是那远方，再也不是漆黑无望的。

满天星辰带来希望，黎明生出曙光，撕碎了潜藏在她心底未知的恐惧。

“是她改变了我，让我看清了自己的价值，让我变得更加优秀。”

“我跟你是十几年的朋友了，难道我对你不好吗？我们在一起不开心吗？”

“你也很好啊。我们一起上学一起玩闹，一起哭一起笑，我们的青春有彼此的参与，这些全都是我心底最珍贵的回忆。我把你当妹妹一样来照顾，也真心希望你幸福。”

“那你为什么在我与她之间选择了她？为什么对我这么决绝？我真的不明白！”

“有些朋友是可以替代的。”姚知盈看着她，双眸闪烁，像是鼓起莫大勇气，“然而她却是不可替代的，她教会了我很多道理。我想靠近她，就像靠近明亮温暖的阳光。宋清妍，如果你一定要报仇，我会帮她。就算她众叛亲离，我也会站在她那边。她曾保护过我，如果有机会，我会报答她。”

时间仿佛静止了。

宋清妍的脸色白得吓人。

直到姚知盈离开后很久……

宋清妍举起拳头，一拳砸在车窗上。

她还以为自己足够了解姚知盈，没想到连姚知盈这样对待感情软弱没主见的人，也会拒绝她。那么多年的友谊，竟抵不过黎星辰那个骗子短暂的出现。

什么狗屁友谊，真是可笑至极！

宋清妍又想起自己曾经不待见的弟弟——宋清航。

那孩子心机很深，虽然他们平时关系淡漠，但只要关乎利益，宋清航一定能答应她的！黎星辰进入宋家是为了肖景初，对于宋氏企业她没半点野心，宋清航无法从她身上获取利益。但宋清妍是宋氏企业合法的继承人，谁的价值更大，宋清航一眼就看得出！

第三节

次日，宋清妍来到宋清航的学校，宋清航不在宿舍，舍友说他去了图书馆。

宋清妍来到图书馆，她昂首挺胸，高跟鞋的声音踏碎了安静的氛围。

很多人应声看她，大多数学生没有在现实中见过这般外貌气质俱佳的女子，都被惊得移不开视线。只有宋清航还在低头认真看书，仿佛外界任何事情都与他无关。

他是这所学校公认的校草，有很多女生坐在他附近，小心翼翼地偷瞄他。他也确实担得起校草这样的身份，那张脸好看得不像话，不管他在哪里，都好像有一束光跟着他。

宋清妍直接在他对面坐下，轻声问：“这里有人吗？”

“没人，你坐吧。”宋清航像是遇到过无数次类似的搭讪，早已习以为常。

他看也没看她一眼，手指翻动书页，袖口挽起，露出手腕上的牛皮腕带。

宋清妍双手托腮，一直看着他，那如水的眸子仿佛含情脉脉，直到周围女生都露出愤恨的表情，他也没反应，宋清妍忍不住了，开口问：“宋清航，你讨厌你姐姐吗？”

宋清航惊讶地抬起头，看到面前坐着一位长发女子，正在朝他微笑。

他见过她，在姐姐的婚礼上……

她们是朋友吗？

“她是我姐姐，我为什么要讨厌她呢？”宋清航双眸明亮，宛如天真少年。

“我知道她对你根本不好，你也不喜欢她。”宋清妍言辞犀利。

宋清航眯了眯眼，眼中渐渐蔓延开暗色冷雾，但他语气依旧温和，嘴角甚至浮起浅淡笑意：“我不知道你从哪儿听来的消息，我只能告诉你，这都是谣言。姐姐对我很好。”

宋清妍突然站起身，绕过桌子坐在了宋清航身边，她的肩膀紧贴在他的胳膊上。

图书馆里响起一片小声的惊呼声，宋清妍知道那是女学生们嫉妒的声音。她可不是为了让别人嫉妒她，只是她接下来要说的事情太私密，她不想被人听到罢了。

宋清航皱了皱眉，并不掩饰他对她的反感。他合上书准备走，宋清妍伸手压住那本书，发出一声闷响。她压低声音说：“我知道你是俞明珠的私生子。”

宋清航的动作僵住了。

他缓缓扭头，望着身边的女人。

“你乱说什么……”

“你六岁的时候，你父亲撞破了你母亲的丑事，从此你在宋家就没了地位。你父亲对外界隐瞒你的存在，还时常打骂你。你得了抑郁症，还曾自杀被送进医院，可是除了你母亲，没有人为你流一滴泪，你父亲甚至骂你为什么没有死。宋清航，你就不恨吗？”

“你到底是谁？”

宋清航嘴角那虚假的笑容早就不见了。他面无表情地盯着宋清妍，浑身戒备。

宋清妍却笑了，那笑容绽开在她脸上，美得像蝴蝶落在花蕊上：“你还看不出来吗？我才是真正的宋清妍，我知道你的所有秘密。”

宋清航没有说话，他甚至连眉毛都没有皱一下，就那么冷漠地看着宋清妍。

反倒是宋清妍觉得意外。听闻这样的话，宋清航居然半点都不惊讶，他是正常人吗？

或许他真的不正常，在那种毫无温情的家庭中长大，他早就变成了一个无情的人。

“怎么是这种表情？难道你已经知道家里的姐姐是冒牌货？”

“我不知道你在说什么。我的姐姐从来都只有一个人，没什么冒牌货。”宋清航的语气始终平静，好像从头到尾都是无辜的局外人。

然而宋清妍知道，她的弟弟聪明腹黑，绝对不好糊弄。若宋清航真的不知情，他会惊讶，会疑惑，会问她到底发生了什么事，但他平静得过分，就好像早已决定要对她隐瞒。

“我不知道在我离开的时候发生过什么，可你何必包庇那个骗子呢。”宋清妍纤长手指绕弄长发，耳后隐隐散发着诱人的香水味，言语间充满自信，“清航，以前我跟你的关系不是很好。失去了讨厌的坏姐姐，对你没有损失，但我肯定会回到宋家的。如果你现在跟我合作，事成后我绝不会亏待你。你要多少钱，开个价吧。”

见宋清航没回应，宋清妍咬咬牙说：“或者你想要公司的股份？这些都可以商量。”

“宋氏的股份，倒是挺有吸引力的，”宋清航的态度终于缓和了，“你会分我多少？”

宋清妍嘴角勾起笑，悬在心口的石头总算落下来了。

果然还是她了解自己这个弟弟，人畜无害的外表下，藏着一颗冷酷的心。

只是宋清妍没想到，黎星辰竟然将真相告诉了宋清航。她为什么会冒这种风险？宋清妍知道黎星辰同样聪明，怎么可能轻易相信宋清航？难道是弟弟看出破绽，威胁她说出真相？

脑中有许多疑问，但现在不是追问的时机，宋清妍耐心地与弟弟商量：“百分之十？”

宋清航从鼻子里发出一声嗤笑。

宋清妍皱眉：“你也别嫌少，毕竟你跟我爸没有血缘关系，你没资格继承宋氏企业。如今宋氏如日中天，就算只有百分之十，你也称得上亿万富翁了，挥霍一辈子也花不完。”

宋清航摇了摇头：“如果给我百分之五十，我倒可以考虑。”

宋清妍的眼皮跳了一下，唇边的笑容早已散去。

狮子大开口吗？这小子比她想的更贪婪！

“宋清航，你怎么不问我要你做什么呢？”她盯着面前气定神闲的少年，尽量压抑着心中的不耐烦，“我让你做的很简单，本来给你几百万就可以打发你，我却给你百分之十的股份。你应该感恩戴德了，还跟我讨价还价？”

宋清航淡淡道："我不想问你，因为我知道你想让我做什么。"

"什么？"宋清妍惊讶地瞪大眼。

"你想让我帮你对付你口中那个冒牌货？"

宋清妍下意识地点了点头。

宋清航笑了起来，清澈的眸子倒映着宋清妍的脸，他的声音与他的双眸一样清澈："你让我对付谁都可以，别说价值数亿的股份了，给我几百万我都愿意跟你合作。你知道的，我比你穷，公寓和车都是租的，我生平最喜欢钱，做人也没什么原则。"

宋清妍眼睛一亮，正要接上他的话，他却话锋一变："可我姐姐不行，她是这世上最爱我的人，也是我最爱的人。就算你拿整个宋氏企业来换，我也不可能做出伤害她的事情。"

内心极致的怒气喷薄而出，宋清妍甚至没有意识到自己的声音大到令所有人都听见了："宋清航，我没想到你居然会这么蠢！黎星辰一直在骗你，她是为了利用你才对你好的！"

"不管她有什么目的，我只知道，她给了我温暖，让我不再抑郁，这就够了。"

宋清航低头看着手腕上的牛皮腕带，目光触及它时，他微微地笑了。就像他每次想起她时，从心底里漫出来，无法自控的温柔和甜蜜。

原来她叫黎星辰，这个名字真好听。

她就是他黑夜里的启明星。

"你……"宋清妍气得说不出话来。

她猛然站起身，椅子被她撞开，摩擦在地上发出刺耳的声音。

宋清航竖起食指放在唇边，对她做了一个噤声的手势："你还是这么冲动呢，有什么心事都放在脸上，一眼就被看出来了。"他站起身，拿起桌上的书，看了宋清妍一眼，笑得云淡风轻，"谈判就到此为止吧。你今天对我说的话，我会一字不漏地告诉我姐姐。我曾说过会保护她，我就一定会保护到底。如果有谁伤害了她，我会帮她加倍讨回来。"

宋清妍仰面看着宋清航，尽管她努力控制，眼泪却还是忍不住溢出来。

她不想在宋清航面前哭，不想让她的敌人看见她的狼狈与脆弱，可她真的很绝望啊。

她最好的闺蜜和唯一的弟弟，都背叛了她……

她还剩下谁呢？

爸妈？

不行！有人想杀她！她不能去找他们，她不想回到宋宅……

宋清妍记得那夜她走进车库，突然有人用重物敲打她的头。她跌倒在地，看到面前站着个身形高大的蒙面人。她怕得要死，哭着说别杀她，要多少钱她都愿意，但对方好像没听见她的声音，挥起铁棍朝她的要害处猛力击打，杀意肆虐，分明是害命而非谋财。

在她被活埋时，她听见了一个名字……

想起这些，宋清妍如坠地狱。

她低下头，不想被人看见她因恐惧而变得惨白的脸。

她很怕。

她不是怕死，而是她心里还有很多遗憾，她真的不想死……

第四节

初春的夜晚仍然有着浓重寒意。

宋清妍坐在客厅的角落，窗户敞开着，冷风灌入屋内。

直到天彻底黑了下来，她坐在黑暗里，目光无神地望着那扇紧闭的门。

陈瑾光很久没有回来过了，他是不是再也不会回来了？

门外突然响起钥匙碰撞的声音，然后门开了，陈瑾光走了进来。

走廊里亮着灯，投在陈瑾光身上，他身后仿佛光芒万丈，而他从光芒中走来。

宋清妍以为自己在做梦，她呆呆地望着陈瑾光，眼泪夺眶而出。

陈瑾光打开灯，看到宋清妍坐在地上，惊讶地问："怎么不开灯？"

宋清妍没说话，她泪汪汪地看着陈瑾光，嘴唇发着抖，根本说不出话来。

“今天突然降温了，外面很冷，你怎么不关窗户。”

陈瑾光为宋清妍披上一条毛毯，正要去关窗户，宋清妍突然抱住了他。

陈瑾光浑身都僵硬了，他下意识地想要推开她，却发现她在哭。

她在尽力控制，喉间发出令人心碎的啜泣声。

陈瑾光心中挣扎片刻，伸手轻轻拍了拍她的后背：“你怎么了？”

他轻柔的询问声打开了她悲伤的阀门，她终于忍不住放声大哭：“为什么……你为什么不能爱我……”

她哭得那样大声，心中那渺小的自尊早已崩塌。在陈瑾光面前，她毫无底线。

可是他什么都没说，他甚至没有再轻拍她的肩膀，没有温柔安慰她。他留给她的，只有漫长的沉默，像一把钝刀将她一遍遍凌迟。

陈瑾光从来都没有爱过她，就算她有着跟黎星辰一样的脸，他也不爱她。

她愿意做黎星辰的替代品啊！只要他能多看她一眼，她什么都愿意做……

然而爱就是这样，没有缘由，也无法被任何人替代。

明明知道是这样的结果，为什么还要心痛呢？

宋清妍想起跟陈瑾光朝夕相处的那些时光，他温柔体贴，言语风趣幽默，让她时常心如小鹿乱撞。他会给她煮泡面，放入有营养的蔬菜和鸡蛋，他说他是初次给女孩子下厨，如果不好吃也别说出来。她至今还记得他当时的表情，真是有趣极了……

那天晚上她突然想吃蓝莓蛋糕，撒着娇让陈瑾光去给她买，他出去了很久却空手而归，他说医院临时有事，等他忙完，那家超好吃的蛋糕店已经关门了。

她理解陈瑾光，她绝不是无理取闹的女生。可陈瑾光的表情为什么不对劲呢？他跟她说话的时候，甚至还避开了她的视线。她当然知道，他闪躲的眼神绝不是害羞。

夜深寂静之时，她站在陈瑾光的卧室前，扭了扭门把手，却发现门被反锁了。

她苦涩一笑，这家伙，睡觉还要反锁门，难道怕她对他做什么吗？

她看见陈瑾光的车钥匙丢在茶几上，她拿了钥匙，轻手轻脚地下楼，上了他的车。

车上有着陌生的香水味，带一点儿清新甜美的花果香，却又隐隐散发着侵略性。这种程度的香味，绝不是昨日有人留下的。今晚有人坐过他的车，甚至还故意喷了香水在车上。

是挑衅吗？

她坐在副驾上，心情跌入谷底。

陈瑾光果然对她说了谎。能让他如此在意的女人，除了黎星辰也不会有别人了。

对于陈瑾光和黎星辰的事情，她是知道的，她嫉妒那个女人，可她也明白，如果不是黎星辰救了她，她就没机会遇到陈瑾光。

其实啊，她真的不恨黎星辰，更没想过置黎星辰于死地。

她只是受不了，陈瑾光的心里只有黎星辰。

她以为黎星辰看见陈瑾光的背叛，他们就再也无法回到往昔……

她以为陈瑾光能死心，能给她一次机会……

她做的一切都不是为了肖景初，是为了陈瑾光啊！

回忆太痛了，而现实跟回忆一样痛，狠狠地摧毁她心中那微弱的希望。

宋清妍泪流满面地望着陈瑾光，哭得声音含混不清："我做的一切都是为了你啊！你看看我这张脸，我拥有她的脸，你为什么不爱我，哪怕当作替代品也行啊。"

陈瑾光却只是摇了摇头，将她推开："对不起……"

宋清妍歇斯底里地尖叫："你已经背叛她了，你还在幻想什么，她不会爱你的！"

她满脸都是泪，陈瑾光递给她纸巾，却被她狠狠甩开。

他喉间溢出一声叹息，像风盛开在雪夜里。

"星星在我人生中的意义是不同寻常的。我没有想要得到什么，也不需要她的付出，我只想尽我所能地让她幸福。就算她厌恶我，憎恨我，我也绝不会怨恨她。”

“陈瑾光，你是这世上最蠢的人！谁会付出不求回报，你又不是慈善家！我得不到你，你也得不到黎星辰，我们都一样是个失败的可怜虫。你真的甘心吗？要不要我帮你？”

宋清妍气得口不择言，她想要激怒他，她不喜欢他这副圣人的模样！然而她愤怒的攻击，只换来他一句冷漠的回应：“别做伤害她的事行吗，别让我讨厌你。”

就算她在他面前哭得一塌糊涂，他仍然能说出无情至极的话来。

面对不爱的女人，男人真是残忍啊。

陈瑾光从抽屉里拿出他需要的东西，转身走了，连他的背影都那样决绝。

宋清妍真想追出去，就像一个热恋中跟男朋友闹别扭的小姑娘，在他身后抱住他，承认一切都是她的错，求他别走，可她的双腿却沉重得好像灌满了铅……

陈瑾光不是她的男朋友，他也不会摸摸她的头说我不怪你……

为什么……

她第一次想要为自己争取幸福，却感到痛彻心扉的绝望……

第十五章 不怀好意的相亲

○ ○ ◐ ◐ ●

第一节

俞明珠和宋云霆向来忙碌，却难得有一天抽出空来，约女儿去餐厅吃饭。

刚坐下没多久，夫妻二人借口去洗手间，纷纷离开，只留下黎星辰一个人。

她等了几分钟，没等到俞明珠和宋云霆，却见一位大腹便便的中年男人走过来坐在了她的对面。虽然长相抱歉，但他穿着一身名牌，衣着品位上佳，一看便是有钱人。

黎星辰有些诧异，语气却依旧礼貌："不好意思，这里有人。"

男子笑着看她，眼神在她身上来回扫视："我知道，今天是我约了宋小姐。"

黎星辰一怔，左顾右盼，看见俞明珠站在洗手间门口。眼神对视时，俞明珠心虚地躲了起来。黎星辰终于明白，这根本不是普通的午餐，分明是一场有预谋的相亲。

男人伸出手："宋小姐你好，我叫曹宇浩。"

曹宇浩？

名扬家纺的曹老板？

那位风流花心，却被宋云霆看作未来女婿的富商？

黎星辰握了握他的手，冷淡地回应："曹先生，你好。"

曹宇浩将菜单递给她，举手投足之间彰显绅士风度："宋小姐想吃点什么，随便点。"

黎星辰随意地点了几道菜，态度落落大方，然后将菜单递给曹宇浩让他点餐。等服务生离去，她开门见山："曹先生，我想知道这到底是怎么一回事。我们是在相亲吗？”

曹宇浩没想到她问得这么直接：“是我拜托俞阿姨的，我很早就想认识宋小姐了。”

“曹先生应该知道，我刚经历过一段感情，怕是短时间内没信心再开展一段恋情。”黎星辰微微一笑，她的声音温软甜美，虽然留着俏皮短发，看起来却温顺柔美。

曹宇浩一眨不眨地盯着她，语气充满自信：“宋小姐的一切我都知情，但我并不介意。肖景初不珍惜你，是他的损失。我会用真心感动你，我相信我也有足够的实力配得上你。”

真心？这东西曹宇浩有吗？

黎星辰皱了皱眉，脑中浮现他的绯闻女友名单，数量太多，她一时竟想不完全。

曹宇浩递过来一张名片，黎星辰看到名片上有一大堆头衔。

他加重语气：“或许宋小姐还不太了解我，我是名扬家纺的总裁。”

黎星辰没有见过他，却早就听说过他的大名。

曹宇浩白手起家创立了名扬家纺，属于家纺业的巨头。发家后他迅速与前妻离婚，之后交往的大多是年轻漂亮的女明星。他时常对新欢高调示爱，出手大方，送过豪宅跑车，也常引得众女为他争风吃醋。但恋情总是维持不了多久，甚至有人为他生下儿女也没能嫁入曹家。

宋云霆是认真的吗？

他们到底在想什么？

黎星辰端坐在那里，依旧气质非凡，但耐心正在一点一滴消散。

她将名片放在桌上，抬眸看他：“我听说曹先生有很多女朋友。”

曹宇浩双手抱肩看着她，欲望毫不掩饰地写在眼里：“女朋友和老婆的概念不一样。”

黎星辰笑得很甜，她化着淡妆，美丽却没有攻击性，宛如柔美的月下花草：“怎么，我们初次见面，我就有幸入选你的老婆名单了吗？是不是太草率了？”

曹宇浩话里有话：“她们能给我的，我并不稀罕，而我想要的，她们也给不起。宋小姐就不一样了，咱们门当户对。”

又是门当户对。

说得这么委婉，还不是想表达，自己想找个漂亮、有钱乐于奉献的老婆。

黎星辰眨巴着眼睛看着曹宇浩，水波荡漾的双眸里满满都是真诚。

“曹先生并不了解我，其实我的脾气很差，我家里人都很怕我。”

曹宇浩表示不介意：“宋小姐这样条件的千金名媛，脾气差一点也情有可原。”

黎星辰咬住嘴唇想了想：“我有被害妄想症，我总怀疑男朋友会出轨。我每天要翻看他手机八百遍，如果他没有及时接我电话，我就会狂打电话，打到他接为止。”

曹宇浩脸色微变，却仍努力保持风度：“我能理解，女孩子嘛，需要安全感。”

“曹先生也这样想啊，太好了！”黎星辰眼睛一亮，“我会突然出现在他的公司，检查他的衣服上有没有陌生香水味。我会在他车里安装监控和GPS定位，确保他的行踪在我掌握之中，如果他表示出任何一点不满，我就会很伤心。”

曹宇浩皱起眉，眼中的欲望早已消散，只剩下难以掩饰的为难。

黎星辰假装没察觉到他的神色变化，她嘟起小嘴，眼神无辜：“如果他想抛弃我，我会闹得尽人皆知。我存有大量的视频照片和录音，我会在自传里用很长的篇幅来描述我人生中的渣男。如果曹先生不介意，我当然愿意跟你交往，以结婚为前提。”

顿了顿，黎星辰身体前倾，盯住曹宇浩发白的脸，故意露出急迫的模样。

“我很着急结婚，我妈说了，只有婚姻才能拴住一个男人。当然，我们要起草婚前协议。如果是你提出离婚，你需要给我高额的补偿，因为我付出了我的青春和感情。”

曹宇浩的脸色越来越差，嘴唇张了张想说些什么，却什么也没说出口。

这样还没吓退他吗？黎星辰继续说下去："我是一个特别重感情的人，婚后我的全部重心都会放在你身上。但近几年我不想生孩子，不利于维持身材，我也不打算生两个以上的孩子，这对女人是一种压榨。当今社会男女平等，凭什么我要奉献那么多？"

她靠坐在沙发上，撩动头发时露出手指上的钻石戒指，闪闪发光，璀璨耀眼，将她清雅脱俗的气质增添了几分贵气，她不经意的小动作将她口中说的话衬得十分真实。

"我不会去工作，当然也不可能在家里当个烧饭煮菜的黄脸婆。我有自己的生活。我喜欢旅游，喜欢逛街买奢侈品，喜欢做美容，心血来潮时约几个闺蜜去拉斯维加斯赌几场……"

曹宇浩没有说话，额头冒出冷汗。

黎星辰对他莞尔一笑，脸颊微红，有种让人心动的娇羞："不好意思，我说这些吓到你了吧。既然我们是相亲，就把话先说清楚吧，不要浪费彼此的时间。"

曹宇浩干笑："宋小姐真是坦率，我想我们会成为很好的朋友……"

黎星辰挑了挑弯弯柳眉："只是朋友吗？"

曹宇浩双眸闪烁，就算坐在他对面的女子倾国倾城，他也不敢对她有任何幻想了。

"是我自不量力，见面之前以为宋小姐只是个娇生惯养的千金小姐，见面之后发现宋小姐比我想的要优秀多了，独立直率又有主见，我自愧不如。我这人比较肤浅，就想摆个漂亮的花瓶放在家里，宋小姐这么优秀，适合更出色的男人……"

不得不说，曹宇浩情商很高，一边恭维一边撤退。

就算黎星辰说了让他惊悚的话，他也没有尖酸刻薄地与之辩驳。

黎星辰猜测，曹宇浩可能在心里已经把她骂了个狗血淋头，但他表面上依旧保持风度，这份情商不是常人能拥有的。怪不得他身边围了那么多花枝招展的美女。

黎星辰满意地笑道："我也这么觉得。"

服务生端上餐品，两人无声地用餐，礼貌之余带着尴尬与疏远。

吃到一半时，宋云霆和俞明珠适时地出现。俞明珠“哎哟”一声，假笑道：“不好意思，临时有个视频会议，耽误了时间。清妍，你已经认识曹老板了吧，他特别喜欢你。”

黎星辰甜甜地笑了：“我跟曹老板一见如故，已经成了好朋友呢。”

曹宇浩笑着附和：“宋小姐活泼可爱，像我妹妹一样，我见到她就觉得特别亲切。”

妹妹？好朋友？

宋云霆听出他们话中的异样，他在女儿身边坐下，侧头问她：“你跟曹宇浩说了什么？”

他的声音压得很低，黎星辰也低声回他：“没什么，曹老板觉得我不适合他。”

“怎么可能？”宋云霆声音忍不住拔高，竟有几分怒气，“我跟他提起你，他立刻就明白我的意思。你是我宋云霆的女儿，如果你愿意，立刻就能嫁进曹家！你到底给曹宇浩说了什么，让他改变了心意？”

黎星辰没想到宋云霆会这么生气，她愣了愣。

曹宇浩也听见了宋云霆的话，他略感尴尬，不过他的高情商并未让他出卖她，他温和劝道：“宋小姐没说什么，只是我们彼此觉得不太合适，做朋友会更舒服……”

俞明珠害怕事情闹得无法收场，连忙做和事佬。

四人坐下一同吃饭，气氛诡异而压抑。

快吃完时，曹宇浩借口还有公事，先走了。

宋云霆看着他的背影消失在大门口，扭头望向黎星辰，忍耐的怒气终于爆发：“你和肖景初的事情闹得沸沸扬扬，曹宇浩不嫌弃你就不错了，你还挑什么？虽然他年龄大了点，但是成熟的男人会照顾人，你嫁过去不会吃亏的！”

黎星辰皱了皱眉。

听说别人给你介绍什么样的人，就说明你在对方眼中是什么档次的人。宋清妍好歹也是宋家千金，国外留学归来，气质长相俱佳，宋云霆为什么要逼她嫁给这样的男人？

“我们家缺钱吗？需要依附这种男人吗？”

“说什么依附，这叫各取所需！”

“我听说他有不少桃色新闻，前几个月他还高调为新欢举办豪华生日宴，这种男人有什么好？他除了有点儿钱，没有别的优点。说起钱，曹家也没有咱们宋家有钱。”

宋云霆怒道：“我是你爸，我不会害你的！”

黎星辰放下手中的银勺，发出清脆的金属响声。她盯着宋云霆：“我在爸爸眼里，就这么不堪吗？”

宋云霆怒不可遏，举起手想打她一巴掌，她却迎着他，没有要躲闪的意思。

俞明珠吓得脸色发白，连忙拉住丈夫，用眼神示意女儿不要再多说。

宋云霆收回手，恶狠狠地瞪了女儿一眼，起身大步离开。

那眼神里根本没有亲人的温情，有的只有无限怒意。

黎星辰怔在原地，心中忽而大雾弥漫。

仔细想想，这段时间宋云霆虽然偶尔表现出关心她，但似乎又没那么关心，这正常吗？宋云霆不喜欢宋清航也就罢了，只剩下唯一的女儿，他也没有给予女儿更多的爱。

黎星辰一直以为是宋云霆性格的问题，现在逐渐察觉到古怪。

俞明珠好像有心事，欲言又止，最后带着女儿回家，一路上沉默无语。

宋云霆很晚才回到家，一言不发便回到房间。他和俞明珠分居很久了，两间卧室，一个在走廊这边，一个在走廊那边，在家里很少沟通，婚姻名存实亡。

第二节

夜深了，黎星辰还没睡，她在电脑上搜索关于宋云霆的新闻。

对于宋家这样的豪门，新闻真是多到看不完，黎星辰居然还发现几则宋云霆夜会女星的绯闻，真没想到宋云霆也有这种爱好，不过他不像曹宇浩那样高调，也没有留下实证。

正看着，黎星辰突然听到门外传来“咯吱”一声，门开的声音。

接着便是轻缓的脚步声，从她的门前经过，渐行渐远。

她走到窗边，掀起厚重的窗帘，看见宋云霆走向车库。

这么晚了他要去哪儿？为什么走路还会不断回头，好像怕被人看见？

黎星辰想也没想，穿上外衣便跟了下去。

宋云霆开了一辆车离开，她也开了一辆车，远远跟在他车后。

陈瑾光教过她开车。为了让她完美扮演好千金名媛，陈瑾光教过她很多东西。

黎星辰的车技并不是很好，她开车时非常谨慎，注意力高度集中，还好深夜的街道人和车都很少，她顺利跟过去，努力让自己跟宋云霆的车保持距离，等他停下车，她也将车停在一栋大楼后。

大楼的灯光早就熄灭了，路灯投下昏黄的光，树木在风中沙沙作响。

黎星辰从摇曳不断的树影下走出来，脸上惨白一片。

她来过这里太多次，早已熟悉得不能再熟悉。

可是宋云霆为什么会深夜来到精神病院呢……

一定是个巧合！

黎星辰加快脚步，她越走越快，几乎跑了起来。

医院的走廊里空无一人，灯光映在地上，如墙壁一般白得刺眼。

她没有看到宋云霆，紧张的心跳渐渐缓和下来。

是她多想了，或许宋云霆只是来医院跟哪位漂亮小护士约会呢？

黎星辰慢慢走向妈妈常住的那间病房，她有一段时间没来过，尽管妈妈对她不好，但她仍然因无法尽孝而感到愧疚。她一直在给妈妈的账户匿名打款，她知道黎院长会照顾好妈妈。

走到病房门口，黎星辰伸出手，却没有勇气推开那扇虚掩的门。

她不知道该以怎样的身份面对妈妈，她已经不再是从前的样貌……

黎星辰正在犹豫，突然听到病房里传来熟悉的声音：“好久不见，曼容。”

这是……

宋云霆的声音！

黎星辰惊呆了，刚平缓下来的心跳声又变得剧烈。

她竟没察觉到，病房里灯光通明。如果没有外人在，怎么会亮着灯？

黎星辰屏住呼吸，轻轻推了推门，她不敢太大力，只将那道细细的门缝推得稍宽一些。

西装笔挺的宋云霆站在床前，俯身低声对施曼容说了句什么。施曼容情绪激动，想要推搡他。宋云霆紧紧扼住她的喉咙，她叫不出声，只能拼命挣扎，从病床上重重摔了下去。

宋云霆却还是不罢手，半蹲在她面前，那只紧扼住她喉咙的手半点没松懈。

黎星辰浑身发抖，她紧紧捂着嘴巴，害怕自己发出声音。

她想冲进去救妈妈，可她现在的身份是宋清妍，她不能让宋云霆看到她……

施曼容被掐得快要窒息，宋云霆才松开她。她披头散发瘫倒在地，本就被病痛折磨得形销骨立的身体抖得厉害，她显然感到恐惧，但她瞪视他的眸子却满含恨意。

宋云霆言语温和："如果你当初跟了我，怎么会是这样的下场呢。"

他的眼神与看着俞明珠时截然不同，仿佛带着点滴爱意，又夹杂着丝丝怜悯。

施曼容毫不动容："你这个人渣，我就算死也不会喜欢你！"

宋云霆眼神一暗，眼中的爱意散去，只剩下令人胆战的阴鸷。

施曼容嗓音沙哑："你都结婚那么多年了，还来纠缠我，你对得起你老婆吗，你可是因为她才有了今天的地位。你应该感激她，一心一意宠她爱她，你这样算什么？"

宋云霆怒道："别跟我提那个贱女人！你以为她是什么好东西？当初我被她骗了，以为她是真心爱我，也曾想过给她幸福。可她居然出轨！"

他气得握紧双拳，骨头咯咯作响：“她给我生了两个孩子，都不是我的骨肉，她毁了我的人生！我真恨不得掐死她。”

黎星辰震惊得难以言喻。

她只知道宋清航不是宋云霆的亲生骨肉，却不知道宋清妍也不是。

为什么在宋家，宋云霆对此只字不提呢，好像根本不知道宋清妍并非亲生。

难道他强忍着心中的愤恨，在谋划着什么？

脑中万千画面浮现，串联起来，越发清晰……

黎星辰想起宋清妍订婚前被绑架，凶手下手狠毒，似乎一心要宋清妍死……

她想起订婚宴上的毒酒，只有亲近之人才能混进去……

她想起自己半夜醒来时，长发被剪断……

她想起那个可怕的电话，有人暗示她不配嫁给肖景初……

黎星辰毛骨悚然！

是的，能轻松做到这一切的，是宋云霆！

原来一直想杀宋清妍的人就是宋云霆！

楼梯间响起匆匆脚步声，似乎有人上楼来了。

黎星辰怕被人看见，转身推开走廊对面的病房，躲了进去。

病房里没有亮灯，也没有住人，月光映照在整洁的床铺上，惨白一片。

黎星辰的心跳声越发强烈，她无法形容此时的心情，只觉得周身寒气逼人。她听见有人冲进那间病房，接着，传来黎修生的怒吼：“宋云霆，你要折磨她到什么程度？”

黎星辰轻手轻脚回到房门口，背靠在冰冷的白墙上，听见宋云霆嘲讽的声音：“这么多年，你还守着她，可真是情深义重啊。为了这种女人和我对着干，值得吗？”

黎修生毫不退缩：“你也知道过去这么多年了，你为什么还放不下？”

“我放不下？”宋云霆冷哼一声，“别说笑了，好像我还爱着她似的，她配吗？”

“既然不爱，就收起你的执念！”黎修生的声音愤怒发颤，“你得不到她，就要毁了她！每当她病情稳定，你都会出现，一遍遍地刺激她，你还是人吗？你非要逼死她才甘心吗？”

眼泪无声地涌出来，黎星辰咬紧嘴唇，忍耐着让喉间不要发出哭声。

怪不得每次妈妈的病情有所好转，又会突然变得暴躁发狂。

一切都是拜宋云霆所赐！

宋云霆从牙缝里挤出一句话：“那是她自找的！”

“明明是你的错！”黎修生怒极反笑，“宋云霆，你用情不专，有女朋友还对施曼容纠缠不休。你花心滥情，不负责任，她根本不可能接受你！你从来没反省过自己，竟强行玷污了她！你毁了她的清白，让她受到千夫所指！你就是个丧心病狂的浑蛋！”

“别把责任全推在我身上！”宋云霆声音陡然拔高，“我对施曼容那么好，她为什么不接受我？我就是不想让你们有情人终成眷属！”

他突然又放低声音，竟带着阴冷笑意：“黎修生，你装什么正人君子。我知道施曼容喜欢你，她为你生下孩子，你却受不了闲言碎语抛弃了她。施曼容因你而发疯，关我什么事？”

“黎星辰是谁的孩子，你还不知道吗？”黎修生脱口而出，话音刚落突然僵住，他知道自己说了不该说的话。

“难道会是我的孩子？”宋云霆冷笑，他步步紧逼，沉重的皮鞋声在寂静病房里格外瘆人。

“我去医院检查过了，我没有生育能力，宋家那两个孽种跟我没关系！这个孩子更不可能！你们别想污蔑我分我家产！我没那么蠢！她女儿冠你的姓。你敢说跟你没关系！”

黎修生唇线紧抿，没有说话。

施曼容躲在他怀里，恐惧得不得了，却在听见宋云霆的话之后，像一只奓毛的狮子，朝他吼叫：“她是我的女儿，跟任何人都没关系！”

宋云霆竟笑了：“我悄悄见过她很多次，真是个清秀的女孩子，成绩优异性格温顺。为什么你能生出这么好的女儿呢，我真羡慕啊。曼容，虽然得不到你，但我有的是钱，我一直在等你女儿长大，没有女人能抗拒金钱的诱惑。那天婚礼上我又见到她了，比以前更美了。”

施曼容好似疯了一般扑过去，歇斯底里地尖叫：“你敢接近我女儿，我就将你的丑事昭告天下！”

宋云霆一脚踢开她，她瘫在地上，嘶哑的号哭声渐渐地变为压抑的抽泣。

黎修生再也忍不住了，冲过去跟宋云霆打起来。

有护士听见声音跑了上来，黎星辰单手掩面，低头匆匆从护士身边走过。

她极力控制情绪，直到回到车上，她终于崩溃，伏在方向盘上哭了起来。黎院长说过，自己并不是他的女儿，妈妈也曾说过，是自己毁了她的人生……

黎星辰一直不明白，为什么妈妈那么厌恶她，她的父亲到底是谁呢。如今听了宋云霆与黎修生的对话，她才明白，这一切都和当年他们的恩怨有关。

妈妈恨她，或许因为她真的是宋云霆的骨肉，尽管宋云霆自己根本不相信……

可妈妈心底里也是爱她的，否则不会在宋云霆面前保护她……

在妈妈心中，该是多么矛盾痛苦的感情，折磨了她这一生……

黎星辰回到家已经很晚，她擦干了泪，尽量装作没事发生。她害怕遇到宋云霆，怕被他怀疑，但车库里没有宋云霆开出去的那辆车，他的房间也关着灯，似乎还没回来。

黎星辰沿着走廊，轻轻朝自己房间走去。

突然，有人抓住她的手！

第三节

黎星辰吓了一跳，回头看到俞明珠站在她身后。

俞明珠穿着睡衣，头发凌乱，走廊的灯光打在她素颜的脸上，皮肤看起来浮肿苍白，不再像平日里那个雍容华贵的妇人。她打量黎星辰，狐疑地问："你去哪儿了？"

黎星辰心中发慌，随口说道："出去散步……"

"大半夜出去散步？"俞明珠显然不相信她的借口，紧拉着她的手没有松开。

俞明珠朝她身后看了看，没看见别人，又问："你爸呢？我看他房里没人，你见过他吗？"

黎星辰说："他去了医院……"

"他又去医院！"俞明珠脱口而出，眼中竟闪过恨意。

黎星辰忍不住问："妈妈，你早就知道吗？"

"什么？"俞明珠将视线移到女儿的脸上。

"我说他去了医院，你怎么一点都不担心呢，也没有问我他是不是生病了。你好像很生气。"黎星辰盯着俞明珠，在观察俞明珠的表情，"妈妈，你知道他去了哪家医院，也知道他是为谁去的，对吗？"

俞明珠没有说话，她惊疑不定地望着女儿。

黎星辰又问："我是爸爸的亲生女儿吗？"

俞明珠吓了一跳，将她拉进自己的卧室，压低声音说："你乱说什么，你当然是亲生的！"

黎星辰坐在床上，望着地毯上繁复的花纹，轻声说："我看见爸爸去了精神病院，我跟过去，听到他跟别人说了很多话。他说宋清航跟他没有血缘关系……"

俞明珠的脸色越发苍白，她沉默着低下头，散乱的鬓发遮住她的脸。

沉默很久后，黎星辰试探着问："施曼容是谁？"

俞明珠再也忍不住了，肩膀微微抽动，竟然哭了起来："这么多年了，他还忘不掉那个女人……"

黎星辰不知所措，从床边的蕾丝纸巾盒里抽出一张纸巾递给她。

俞明珠抹了抹眼泪，断断续续地说起当年发生过的那些事……

当初宋云霆只是俞氏企业的一名普通小职员，一次下班后，俞明珠站在屋檐下躲雨，宋云霆路过时将唯一的伞给了她，然后冒雨离开。那时俞明珠还以为这是穷小子为求上位的小把戏。大家都知道她是总裁千金，若能得到她的青睐，可以少奋斗几十年。

然而从此以后，宋云霆再也没有跟她多说过一句话。

俞明珠忍不住去注意这个男人，渐渐地喜欢上了他。

既然他不主动，那么她就先走出那一步吧。她抛下千金小姐的矜持，嘘寒问暖送早餐，持续了小半年才打动他的心。他们终于交往了，可宋云霆对她的态度就像以前一样冷冷淡淡。

俞明珠总是告诉自己，宋云霆就是这样的性格，她应该给他自由与空间……

直到她发现，宋云霆竟然在追求一个叫施曼容的小护士。

原来这个对她冷淡的男人，也会为了另一个人痴狂主动。而那个小护士对他爱理不理，还拒绝他多次……

俞明珠哭过也痛过，但她真的太爱他，最终，她选择了忍耐。

她知道他总有一天会回心转意。她是豪门千金，那个小护士能给他什么！

俞明珠不动声色，继续扮演完美女友的角色。宋云霆在施曼容那边碰了钉子，回来对比俞明珠的善解人意，他好像被感动了，对她也多了几分温柔，她看到了希望。

然而施曼容突然来找她，细数宋云霆的劣迹。

施曼容说他纠缠不休，说他侵犯了她，说他是人渣是禽兽……

听到自己深爱的男人对另一个女人那些不理智的所作所为，俞明珠心如刀割。

但她能怎样呢？

爱到极致只剩下卑微……

她平静地回答施曼容：“我都知道，但我不介意。因为我爱他。”

宋云霆得知此事，感动极了，他终于察觉到欠她太多，决心要好好对她。

说到这里，俞明珠唇边露出一抹苦涩的笑。她望着女儿，哽咽着说：“其实，我哪有那么坚强啊。我做的一切都是因为爱。我想嫁给他，可我又怕他鬼迷心窍，只要施曼容一句话他就能抛下我。我为他付出了那么多，已经无法回头，我真的好害怕失去他……”

眼泪又溢了出来，俞明珠手里的纸巾已经湿透了，被她捏成一团。

“在我最痛苦的时候，是我的发小廖自城陪着我。我每次喝得烂醉，都是他将我背回家。那次喝醉酒，我们发生了不该发生的事。我后悔极了，廖自城却对我表白了。他说他喜欢我很多年了，说他愿意娶我。我那时心里只有云霆，哪里听得进这种话？我甚至怀疑这一切都是廖自城布的局！我坚决拒绝了他，逼他发誓永远不会透露这件事！”

她掩面呜呜哭泣：“然而命运却给我开起了玩笑，我竟然怀孕了。我想悄悄打掉这个孩子，却被云霆发现了。他高兴极了，紧紧抱住我，说要跟我结婚。他从来没说过要跟我结婚……我曾以为随时会失去他……为了绑住他，我只好将错就错，酿成了现在的悲剧。”

俞明珠哭得停不下来，她用手捂住嘴巴，鲜艳的红色甲油在灯光下闪烁。

黎星辰又抽出几张纸巾递给她，等她情绪稍微缓和些许，才继续问下去。

“既然我的出生是个意外，那么宋清航呢？”

“他是你同父同母的亲弟弟……”俞明珠知道清妍看不起这个弟弟，每当看见女儿对儿子的厌恶表情，她的心都痛得抽搐，可她没法说出真相，她只能藏起对儿子的满腔愧疚。

黎星辰不解：“为什么你婚后还和廖自城有联系？”

俞明珠坐在椅子上，抬眸看她，红肿的眼中满是泪：“婚后我也想弥补，我知道云霆想要个儿子，可我一直都没能怀孕，医生说是云霆的问题。我不嫌弃他，只有女儿也不错啊。可是云霆根本听不进去，他越来越暴躁，动不动就对我发脾气，我天天以泪洗面……”

俞明珠的眼泪一滴滴落下，溅在紫色的真丝睡裙上，晕开潮湿的花。

“那天云霆又和我吵架，我赌气下车，他竟然就那样开车走了。我穿着单薄的衬衣走在飘雪的公路上，越想越委屈，有车在我身边停下，竟然是廖自城。看见他的那一瞬间，我的眼泪夺眶而出。我扑进他怀里哭得一塌糊涂。我知道他已经结婚了，我们没有可能的，可我却忍不住后悔曾经的选择。如果当初我选了他，该多好……”

她的声音都哭哑了，手里的纸团再次湿透，被她丢进垃圾桶里。

“晚上，廖自城陪着我，我们说了很多话，都觉得特别难过。而云霆连一个电话都没给我打过。我和廖自城恢复了联系，直到我生下你弟弟，云霆的脸上终于有了笑容。他没怀疑过我，或许因为根本不在乎我，他在乎的只有儿子。我也没那么在乎他了，我的失望攒得太多了，我和他在一起总会想起廖自城。是我自作自受，失去了真正爱我的人……”

俞明珠哭得累了，眼神空洞地望着桌上的白色花瓶。

她以前总会在花瓶里插入新鲜玫瑰，让卧室充满花朵馨香，仿佛她仍拥有爱情。

然而时间久了，她厌倦了自欺欺人。

自己买的玫瑰，只能证明她的婚姻有多失败……

“后来云霆发现清航不是他的骨肉，他暴跳如雷，动手打了我。我哭着求他原谅，哪怕离婚我也认了，可他没有这样做。他去找廖自城，威胁他要了一大笔钱。廖自城也有苦衷，他和妻子虽然是商业联姻，但他的妻子是个说一不二的女强人，知道这件事绝不会让他好过。利用这笔钱，云霆的生意做得越来越大。我们虽然表面是恩爱夫妻，但是我们没有感情。”

第四节

黎星辰突然想起一条新闻：廖家大公子被绑架，绑匪提出高额赎金，廖自城悄悄报了警，事情却被公开，一时闹得沸沸扬扬，许多记者高调跟拍，廖氏夫妻送赎金的路上哭着求记者别跟来，然而无济于事。绑匪怒极撕票，至今没抓到杀人凶手……

惊悚的预感在心中翻滚，黎星辰的心跳加速，声音竟忍不住颤抖起来：“廖自城的大儿子被绑架，绑匪将他折磨致死……这件事，是爸爸做的吗？”

“我不知道……”俞明珠惊慌地摇头，“我不敢问他……我很怕……”她痛苦地弯下身子，双手抱住头，好像想起了极度恐怖的事情。

从俞明珠的反应看来，俞明珠也怀疑过此事跟宋云霆有关。她的枕边人竟如此可怕，想想就知道她的日子有多难过。

黎星辰又问：“既然早就没有感情了，你们为什么不离婚？”

“我不敢啊。”俞明珠的声音再度哽咽，“宋云霆是个心狠手辣的人，我给他戴了绿帽子，又提出离婚，不知道他会怎么对我。我会一无所有，说不定还会死……”

黎星辰起身走到俞明珠身边，轻拍她颤抖的后背。

确实是俞明珠背叛了这场婚姻，但宋云霆也有错。既然不爱她，为什么要娶她？只因为她怀孕了吗？不！因为她出身豪门！他为了自己的前途，让这个无辜的女人成了牺牲品。

“爸爸什么时候知道我不是他的亲生女儿？”

俞明珠一惊，抬头泪眼蒙眬地看着她：“他不知道啊！”

黎星辰也惊住了，宋云霆明明知道啊！怎么反而是俞明珠不知情呢？

俞明珠道：“云霆确实怀疑过我，他拿着你的材料去了鉴定中心，我买通医生给了他假结果。清妍，你的长相随了我，这些年来我在云霆面前谨小慎微，没有露出破绽。”

黎星辰盯住俞明珠：“你确定他到现在还不知道吗？”

她的话让俞明珠突然不安起来：“什么意思？”

黎星辰缓缓道：“我听见他说，我跟清航都不是他的亲生骨肉。”

俞明珠整个人都僵住了，颤抖的嘴唇褪去血色。

“妈，你再想想，有没有哪里出了问题？”

“你被绑架的前几个月，廖自城来找我……”

“在家里吗？爸爸没在吗？”

“你爸工作很忙，那天又出差了。我支开了用人……”

“你也太不谨慎了吧，怎么能在家里约会，”黎星辰皱眉，“你们谈了什么？”

“他知道我在宋家过得很辛苦，他说要带我走……”

俞明珠脸颊泛起红晕，黎星辰竟从她眼中看到难得的爱意。但她还是理性地打断了俞明珠的甜蜜回忆："他妻子呢？"

"自从他儿子被撕票后，他妻子郁郁寡欢，生了场重病，没多久就去世了，这些年来他一直是单身。清妍，我从来没遇到这么爱我的人，我知道这一次我不能错过。我答应跟他走，还安慰他，我帮他养的儿女也长大了，等我跟宋云霆离婚，就让你们认他做父亲。我有宋氏企业的股份，廖自城的财力也不容小觑，只要我们联手，绝对可以对付宋云霆……"

顿了顿，俞明珠突然想到了什么，眼中的甜蜜灰飞烟灭。她的胸口起伏得厉害，额头上的冷汗滑下来，浸湿了浓密的睫毛。

"我们相拥在一起，我突然听到门外有响动。我吓得腿都软了，我让廖自城先躲在衣柜里，我跑出去，看见原本在外出差的云霆竟然提前回来了！但我在二楼卧室里，他却坐在一楼的客厅里低头翻看合同，好像什么都没看到似的。我不能确定他有没有听见我和廖自城的对话。按照云霆的脾气，如果他真的听见了，怎么可能那么冷静……"俞明珠仍抱有一线希望。

但黎星辰明白，这世间没有那么巧的事情。

在俞明珠和廖自城私会之后，宋清妍便遭受了一系列伤害。

黎星辰猜测，宋云霆听见了这个秘密。

他强忍着愤怒，假装无事发生。也许是他对女儿还有感情，毕竟养育多年，也许是另有目的。他想让宋清妍嫁给曹宇浩那个花花公子，他不希望女儿嫁得太好，最后牵制他。没想到宋清妍不听话，居然找到旗鼓相当的肖景初，成了肖景初的未婚妻。

宋云霆眼睁睁看着宋清妍将一副烂牌打赢。想到这么多年替别人养孩子，最后却落得一无所有的下场，他决定杀了宋清妍，让俞明珠和廖自城的美梦成空。

他收买了因赌博欠下巨额债务的肖家主厨郭天勤，让他绑架宋清妍并撕票。

如果郭天勤被抓住，他便将此事嫁祸给肖景初，一举两得。

俞明珠扯住黎星辰的手，哭得声音含糊："清妍，我该怎么办？"

黎星辰什么都没说，冷汗沿着鼻尖滴落。耳边除了俞明珠的啜泣声，还有她自己剧烈的心跳声。她没办法将她的猜测全然告知俞明珠，真相太残酷，俞明珠怎么能接受？

她只能说些温和的话来安抚俞明珠，心中另作打算。

回到自己房间，黎星辰打开了电脑。

她静坐在电脑前很久很久。

直到黎明的曦光从云层里透下来，直到暗色的天地逐渐明亮，她伸出手敲击白色键盘，在空白文档上写下一行字……

第十六章 我还是很喜欢你

第一节

网上突然有人爆出惊天大料：

富豪宋某当年还是个穷酸小职员的时候，为了金钱攀上豪门女友珍珠，一次生病住院时，宋某看上了可爱的护士小曼。他既不愿放弃前途，又不愿放弃他所谓的真爱，竟威逼小曼做他的情妇。小曼心有所属，更看不惯宋某的花心品性，严厉拒绝了他。宋某因爱生恨，侵犯小曼导致她未婚先孕，他还散播谣言，将她讲成水性杨花的女人。

小曼暗恋的医生听信谣言，选择疏远她，医院里也传遍了她的闲话。小曼在极度痛苦之下患了精神疾病，而毁掉她人生的宋某，却依靠妻子娘家的财力成了有名的富豪。时至今日，他仍放不下旧事，时常去精神病院刺激小曼……

这则新闻虽然没有指名道姓，却处处暗示宋某便是宋云霆！珍珠则是他的老婆俞明珠。最可怕的是，爆料人附上了录音文件，由于内容太过真实，迅速登上了微博热搜榜。

书房里，宋云霆歇斯底里地对着手机大吼大叫：“不管花多少钱，必须将新闻压下来！”挂掉电话之前，他咬牙切齿补了一句，“查出爆料人是谁，绝对不能放过！”

黎星辰从走廊路过时，听见宋云霆将茶杯砸在墙上的巨响。

她强装镇定，轻声而快步地下了楼，心跳剧烈地拍击她的心口。

黎星辰知道宋云霆的手段，若是被他查出来，她凶多吉少。她尽量掩饰身份了，但她仍然不能保证万无一失……

走出庭院，银白色的大门在她身后缓缓关闭。

面前是清冷的大路，路边的树木绽开小小的白花，散发淡淡清香。

黎星辰站在微凉的树荫下，皱紧了眉头，秀丽短发被微风吹乱，一朵小白花落在她发间。

她在思考对策，是独自面对，还是去找肖景初呢？

她不是想要肖景初做靠山，她只是很想见到他……

可她要如何对肖景初解释呢？她好不容易按照宋清妍的要求分了手，如果再跟肖景初见面，她不确定会发生些什么，万一她看见他的瞬间忍不住泪崩怎么办……

黎星辰心乱如麻，边走边想。

突然有人拉住她，将她一把拉到路边的越野车后。

黎星辰猝不及防，后背撞在车门上，耳边听见熟悉的声音："黎星辰，我保证，宋清妍不会威胁到你！"

"什么？"她抬起头，惊讶地看着面前的陈瑾光。

她很久没有见到陈瑾光，他似乎憔悴了些，但面容依旧俊秀，清润好听的声音声声击打着她的耳膜："我知道她有不对的地方，但先抢走她身份的是你，她不过是走投无路……"

走投无路？

陈瑾光来找她，就是为了袒护宋清妍吗？

黎星辰望向他身后，看到宋清妍躲在几米外，她穿着一条洁白如雪的裙子，长发飘飘，看似纯真没有攻击性，只是眼神在与黎星辰对视的瞬间，有着一闪而过的挑衅。

黎星辰怒道："陈瑾光，你什么意思？背叛我还不过瘾吗，还要帮她来对付我？"

宋清妍似乎被吓到了，冲上来扯了扯陈瑾光的衣袖："算了，我没事，我们走吧……"

她竟然用那种小心翼翼的语气跟陈瑾光说话，仿佛受尽了委屈。难道婚礼上见到的那个咄咄逼人的女人都是幻觉吗？黎星辰的视线下移，看见宋清妍脖子上有一抹瘀青，她的眼睛红肿似乎哭过，竟有种令人无法抵挡的柔弱。

陈瑾光深深地看了黎星辰一眼，转身护着宋清妍准备离开。

黎星辰当然不肯，快步上前拦住他们："你等等，把话给我说清楚！”

陈瑾光沉默，黎星辰追问：“你以为我对宋清妍做过些什么吗？”

陈瑾光忍不住反问：“难道没有吗？”

黎星辰一口否定：“当然没有！”

陈瑾光竟然动摇了，他扭头望向宋清妍。而宋清妍避开了他的视线，低着头小声啜泣：“你什么都有了……肖景初那么爱你，瑾光哥哥也护着你，你为什么不能放过我？”

她梨花带雨的模样太令人心疼，陈瑾光伸手为她拭去眼泪。她的泪悬在他指尖，从温热到冰冷，如此真实，飘散于风中。

“有人闯进我家，打伤了清妍。”

黎星辰难以置信：“你以为是我做的？”

陈瑾光说：“家里没有丢失贵重财物，对方明显是来寻仇的……”

其实陈瑾光也很久没见宋清妍了，他一直住在医院附近的一栋公寓中，直到今天宋清妍打来求救电话。他推掉工作赶了回来，看见家中一片狼藉，而宋清妍躲在墙角瑟瑟发抖。她被人打了，脸颊发红，脖子上也有伤。一见到他，她扑进他怀里，放声大哭。

看到宋清妍含泪的双眸，陈瑾光的心口突然像是受到重击。

面前这张脸是星星的，是存在于他脑海中，最美好的那段记忆……

“我什么都没做过！”

黎星辰倔强地看着陈瑾光，她以为他会信她。

一直都是这样的。不管她说什么他都信她，当初是他冒险为她做了手术，也是他将宋清妍的“尸体”带回去处理，他给了她极大的安全感，哪怕付出再高的代价……

然而，这次陈瑾光却选择相信宋清妍：“星星，我真的不懂，你想要的都得到了，为什么还要赶尽杀绝呢。”

赶尽杀绝，这四个字，真是令人心碎……

而宋清妍嘴角那掩饰不住的弧度，更是如利刃般再度刺伤黎星辰的心。

黎星辰握紧双拳，指甲深深刺入手心，纵使心中千疮百孔，她却依旧压制着情绪。

沉默了几秒，黎星辰突然凑近陈瑾光，轻柔的呼吸撩拨着他耳边的碎发。

“瑾光哥哥，难道你不信我吗？”她的语气带一点委屈，又像是撒娇，闪烁的眸心，情深似海。

陈瑾光僵在那里，心脏猝不及防，扑通扑通跳得飞快。

他能闻到黎星辰头发上洗发水的味道，带着淡淡甜香，飘进他的心扉。她离他那么近，好像下巴再往上抬一点，粉嫩的嘴唇就能碰到他的脸。

“我们一起长大，我了解你，你也了解我。我怎么会去伤害无辜的人呢……”

陈瑾光没有去听黎星辰在说些什么，他的脑中一片空白。

他有多久没这样看着她，听她温柔说话……

宋清妍突然拉开了陈瑾光，插入他们之中，眼神冰冷地望着黎星辰。她挡住了陈瑾光的视线，也打断了他突如其来的心动。她太紧张，甚至忘记了隐藏对陈瑾光的在意。

黎星辰注意到了这一点，她眯了眯眼。

宋清妍开始慌乱，黎星辰却笑了。

她的视线越过宋清妍，直直地望向陈瑾光，声音慵懒且诱惑：“瑾光哥哥，你在乎的人是我，宋清妍只是拥有我的容貌，我就站在你的面前！”

甜软的声音，那是属于黎星辰的本音。

陈瑾光果然乱了方寸。

黎星辰只是勾了勾手指，他便朝她走去，就像一个被轻易控制的机器。

宋清妍脸色煞白，可她什么都阻止不了，眼睁睁地看着自己辛苦布的局被黎星辰摧毁。

“星星，我们可以回到从前吗？”陈瑾光仿佛忘记了宋清妍的存在。

“当然可以。”黎星辰柔声说，“只要你愿意。”

宋清妍尖叫：“不可以！陈瑾光背叛了你，你怎么能轻易原谅他？”

黎星辰瞥她一眼：“你不懂我和瑾光哥哥之间的感情。”

宋清妍怒道：“别说得这么暧昧！你根本不爱他，你把他当什么？”

黎星辰反问：“你怎么知道我不爱他？”她的每字每句都带着暧昧。

宋清妍望向陈瑾光，在看到他眼神的那个瞬间，她就知道自己输了……

这一刻，在黎星辰面前刻意维持的伪装全然崩溃，宋清妍抓住陈瑾光的手，眼神带着卑微的哀求：“你不能再相信她，这个女人嘴里没有一句实话！”

陈瑾光恍惚了几秒，喃喃道：“可是，谁让她是黎星辰呢……”

宋清妍再也忍不住了，眼泪溢了出来，她不想让黎星辰看见她的脆弱，她背过身，哽咽着说：“陈瑾光，你疯了！你所有的痛苦都是自作自受！”

她快步离开，纯白色的裙子几乎与刺眼的阳光融为一体。

黎星辰看着宋清妍的背影，眼中的温柔渐渐散去。

她挑了挑眉，问陈瑾光：“你不去追她吗？”

陈瑾光看着她，他什么都没说，只是那样静静地看着她。

黎星辰竟然觉得心虚，她垂下双眸，盯着自己的鞋尖。

第二节

陈瑾光转身要去追宋清妍，黎星辰突然拉住了他的手：“我不许你去。”

她的手又软又凉，却让他好不容易平静下来的心潮再度波动起来。

陈瑾光便真的停在了原地，他低头看着她握住他的那只手，叹了一口气。

“我知道你在骗我。你说的一切，不过是想刺激宋清妍。”

黎星辰松开他，满不在乎地笑道：“是啊，我又利用了你呢。”

陈瑾光苦涩一笑："能被你利用也好，说明我在你心里还是有价值的。"

"陈瑾光，你怎么那么傻。小时候我最崇拜你，什么题你都会做，我问你什么你都懂。"

"只有在面对你的时候，我才会犯傻。"陈瑾光望着黎星辰的眼睛，他比她高，遮住了背后耀眼的阳光，"星星，只要那个人是你，做什么我都愿意。"

为什么陈瑾光总是会让她心痛呢？

尽管他背叛过她，可她欠他的更多……

她说恨他，其实，她真的恨不起来。

她希望陈瑾光幸福，哪怕她丢掉了幸福，哪怕她一生凄凉。

她也想要陈瑾光代替她走向幸福……

她没办法回应他，便岔开话题："宋清妍还喜欢着肖景初吗？"

"嗯……"陈瑾光点了点头，眼神却飘忽不定。

黎星辰幽幽地问："为什么要骗我呢？"

陈瑾光愣住了，被风吹动的长睫毛下，一双眼黑得发亮。

黎星辰淡淡一笑："我看出来了，她喜欢你。"

陈瑾光张了张嘴，他想解释，然而他什么都说不出口。

黎星辰又问："你喜欢她吗？"

"她拥有你的脸，"陈瑾光的声音很轻，"可我知道你们不一样。"他走近她，声音轻得像呢喃，"怎么办，星星，我还是很喜欢你……我总是梦见你。我梦见你又瘦了，我给你买了很多零食，一包包给你拆开，听见包装袋拆开时噼里啪啦的声音，你笑得很甜，就像荔枝味的果冻。我梦见你来找我，我欣喜若狂，语无伦次地向你承诺未来，可我却不敢碰你一下，我害怕碰一下我的梦就会碎。我多想永远活在梦里，然而每次都在最深最冷的夜里醒来。梦之所以称为梦，是因为不可能实现吧……"

他的声音好像有些哽咽，停顿片刻，他才控制住自己的情绪。

"我有很多话想对你说，我想说对不起，想说喜欢你，想说原谅我，想说不要走……想说的太多，消息编辑了无数遍最后又删掉。其实我什么都不敢说……”

陈瑾光越是这样，黎星辰就越难受。

她喜欢陈瑾光阳光的样子，她不要他变得这般患得患失。

“瑾光哥哥，我不恨你，真的。就算你骗过我，我也没法恨你……”

“那么，你能爱我吗？”陈瑾光鼓起勇气问她。

“我……”黎星辰紧紧抓着衣角，布料被她抓得皱了起来。

“肖景初能给你的，我也可以，为什么你不能给我一个机会呢？”

“这样对你不公平……”

“我那么爱你，爱到卑微的程度，我还有权利要求公平吗？”陈瑾光惨然一笑，“我从来没想过拥有你，喜欢就会小心翼翼。我想找你，每一天都想，可我不敢打扰你，我怕你的身份被人发现，怕你受到伤害。我只能让我自己忙起来，可最煎熬的是早晨醒来时和夜晚入睡前，你的影子不断出现，折磨着我。我们曾经那么好，现在我却变得不像我自己……”

黎星辰咬住嘴唇，嘴唇被她咬出了青白的痕迹。

她知道，如果不想继续伤害陈瑾光，她应该对他彻底决绝。可她真的做不到，她没办法看着陈瑾光这张脸，对他说出残忍的话来。

陈瑾光抓住她消瘦的肩膀，他的力气那么轻，仿佛害怕弄疼了她。

“星星，让我陪在你身边吧，我永远不会离开你……”

永远……不会……离开……

为什么她竟然动摇了呢……

黎星辰想起曾经在飘雪的街头卖花，她手里廉价的玫瑰花都冻蔫了，她将玫瑰藏在单薄的外套里，小声询问路人：“哥哥，给姐姐买一朵玫瑰花吧？”

夜已经很深了，花却还是没有卖掉多少，她冻得手脚都僵硬了。

突然有人走过来，一把将她手里的花束拿走。

她惊讶地抬起头，看到陈瑾光站在她面前。十六七岁的少年，个子已经很高，再加上出众的外表，使得他站在夜色中都明亮且夺目。他大大咧咧地说：“这花我包了！”

她却没觉得感激，生气地说：“你别乱来，快把花给我，弄坏了我一天就白干了！”

陈瑾光笑着刮了刮她通红的鼻子：“白痴，没听见我说吗，我全都买了。快跟我回家吧。”

她别开脸，语气别扭：“我才不要你的同情！”

陈瑾光白她一眼：“谁说是同情了。”

他不由分说，将自己的羊绒围巾取下来戴在她脖子上，他还想脱下大衣给她，她连忙阻止：“我不冷！你的衣服又大又重，我穿上就走不动路了！”其实她是怕冻着陈瑾光。

陈瑾光笑了，也没坚持，他语气宠溺：“把手放在我口袋里。”

她低头看着自己冻得红肿皴裂的小手，心中做着剧烈挣扎。

陈瑾光的衣服看起来很贵，她会不会弄脏他的衣服……

在她犹豫的时候，陈瑾光已经不耐烦了，直接抓住她的手塞进他口袋里。他一手拿着花，一手握着她的手，温暖的大手包裹住她冰冷的小手，就像贝壳温柔地包裹着珍珠。

“没想到你会来卖花，看见那些腻腻歪歪的情侣，你不觉得孤单吗？”

“跟我有什么关系。我还小呢，不懂什么叫情侣。”

“哈哈……那你说，我们像不像情侣？”

“你暗恋我？”她装傻，那纯真的眼神却不经意间触动他的心。

陈瑾光一时语塞，扭头望向别处：“你这丫头怎么那么厚脸皮呢。”

她吐了吐舌头：“没有就好。要不然我就报警了。”

陈瑾光被她气得够呛，恨不得发毒誓：“我对你这种黄毛丫头不感兴趣！”

她甜甜地说：“你生气了吗？小气鬼。我今天赚了钱，请你吃饭！”

陈瑾光又被她逗笑了：“就你赚的那点钱，花了我还心疼呢。还是我请你吧，想吃什么。”

她眼睛一亮：“炸鸡！”

陈瑾光撇撇嘴："答得这么快，早有预谋吧。"

她嘿嘿一笑，脑袋蹭着他的胳膊撒娇："我就知道瑾光哥哥最好啦！"

雪依旧在下，打湿了她的睫毛，头发上一片毛茸茸的银白色。

可她的心却是暖暖的……

谁敢说，那些和陈瑾光相处的瞬间，她没有心动过呢……

"星星。"陈瑾光看着她。

他的声音轻得几乎听不见，竟是一种近似乞求的语气："我不想做朋友了，好不好？"

黎星辰后退了一步，她想逃避，陈瑾光突然捧住她的脸，俯身吻上了她。

他的吻轻柔无限，却又满含绝望。

像那夜的雪微凉，飘然落在她唇间……

第三节

黎星辰惊讶地睁大了眼睛，心跳好像突然停止了。

她浑身无力，手软绵绵地抵在陈瑾光胸前，想要推开他。

耳边声息混乱，树叶在风声中战栗，沙沙的响动中，传来女人的尖叫声。

黎星辰终于推开了陈瑾光，或者是他先放开了她。他们不约而同地转向声音传来的方向，看到去而又返的宋清妍站在飘摇的树影下，她带来了肖景初，两人皆是面色苍白。

黎星辰惊慌失措。

肖景初听说了宋云霆的桃色新闻，他害怕无辜的清妍被丑闻所伤害。他来找她，是想要安慰她，想要在她最无助的时候陪在她身边，却没想到，他竟看到她与别人拥吻。

肖景初一步步走向她："你和陈瑾光是什么关系？"

黎星辰吐字艰难："我们是……朋友……"

“朋友需要到接吻的程度吗？”

黎星辰知道自己的解释很可笑，可她能说什么呢，她不能把责任全推给陈瑾光。

肖景初等不到她的回答，眸中竟掠过一丝受伤：“你和我分手，是因为陈瑾光吗？”

黎星辰轻轻摇了摇头：“不是……”

宋清妍怕黎星辰说出她才是始作俑者，她更怕肖景初像陈瑾光一样被黎星辰迷了心窍，她在一旁煽风点火：“肖景初，你不会相信了吧！事实摆在眼前，她就是个朝三暮四的女人！”

肖景初心如刀割。他当然很痛，但他却不愿意听见别人恶言中伤他的挚爱。

“我们已经分手了。就算她喜欢上别人，她也没有错……”

“你居然帮她说话？”宋清妍瞪大眼睛，“我看你是疯了吧！”

“我相信，我爱的女人，人品绝对没有问题！我爱她，就会尊重她的选择。如果她承认她喜欢陈瑾光，我会祝福她，我真心希望她幸福。如果她对我解释，我也同样信任她。”

“你怎么这么蠢！”宋清妍气极，她印象中雷厉风行的肖景初怎么会说出这样的话？

然而肖景初并无犹豫：“因为清妍曾经无条件地信任我。”

宋清妍冷冷地笑了，那如雪纯洁的白裙穿在她身上，像天使张开恶魔的翅膀。

“那都是她的阴谋，她根本就不是宋清妍！”

“什么？”肖景初惊住。

她纤指抬起，指向黎星辰：“我才是宋清妍！她是冒牌货！她抢走了我的身份！”

宋清妍被那个吻激得不再理智，她不管不顾，说出了自己的身份。

肖景初不敢相信。

他怎么可能相信这么荒谬的事？

可是，这个有着黎星辰面容的女人，却轻易说出他们相处的每个细节。而他的清妍什么都没说，甚至连一句解释都没有，她的身体似乎在发抖，眼中闪过恐惧无助。

无数细节从肖景初脑中闪过，真相渐渐清晰，他却还是不肯相信……

肖景初盯着黎星辰：“她说的是真的吗？”

黎星辰大脑一片空白，几乎说不出话来。

其实她可以否认的，像以前一样，假装纯情无辜，甚至哭诉宋清妍污蔑她。

可是说一个谎，要用无数的谎来圆。接下来她该怎么办呢？谎言如海面上的泡沫，终究会消散无形。她已经太疲惫了，尽管她极怕失去他，她仍然不得不接受失去他的事实……

宋清妍走过来，气质优雅似名媛。她用眼角瞄了瞄黎星辰，添油加醋地说：“说她什么好呢，灰姑娘？呵呵，太抬举她了吧。她只是个妄想嫁入豪门的心机女！”

肖景初的视线始终在黎星辰身上。然而她的反应，却给了他最诚实的回答。

他抓住她的肩膀，声音陡然拔高：“清妍，只要你说不是，我就相信你！”

黎星辰抬起双眸，对他淡淡地微笑：“你就那么希望我是宋清妍吗？”

她的话搅碎他的希冀，他望着她漆黑的眸，忽而发现面前的女子并不像他记忆里的宋清妍。他皱起眉，语气竟然开始动摇：“你是宋清妍啊，我的未婚妻……你被绑架了，回来以后忘记了很多事情。医生说是创伤后应激反应，你会慢慢康复……”

“我不是宋清妍，”黎星辰摇了摇头，轻声告诉他，“我叫黎星辰。”

她将刚才宋清妍说出的真相，由她的角度又说了一遍。她没有添油加醋，也没有抹黑宋清妍或者美化她自己，她的语气看似风平浪静，眸心却隐藏着难以触及的疼痛。

陈瑾光太了解黎星辰了，她有多难过，他就有多心痛。他连忙为她解释：“宋清妍订婚前被绑架，是黎星辰救了她，那时候我们都以为宋清妍会死，所以我才为星星做手术，交换了她们的身份。星星不是故意要霸占宋清妍的身份，她喜欢你，做的一切都是为了你……”

黎星辰轻轻扯了扯陈瑾光的衣角：“好了，瑾光哥哥，你不用为我解释。”

陈瑾光眼中掠过痛惜，轻声安抚她：“别怕，不管出了什么事，我都是你的后盾。”

肖景初望着面前的女子，她的眉眼还是那么熟悉，可那波光潋滟的眸心，却再也没了初时的单纯天真。是他自己忽略了，他以为自己遇到了爱情，殊不知竟陷入了一场谎言……

他忍不住再问：“你真的是黎星辰吗？”

黎星辰淡淡道：“有必要骗你吗？”

肖景初僵立在那里，喉结滚动了一下：“你为什么不告诉我？”

“告诉你？”黎星辰笑了，“有什么用？让你亲手把我送进监狱吗？”

肖景初竟有几分怒意，脱口而出：“所以你就一个人受尽委屈吗？”

黎星辰以为自己听错了，她惊讶地看着他。

肖景初抓住她的手，他气得连手都在抖，一连问出一大串话：“你怀疑我对你的感情吗？难道我对你的爱都是假的？发现你的身份就会变心？在你心里我就是这么不值得信任吗？”

黎星辰用力想要抽出手，也不知道是气愤还是羞耻，让她眼中浮起浅淡水雾：“肖景初，你听明白没有，我是黎星辰！那个自不量力对你表白的傻瓜！暗恋你那么多年，而你根本不认识我。我什么都不如宋清妍！我根本配不上你！被你拒绝也是活该。”

肖景初却反问：“谁说你配不上我？”

话音落下，周围突然静得出奇。

风似乎停了，阳光落在肖景初身上，在地上拉出修长的影子。

他紧紧握着她的手，仿佛怕极了失去她：“我见过你早晨在操场背书，你坐在长椅上全神贯注，身边总是放着个塑料水杯，透明的瓶身、蓝色的盖子，是你数学竞赛获得的奖品。”

黎星辰惊呆了。

她心中高不可攀的男神也曾注意过她？怎么可能！

不，一定是他认错人了！每当她在操场看见他的时候，他都目不斜视，远远地在一片女生羞涩的议论声中走过，那是她背书时唯一分神的时刻……

肖景初想说的却不仅于此：“你中午吃饭总是买一份最便宜的番茄炒蛋，配着米饭吃得很香。你放学后要去兼职，回到医院还要照顾你妈妈，你经常饿得胃疼，可你依旧品学兼优，每年都拿奖学金。你上台领奖时抿着嘴笑得腼腆，你的睫毛很长，眼睛很漂亮，视线不经意间飘过来时，我好像看到了星辰在夜空中闪耀。我在台下望着你，真心为你感到骄傲。”

黎星辰愣愣地站在那里，她的手在抖，呼吸几乎暂停了。

肖景初清润的声音像是从云端传来，明明遥不可及，却又近在咫尺：“你低调不张扬，不代表你平凡。你温婉善良，品行端正，喜欢你的男生很多，但你会退掉每一份礼物，也不肯接受任何金钱的资助。有些男生不甘心，甚至在放学路上截住你，逼你给个答复。你以为是谁让他们收手，再也不敢来纠缠你。”

黎星辰听见自己剧烈的心跳声，遮掩了周遭的一切声响。只有肖景初的声音，在她的心跳声中越发沉稳清晰。

“黎星辰，我一直有注意你。”

是梦吗？

她怎么会听到肖景初对她表白？

不是对宋清妍，而是对她——黎星辰！

她连灰姑娘都不是，怎么可能得到王子的青睐。

“肖景初，你是不是在骗我？”

“骗你有好处吗？”肖景初被她气笑了。

“那你不恨我骗你吗？”

“你是骗过我，但你没有伤害过我。你甚至在所有人都怀疑我的时候，仍然坚定地站在我这边。我知道你有多善良，也知道你对我有多真心。”肖景初深情款款地望着她，他的声音异常温柔，如融化春雪的晨风，“你是宋清妍还是黎星辰都不重要，我喜欢的是你这个人。我曾被你吸引过一次，又被你吸引了第二次。这不是你的错，这是我逃不掉的宿命。”

黎星辰捂住了心口，仿佛有只小鹿在蹦蹦跳跳。

“我那么普通，你怎么会注意到我？”

“你一点儿都不普通。”肖景初摇摇头，“第一次看见你坐在蛋糕店对面的长椅上发呆，我的视线就无法从你身上移开。明明是个不谙世事的小孩子，为什么会露出那种看尽人情冷暖的表情呢。我想跟你说话，想了很久都不敢走过去。可是我又怕再也没机会……思来想去，我买了块蛋糕，假装过生日，终于能名正言顺地跟你搭话。天知道我当时有多紧张……”

黎星辰睁大眼睛看着他：“我以为你早就忘了……”

肖景初笑问：“我像是那么健忘的人吗？”

第四节

宋清妍没想到事情会发展到这一步。为什么她求而不得的男人，黎星辰却能轻易拥有？不管是陈瑾光还是肖景初，都将黎星辰视若珍宝，黎星辰到底给这两个男人下了什么蛊！

“肖景初，你喜欢黎星辰，为什么要跟我结婚？”宋清妍颤声问。

肖景初平静地回答：“因为你的理由说服了我，肖、宋两家联姻可以将利益最大化。”

宋清妍眼中闪过一丝轻蔑，咬牙切齿地说：“说到底你就是个自私的男人！”

肖景初说：“我承认，我从来都不是一个爱情至上的人。我喜欢黎星辰，但也仅限于喜欢。我知道自己需要什么。我没有想过去追她，因为她那样纯白无瑕的女孩子，只能小心翼翼地放在心里珍藏。我知道我配不上她，只要能远远看着她，我就心满意足了。她是远方的一束光，让我无论何时何地，再怎样迷茫疲惫，看到她的时候心中都会燃起希望。”

宋清妍咬紧了嘴唇，眼泪一滴滴落下。

她不想哭的，她又不爱肖景初，可她很不甘心啊！她是群星捧月的宋家大小姐，她也有许多优点，也曾被许多人追求，被当作女神来遥望，她何时受过这种委屈？

“那我呢，我在你心里算什么？”

肖景初竟问：“你爱我吗？”

宋清妍怔在原地，说不出话来。

肖景初冷静地叙述：“你不爱我。从以前到现在，从来没有爱过。我们之间没有爱情。只是各取所需。”

他瞥了一眼黎星辰，眼神在看到她的瞬间突然柔软下来。

“那天黎星辰来对我表白，我欣喜若狂，却又心如刀绞。我不知道她也喜欢我，如果我早点知道，我一定会奋不顾身地跟她在一起。可我马上就要跟你订婚，你是无辜的，如果我悔婚，你会受到巨大压力，背负的耻辱可能一生也无法消除。我只能忍痛拒绝她……”

宋清妍双拳握得死紧，眼泪落在风里，如同破碎的冰晶。

其实她知道，肖景初对她仁至义尽，他不欠她什么。

她现在纠缠，只是不甘心而已，可是不甘心又有什么用呢……

肖景初轻声说：“我曾经喜欢黎星辰，后来爱上的，依旧是她。”

他望着黎星辰，温柔地重复：“我爱你。不管你是谁，我只知道，我爱你。”

宋清妍从肖景初的眼睛里看到了璀璨星光，那是满得快要溢出来的爱。

她竟然有些羡慕了。

她并不想做恶人，她只想拥有陈瑾光，想要他看她的眼神也带着光。

她做了那么多，什么都没有得到，最终眼睁睁看着自己的梦被摔得粉碎……

宋清妍透过模糊的泪光，望向陈瑾光。他站在清冷的落日余晖下，茕茕孑立，身影寂寥。

失去了黎星辰，他就像是被全世界抛弃。可为什么，他眼中没有憎恨，没有怨怒？

为什么，他看着黎星辰的眼神，依旧温暖如初？

宋清妍低着头，看着自己的眼泪一滴滴地落在地上，溅起花瓣般的水痕。

突然，有人递来纸巾，宋清妍抬起头，惊讶地看着黎星辰站在她的面前。

“干什么？假惺惺地同情我？我不需要！”

或许是那微弱的自尊心作祟，宋清妍不肯接受黎星辰的好意，语气也没有半点善意。

黎星辰没有生气，她将纸巾塞进宋清妍手里，轻声问：“你去找过清航和盈盈，是吗？”

宋清妍冷冷道：“你很得意吧！我唯一的弟弟和我最好的闺蜜都被你洗脑了！”

黎星辰言语温和：“你应该清楚，我不是你的敌人。”

宋清妍嗤之以鼻，正想讽刺两句，黎星辰突然问：“你知道谁想杀你吗？”

宋清妍瞳孔微缩，脸色忽而变得煞白。

她们看着对方，虽然没有说话，彼此眼中却都是惊涛骇浪。

对视了几秒钟，两人同时说出那三个字：“宋云霆。”

耳边的声响突然被放大，冷风吹动细草，发梢磨蹭衣领，指节咯咯响动。

以及，心脏怦怦的声音！

是的，宋清妍什么都知道。

在她被重伤的时候，听到对方说出了宋云霆的名字。她知道自己不是父亲的亲生骨肉，也知道父亲要杀她。她威胁黎星辰要夺回宋家千金的身份，其实她根本不敢……

可是，黎星辰怎么会知道这个秘密呢？她要利用这个把柄来威胁她吗？

短短一瞬间，宋清妍想了很多，她的额头渗出了细密冷汗。

肖景初和陈瑾光也听到了她们的对话，两人都惊呆了。

陈瑾光脱口而出：“你们在说什么？宋云霆想杀自己女儿？到底是

怎么回事？”

黎星辰道：“宋清妍不是他的亲生女儿，宋清航也跟他没有血缘关系。”

“就因为这个，他就要杀人？”肖景初匪夷所思。

“不仅如此，他还听到他老婆跟情人商量，要带着一双儿女离开他。”

黎星辰将前因后果大概讲了一遍，肖景初终于明白，原来宋云霆的丑闻正是黎星辰爆料的。而陈瑾光太了解黎星辰，早已猜到内情。

肖景初越想越担心，急道：“宋云霆那个人偏执、狠绝，等他查出真相，绝对不会放过你的。你必须立刻离开宋家，跟我走吧。”

黎星辰道：“我现在还不能离开，我有件很重要的事，一定要先确定。”

接着，她将视线转向宋清妍，提议：“既然你不敢再回宋家，不如我们交换人生。”

“你不怕死吗？”宋清妍难以置信。待在宋家凶险重重，黎星辰怎么会愿意？

黎星辰瞥了一眼肖景初，笑得云淡风轻：“我已经不能回头了。”

宋清妍心中百味陈杂。她看了一眼陈瑾光，视线与他对上，她慌张地避开。

她还是爱他啊，每当看到他的时候，她心中的小兔子都会乱跳……

她能理解黎星辰，因为她也同样爱着某个人，愿意为了他赴汤蹈火，不计生死。

“对不起。”宋清妍眼中含泪，终于决定对她坦白，“黎星辰，我知道你是我的救命恩人，我并不恨你。我伤害你是为了陈瑾光，但我发现我越伤害你，他就越厌恶我……”

黎星辰伸手拭去她眼角的泪：“宋小姐，我们做朋友吧。”

“为什么……”宋清妍愣愣地看着她。

“其实我也不讨厌你，自从知道景初跟你交往，我就开始注意你了。越是关注你，我越是自惭形秽。你就像是童话中才会出现的公主，除了你，很难有人配得上肖景初。”

黎星辰说的都是实话，她或许勉强称得上是灰姑娘，宋清妍却是不折不扣的真公主。

宋清妍是红极一时的童星，而后又毕业于国外知名高校，曾参与设计自家公司的香水并获了奖。街拍照时常出现在杂志中，哪怕是偷拍也光彩四射，衣着打扮挑不出瑕疵。她家拥有别墅豪车、飞机游艇，她可以今天去巴黎购物，明天去日本吃料理。

而黎星辰呢？她连一支像样的口红都没有，要靠死记硬背才能认得宋清妍身上的各种名牌服饰……

宋清妍惨然一笑：“那又怎样，我不过是你的替身罢了。”

黎星辰反问：“当初我用你的身份接近景初，不也是你的替身吗？”

宋清妍低头沉默了很久，声若蚊蚋：“我真的很喜欢陈医生……”

“我明白，”黎星辰点了点头，“他是个值得喜欢的人。”

“可我不知道怎么让他爱上我，是不是我这辈子都没机会了？”宋清妍居然脸红了，她的声音小得连黎星辰都要很努力才能听清，陈瑾光和肖景初当然听不见。

黎星辰拍了拍她的肩膀：“不试试怎么知道呢。陈瑾光向来心软，说不定会感动的。”

宋清妍眉心舒展开，又疑惑道：“他那么好，你真的一点儿都不喜欢他吗？”

黎星辰没有回答，眼神有些飘忽。风吹乱她耳畔的碎发，吹皱了眼底那汪水。

宋清妍想追问，可她又害怕听到她不愿听到的答案……

一辆黑色奔驰自院中驶出，宋云霆降下车窗，神色阴冷地望着黎星辰：“上车。”

黎星辰的心脏猛跳，她不知道发生了什么，难道宋云霆这么快就知道她的身份了？

肖景初和陈瑾光浑身都绷紧了，挡在黎星辰身前，仿佛怕宋云霆在这里对她施暴。

宋清妍挽住黎星辰，笑盈盈地说：“叔叔您好，我和清妍约好去逛街呢。”

比起黎星辰，宋清妍对宋云霆的恐惧更甚，她的手心都渗出了汗。但她绝美的面孔上没有泄露半点恐惧，笑容举止皆落落大方。

“她今天没空！”宋云霆一如既往，态度强势，不容拒绝。

宋清妍不敢强硬坚持，但她没有松手，她在努力控制自己的手不要颤抖。

黎星辰对她摇了摇头，用只有他们几人才能听到的音量说：“没事的，他就算想杀我，也不会亲自动手。况且你们都在这里，他也不会留下这么多目击证人。”

宋清妍这才松开她，低声回应：“你上车吧，如果半小时没你的消息，我们会报警。”

车里没有播放音乐，气氛压抑得令人害怕。

黎星辰努力控制自己的情绪，害怕宋云霆看出她的紧张。

宋云霆一边开车一边问：“你不是跟肖景初分手了吗，为什么他又来找你？”

黎星辰若无其事地回答：“虽然分手了，但我们还是朋友，偶尔会见面。”

宋云霆问：“你还喜欢他吗？”

黎星辰笑了：“喜欢是喜欢，不过我们不合适，分手是最好的选择。”

车在十字路口停下，对面亮着红灯，路人三三两两地从斑马线上走过。

宋云霆看了黎星辰一眼，从她平静的面容中，并没有看出悲伤与不甘。他的表情平和下来：“你能这样想最好。上次曹宇浩的事情，爸爸不该对你发火。强扭的瓜不甜，你不喜欢他也没办法。放心吧，爸爸会帮你物色更好的对象，肯定比肖景初好百倍。”

黎星辰突然解开安全带，侧身抱住了宋云霆。她甜腻的声音略带哽咽：“爸爸，你真好。我再也不惹你生气了。”

宋云霆整个人都僵住了。

她将头埋在他肩头，眼泪落下来浸湿了他的脖子：“我知道我幼稚又任性，总是惹爸爸生气，可我心里还是最爱爸爸的！”

宋云霆突然想起很多年前，清妍也是这样，喜欢抱着他的脖子，用小脸蛋蹭他的胡楂，说她最爱爸爸妈妈。他想要个儿子，可他也同样喜欢这个可爱懂事的女儿。他从来没有直白地表达出对女儿的爱，但他会为女儿仔细挑选圣诞节的礼物，会让女儿坐在他肩膀上，一起看节日盛放的烟花，会担心女儿早恋，想要努力赚钱给女儿无忧无虑的未来……

到底从什么时候开始，他所得到的幸福一点一滴从手心流逝掉了？

宋云霆摸了摸她的头发，想说些什么，却又什么都说不出来。

黎星辰松开他，抽了抽鼻子："爸爸，你都有白头发了。"

她突然伸手拔掉了宋云霆几根头发。

突如其来的刺痛让宋云霆皱起眉，黎星辰愣了愣，后知后觉地道歉："啊……对不起，我不想让爸爸变老，所以自作主张拔掉了碍眼的白发……"

宋云霆不以为意地摆摆手："爸爸老了，有白头发很正常。"

黎星辰甜甜地撒娇："才没有呢，爸爸永远是我心里的男神！"

宋云霆紧抿的唇竟然勾起一丝弧度，使得他冷硬的轮廓多了几分温和。

绿灯亮起，宋云霆发动汽车。

他并没有看到，女儿将他的头发紧握在了手心里。

第十七章 余生给你所有的甜

第一节

黎星辰带着头发去了鉴定中心，果不其然，她跟宋云霆是生物学上的父女。

她坐在自己房中，一遍一遍地看着那张鉴定报告，心里好像压了块石头。

小时候她总被人欺负，同学们说她是没有爸爸的野丫头。她心中存在小小幻想，某一天爸爸会来找她，将她带离无望的黑夜，让她知道，他在她看不到的地方，一直爱着她……

然而，事与愿违。

那日日夜夜伴随着她的噩梦，竟然全都是她的亲生父亲造成的……

突然有人推开门，黎星辰连忙将鉴定报告折起放进口袋，回头看到宋清航朝她走来，她站起身，诧异地问：“清航，你怎么来了，也不给姐姐说一声。”

“姐，不知道为什么，我今天特别心慌。”宋清航伸出手来，手心躺着那条她亲手制作的牛皮腕带，“早上我的腕带突然坏了，明明很结实啊，怎么会断呢。我越想越不安心。”

“这么大的人还迷信啊？”黎星辰将腕带拿在手里翻来覆去看了看，抬眸见宋清航一脸心疼，忍不住笑了，“按扣坏了，没关系，姐姐会修。你放在这里，我修好明天给你。”

宋清航这才松了一口气，挽住她的胳膊：“姐姐什么都懂，好厉害。”

黎星辰道：“很简单的，你先回去，我修好了给你打电话。”

宋清航不肯，声音轻软好似在撒娇：“姐，我们好久没见面，你就不想我吗？”

在那些视他为男神校草的女孩子面前，宋清航是高冷美少年，但是在黎星辰面前，他却像一只萌萌小奶狗。他会藏起所有尖锐的刺，只将最柔软的地方展露给她。

黎星辰捏了捏他白净的脸："昨晚我们不是才视频过吗？"

宋清航抱怨："视频怎么能和见面一样呢！"

黎星辰妥协："好啦，明天我去找你，我们一起吃饭好不好？"

宋清航眼睛一亮："好呀，我带姐姐去看学校的樱花。"

黎星辰重重地点了点头："嗯！然后在你们学校门口吃红油米线，那家米线超好吃，自从你上次带我吃过以后，我就念念不忘呢。我还想吃芥末味儿的章鱼小丸子、麻酱涮牛肚、超辣的炸串……"

说到美食，黎星辰就停不下来，想起宋清航学校门口那条小吃街，她吞了下口水。

"好好好，"宋清航眼神充满宠溺，"你这么漂亮，想吃什么都可以。"

黎星辰笑得眼睛都眯了起来："清航，你的嘴怎么这么甜啊。"

宋清航脸颊浮起一抹可疑的红晕，小声嘀咕："还不是因为我有个比糖还甜的姐姐。"

宋清航的到来，让黎星辰暂时淡忘了即将降临的狂风暴雨，但该面对的终究要面对。

楼下响起开门声，黎星辰莫名紧张起来，对宋清航说："快回去吧，明天见。"

她将宋清航送到门口，挥手与他告别。

宋云霆刚回来，背对着他们，将外套挂在衣架上，对宋清航视而不见。

关上门，黎星辰惴惴不安地走向宋云霆，还没开口，他突然转身，狠狠打了她一巴掌。

黎星辰被打得蒙了，摔倒在地上，脸上火辣辣的，瞬间就肿了起来。她捂着脸，仰面望着宋云霆。还没等她反应过来，宋云霆便伸手扼住她的咽喉，将她抵在了墙上。

"你这个吃里爬外的东西，居然敢在网上爆我的料！"他的额头青筋暴起，周身飘浮着令人害怕的怒气，"到底是谁告诉你的？施曼容吗？"

"不……是……"黎星辰怕宋云霆去找妈妈麻烦，她努力从嗓子里挤出两个字。

"那就是俞明珠了！她恨不得我身败名裂，好跟那姓廖的远走高飞。"

"跟别人……没关系……爸爸……你先……放开我……"黎星辰的脸涨得发紫，缺氧带给她一种极致的痛苦。

可能怕掐死她，宋云霆松了手："老子这些年对你不好吗？你怎么能做出这种事？"

黎星辰沿着墙壁慢慢滑了下去，咳得喘不过气来，她好半天才缓过来，仰头看着宋云霆，他那双布满红血丝的眼睛阴狠地盯着她。

黎星辰心中充满恐惧，却还是坚持着说："我只是觉得你做得太过分，施阿姨是无辜的。你已经逼疯她了，为什么还不收手？"

"都是那个女人自找的！她勾引我在先！我对她动了心，却发现一切都是阴谋！"

"我都听见了，根本不是这样！你当时有女朋友，施阿姨不喜欢你，是你非要纠缠。"

"她不喜欢我，为什么要对我笑？为什么我看她的时候，她会脸红？你们都不明白，她是爱过我的！"宋云霆的声音忽而狂乱起来，他已经陷入了自己的假想，"只要她愿意，我可以立刻跟俞明珠分手，她却不给我这个机会。她就是在玩我！"

"你现在还不觉得你错了吗？爱是一心一意，你有女朋友，就没资格说爱她！"

"闭嘴，我跟她的事情轮不到你插嘴！"宋云霆气得不轻，抓住黎星辰的衣领，朝她怒吼，"我以为养了你这些年，咱们也该有点父女情分，没想到你不知好歹，败坏我的名声，宋氏企业股价大跌，你知不知道我损失多少钱？我真不应该对你心软！"

黎星辰却问："你真的对我心软过吗？"

宋云霆一惊，望着她那双水雾弥漫的眸子，惊得松开了手。

黎星辰扶着墙慢慢站起来，扯了扯被抓皱的衣领。

"你知不知道被活埋是什么感受？"她逼近宋云霆，嗓音略带沙哑，有种隐忍的怒意，"你知不知道中毒濒死是什么感受？"

宋云霆竟被她的气势逼退了几步："你在说什么……"

黎星辰的嘴角弯起一个微不可见的弧度，有几分讽刺，又有几分失望。她不是宋清妍，没有遭遇那般惊心动魄的生死劫，可是在宋清妍身上发生的一切，她却能够感同身受。

"是你收买了郭天勤，你让他杀了我，如果他失败了，你就嫁祸给肖景初。"

"郭天勤是谁……"宋云霆鼻尖渗出汗来，"我不知道……"

"那天，郭天勤以为我必死无疑，说出幕后主使就是你。"

"那个蠢货！"宋云霆脱口而出。

话音落下，他愣在那里，薄唇抿起，眼中浮起暗色浓雾。

黎星辰不明白："爸爸，我做错了什么呢，为什么你要这么狠心？"

然而她的称呼却激怒了宋云霆："别叫我爸爸！"

他一挥手打碎了木架上的陶瓷花瓶，太阳穴青筋暴起。

"俞明珠想夺走我的公司，带着你跟宋清航投奔廖自城！我才不会让她的奸计得逞！宋清妍，你要是乖乖嫁给曹宇浩，做个花瓶，我也就放过你了，你竟然背着我勾搭上肖景初。我第一次知道我女儿有这么深的城府。不杀了你，我实在不放心！"他取出一把刀，尖锐的刀锋对准了黎星辰，"既然你知道这么多，我也没有留下你的必要了。"

黎星辰没想到，宋云霆居然会亲自动手，他的前途不要了？

"你这是犯法的……"她声音抖得变了调。

"我什么都没了，还怕犯法？"

宋云霆将黎星辰逼得靠在了墙上，刀子从她眼前划过。

黎星辰想逃，可是双腿发软，怎么也不听控制。

这时候她只想到肖景初，她摸出手机战栗着拨通那熟悉的号码，话筒里刚刚传来肖景初的声音，宋云霆就夺过手机狠狠砸在地上，手机屏幕顿时黑掉，裂开无数细小缝隙。

"我就知道你跟肖景初还有来往！你想借助他抢走我的一切！我不会给你这个机会的！"宋云霆神色癫狂，声音响彻空荡的别墅，"这一生我得到了什么？我辛苦赚钱，让那个毒妇挥霍？宋清妍，你还不知道吧，你妈转移了我的财产，跟廖自城跑了！她不要你了！”

黎星辰有些怕了，她逃到门口，却被宋云霆抓住，刀子刺破了她的手臂。

冰凉的刀锋刺入皮肉，带出一道温热的疼痛，她的衣袖瞬间被染红。

第二节

宋云霆不肯罢手，他双眼通红，再次挥起匕首。

就在这一瞬间，宋清航突然出现，挡在了她的面前。

黎星辰听见宋清航喉咙中发出一声闷哼，他的身体突然在她怀中软了下去。她呆坐在那里，忘记了反应，只看到宋清航手中的袋子落在地上，撒满木鱼花的章鱼小丸子滚落一地。

“清航，你怎么会来……”

黎星辰浑身都在抖，将宋清航死死抱在怀里。

他的白色衬衣晕开了一大片鲜红，他仰面看着她，剧痛使得他面色惨白，他却没有喊一声疼，轻轻地说：“姐姐说想吃章鱼小丸子嘛……”

黎星辰眼中涌出泪来：“我们不是约好明天一起去吗？”

宋清航伸手拭去她眼角的泪，他的手在抖，好像视线已经模糊，看不清她的脸：“可是我看见了，就想买给姐姐……”

其实，章鱼小丸子只是个借口，他那么聪明，早就怀疑过网上的爆料出自黎星辰之手，从宋云霆回来，他就察觉到不对劲。他放心不下所以才赶回来。他想保护她……

“姐姐，我什么都听见了。你……快跑……”

“不行，我不能抛下你！清航，你会没事的！”

黎星辰哭得撕心裂肺，扶起宋清航想要冲出去求救，然而宋云霆堵住了去路。

“清妍，你不是讨厌你弟弟吗，你们的关系什么时候变得这么亲密了？”他低头看着他们，啧啧叹道，“果然是亲姐弟，呵呵。不如你就看着他在你怀里死去吧。”

“不，你不可以这样！”

黎星辰哭得声嘶力竭，她想闯出去，但宋云霆拿着刀。

宋清航却笑了，脸上那浅淡的笑意，像初春的风，温煦柔和：“姐，你别哭，我一直都是个没用的人，直到认识你以后，我才看清自己的价值。”可能是因为太虚弱，他的声音轻软如四月落花，“姐姐，你别自责，为了你死，我心甘情愿。”

“别说死，你不会死的！”黎星辰颤抖着捂住宋清航的嘴，“你还答应了明天带我去看学校的樱花，我们一起吃校门口的小吃。你答应过我的事情怎么能反悔！”

血一直涌出来，渗透衣料，流在地上，汇聚成黏稠的图腾。

黎星辰怕得要死，仰头望着宋云霆：“求你了，收手吧，你会后悔的……”

宋云霆从牙缝里挤出一句话：“你们好好活着，才是我最后悔的事！”

黎星辰再也忍不住了，大声哭起来：“我是你的亲生女儿啊。”

宋云霆暴跳如雷：“宋清妍，你妈没给你说过吗，你根本不是我的女儿！”

“可我不是宋清妍，我是施曼容的女儿……我是黎星辰……”黎星辰哭得浑身发颤。

宋云霆愣在了那里：“不……不可能！”

“你就没有怀疑过吗，为什么我还敢回来？为什么明知道你是幕后真凶，我还敢跟你相处？因为我不是宋清妍，我什么都不知道。我喜欢肖景初，所以我偷走了宋清妍的身份。宋清妍没有死，她告诉了我一切。我那天拔了你的头发，就是为了做DNA鉴定。”

她将口袋里的鉴定报告递给宋云霆，眼睛里闪烁泪光：“这份报告是真的，如果你不信，你可以再去查。我一直都不知道我爸爸是谁，我问过黎叔叔，他说我可以把他当爸爸，可他不是我的爸爸。我问过妈妈，但是妈妈总是很生气，她说我毁了她的一生，她说我应该去死。我不知道我做错了什么，为什么我从出生就没有得到过父母的爱？”

宋云霆僵立在那里，几乎不敢相信自己的耳朵。

可是真相并非无迹可寻，清妍回来以后，有很多细微的反应不同以往。当初他为了让清妍嫁给曹宇浩，跟女儿闹得不可开交，那段时间女儿回家后都不跟他说话。郭天勤说已经杀了清妍，他在医院见她活着回来，着实心惊胆战。清妍看似天真单纯，实际颇有心思，不会没怀疑到凶手是他吧。可她竟然还喊他爸爸，在他面前乖巧柔弱如小白兔。

至于黎星辰，他确实去看过她几次，他没想过这个孩子会跟他有关，可如果黎星辰是黎修生的女儿，黎修生不会不承认的，施曼容也不会对那孩子爱恨交加……

此刻，宋云霆回忆起来，突然觉得那孩子的五官不单单像施曼容，还有几分他的影子……

宋云霆内心惊涛骇浪，手竟然控制不住颤抖起来，匕首掉在了地上。

黎星辰很怕宋清航会撑不下去，她紧紧抱着他，脚步踉跄地朝门口跑去。

打开门，黎星辰看见肖景初的车就停在大门口，他正慌张地朝她跑来。

“你弟弟怎么了？”

“他受伤了，快把他送到医院去……”

肖景初驾车将两人送到医院，医生立刻对宋清航进行救护，可他伤到要害，失血过多，暂时没能脱离生命危险。

黎星辰不知道宋清航能不能醒来，她每天都守在他的病床前，寸步不离。

俞明珠哭着来看望儿子，黎星辰才知道她并没有携款私奔，她只是太害怕，跟廖自城躲了起来。

宋云霆没有再追究俞明珠的背叛，他带着黎星辰的检验材料去了鉴定中心，又一次做了DNA鉴定。黎星辰知道，鉴定结果肯定和她说的一样。宋云霆亲眼确认了他们的父女关系，不知道宋云霆会是何种感受。

出乎意料的是，几天后宋云霆居然自首了，他以故意伤害罪被刑拘。

他没有吐露黎星辰的身份，她依旧是光鲜亮丽的宋家千金。

如日中天的宋氏企业在宋云霆的绯闻影响下，本已经遭遇危机，如今宋云霆又进了监狱，股价暴跌，俞明珠只好强打精神，接手宋氏，虽然她在婚姻中处于弱势，但做起生意来还是很有一套，她以坚强原配的身份出席各种场合，述说对老公不离不弃的动人故事，又用了一系列手段将损失降到最低。

其实俞明珠考虑过跟宋云霆离婚，但她若是在这个节骨眼上离婚，肯定会有很多不明真相的人说她狠心抛弃落难老公，这对她的名誉以及公司形象都大有影响。俞明珠不爱宋云霆了，但她是个生意人，她知道现阶段怎样做才是最好的。

况且，现在的宋云霆也不再是当初那个蛮横无理的暴君。

俞明珠在监狱里见到他的时候，他仿佛一夜白头，沉默良久，他竟然对她说了声对不起。

俞明珠惊呆了，在心中酝酿许久的那些话，全都烟消云散。

他坐在冰冷的木头椅子上，望着长桌对面的俞明珠，竟难得心平气和地跟她谈及他们这段婚姻："我知道你跟我这么久，受了很多委屈，我知道我对你很差劲，你一直在忍耐我。其实婚后我一直都很自卑，我什么都没有，别人都说我这个穷小子高攀了你，说我是为了你家的财势才选择你。越是这样我越是想证明自己，可是骨子里的自卑却抹不掉。因为自卑，所以才更敏感吧。有时候对你发火，事后我也很懊悔。明珠，或许你根本就不该遇到我……如果你没有遇到我，你现在会幸福得多……"

俞明珠没见过宋云霆这般模样，她竟掩面哭了起来。

宋云霆的声音也微微有些哽咽，但他一直在努力克制："我对不起你，也对不起清航，他没有错，我们之间的恩怨不该牵扯到孩子身上……"

"呜呜……是我的错，都是我害了清航……"俞明珠趴在桌子上，眼泪浸湿了她的衣袖。

宋云霆看着俞明珠，在她身上，他看到了浓厚深沉的母爱。

他曾经被执念所束缚，虽然娶到了对他千依百顺的富家千金，可他的心从来都不在她身上，无论她做什么，他只觉得无趣。那个他得不到的女人，才是他心中念念不忘的高岭之花。后来他有了儿女，他也曾深深爱过自己的儿女，那是他看不到尽头的枯燥生活中，唯一鲜明的色彩。可他的希望一次次被摧毁，让他的心中只剩下黑暗……

其实细细想来，俞明珠当初对他的感情是真的，她看他的时候，眼睛里有光。

这个娇生惯养的千金小姐会心甘情愿为他洗手做羹汤，会为他洗衣服、熨烫衬衫，可他却觉得一切都理所当然，他嫌她做的饭不好吃，嫌她洗的衣服没洗干净，嫌她总是板着脸，嫌她在他面前动不动就哭，嫌她烦，甚至不想多看她一眼。

如果他能对她好一点，她绝对不会移情别恋，她会永远待他如初……

是他错过了真心待他的那个人，现在说什么也来不及了，感情没法勉强。

令他庆幸的是，原来他也有着一个聪明伶俐的女儿。

原来，他陷在执念里什么都看不清楚……

宋云霆垂下头，双手死死抓着衣摆。

想到女儿，他心中像是被钝刀切割，他知道女儿很难原谅他……

他到底做了些什么啊！

病房里静悄悄的，月光从窗外透进来，照在宋清航清隽的脸上。

他闭着眼，氧气面罩随着他的呼吸微微起伏。

黎星辰坐在床边，低头看着宋清航，一滴眼泪落下来，在白色的被单上晕开一朵小花。

肖景初走进病房，看见她这个样子，心痛不已。

这些天来黎星辰一直都在医院陪着宋清航，就算他给宋清航安排了最好的病房和专业私家医护人员，黎星辰却还是凡事亲力亲为。这样下去，她的身体恐怕撑不住。

肖景初走到她的身后，语气满是愧疚：“星星，都怪我来晚了。”

黎星辰轻轻摇了摇头：“不是你的错……”

她回眸看了肖景初一眼，疲惫的眼中有着令人疼惜的红血丝，但她依旧对他微笑。

“景初，你别自责，我相信清航一定会醒来的，有我这么爱他的姐姐，他怎么舍得永远睡着呢。”她说着，轻轻拍了拍宋清航身上的被子，语气轻快，“喂，清航，你说对不对？”

她的力气很小，仿佛害怕会触痛他，只是稍微拍皱了他的被子。

她的眼中星光璀璨，盛开着满满的希望与爱。

但宋清航脸上却依旧苍白平静，好像灵魂还在另一个世界，听不到这间病房里的半句言语。

黎星辰紧紧抿着唇，她很想哭，可她不想在肖景初面前露出自己最脆弱的一面，她相信清航也不想看到她哭的样子。

如果清航真的醒不过来，医生何必要给她希望呢，医生明明说过，清航有可能醒来的。

“傻瓜，宋清航一定会醒来的，你现在哭成这个样子，等他醒来了又要笑话你。”

“也对啊。我没有哭，等他醒来了你可不能出卖我！”

黎星辰抽了抽鼻子，自己揉掉眼泪，努力挤出一个灿烂得快僵掉的笑容。

宋清妍默默地走了进来，站在宋清航的床边，她的声音轻如流云：“他还能醒过来吗？”

黎星辰点了点头，毫不犹豫：“当然会醒来了！他答应跟我去吃校门口的红油米线呢。我修好了腕带也没来得及给他。他还没有参加过我正式的婚礼，我也还没有见过他谈恋爱，没见过他带着女朋友回来，还有好多好多事都没有完成……”她笑着说出这些话，声音却渐渐哽咽。说了一半，再也说不下去了。

宋清妍低头望着宋清航，这张脸多么熟悉，与她的眉眼有几分相似。她曾经看不起这个弟弟，以为他是母亲出轨的产物，不是宋家血脉，然而她现在才明白，她和宋清航是同父同母的亲姐弟，他们没什么区别……

她心绪复杂，良久，红唇微张，对着那个沉睡的少年，轻声说了句：“对不起。”

病房里静了静，黎星辰好不容易控制住自己的情绪，问宋清妍：“陈医生刚来过，你见到他了吗？”

听到“陈医生”这三个字，宋清妍竟有些慌神，她刚才在走廊里看见挂在墙上的牌子，上面有着陈瑾光的照片。他穿白大褂的样子真好看，嘴角噙着淡淡笑容，不同于平日的吊儿郎当，竟然有种少见的温文尔雅，很靠得住的模样。

她看得呆了，忍不住取出手机对着牌子拍了几张照片，还花痴般地低头看了好一会儿。

回过身，她却看见陈瑾光就站在她身后，一脸诧异地望着她。

她的脸色顿时变得通红，亮着的手机屏幕上还显示着陈瑾光的照片。

她手忙脚乱地想将手机塞进包里，手里没拿稳差点掉在地上，还好陈瑾光帮她接住了手机。

“干什么呢，冒冒失失的。你现在不是千金大小姐了，手机摔碎了还要花钱买。”

他好像在取笑她，她耳根发烫，将手机抢回来，结结巴巴地说：“买手机的钱，我还是有的……”

“是吗，”陈瑾光笑眼弯弯，抬眸看了一眼墙上的照片，“你在偷拍我？啧啧，女人真可怕。”

“我……我随便拍拍，试试我手机的摄像功能好不好……”

“这么快就想到借口了？虽然很牵强，不过反应很快，值得鼓励。”

“陈瑾光你什么意思啊，总是这么拐弯抹角地骂我，有意思吗？”

她假装生气，但看着陈瑾光这张笑盈盈的脸，她实在没办法认真发怒。

陈瑾光却说：“以后想拍我，别偷偷摸摸的了，直接开口求我啊。”

她惊讶地瞪大眼睛。

他不是很讨厌她吗，为什么会这么温柔地答应她的要求啊……

不过，好像有哪里不对劲？

好半天，她才反应过来，恶狠狠地瞪他：“我干吗求你啊，我想偷拍就偷拍！你别指望我会低声下气求你！”

陈瑾光“扑哧”一声笑了出来：“傲娇什么啊，你偷拍我还有理了，真是没见过你这样的女人。”

他的语气里没有恶意，一时间，她心中仿佛阳光普照，照亮了被冷雨浇湿的心田。

陈瑾光取出自己的手机，低头打开微信：“这张照片我有原图，我发给你？”

她受宠若惊，却口是心非地说：“哼，你以为我稀罕？”

话说出口她立刻后悔了，她话说得太快，这根本不是她的真心话！

“不要就算了。”陈瑾光神色波澜不惊，准备将手机又放回衣兜。

她死死抓住他的手，白嫩的脸颊已然绯红一片：“哎，你干什么，说话不算话吗？快点把照片发给我，在线等！”

陈瑾光笑了，在她死皮赖脸的眼神攻势下，将照片原图发给了她。

“以后想要就直接来问我，别做这么鬼鬼祟祟的事。”

“你说话怎么这么不好听呢，给我说句甜言蜜语就那么难吗？”

她气鼓鼓地转身，加快步伐走向宋清航的病房。

虽然她表面上在生气，心里却已经噼里啪啦绽放着无数烟花，拿着手机的手颤抖得快要握不住手机。

回忆起刚才发生的一切，宋清妍心里酸酸甜甜的，小声对黎星辰说：“嗯，我刚才看见陈瑾光了……他对我的态度好像好了一点儿，至少没有把我当仇人……我会继续努力的。”

黎星辰嘴角微微上扬，思绪突然飘到了遥远的时空里……

陈瑾光温柔了她年少的岁月，他曾细心为她辅导作业，也曾帮她赶走欺负她的男生，他安慰受伤的她，用绷带为她包扎，他在冬季的街头为她买热奶茶，带她吃了很多她没吃过的东西。他是她灰暗童年中的一束阳光，是让她回忆起过去时，嘴角会扬起笑容的人。

她对陈瑾光有多愧疚，就有多希望他幸福……

如果这份幸福是宋清妍给予的，她仍然会真心祝福。

宋清妍从包里取出墨镜架在鼻梁上，冷哼一声：“肖景初，看见你找到了爱情，我真有点儿嫉妒呢。”顿了顿，她嘴角勾起高傲绝美的笑容，“不过你放心，我一定会追到陈瑾光，黎星辰给不了他的，我全都会给他。到时候请你们喝喜酒！”

肖景初也笑了，他明白了陈瑾光对黎星辰的心意，虽然他信任星星，可是陈瑾光那么优秀，和星星又是青梅竹马，他心中自然会有些危机感，宋清妍能帮他这个忙，他感激还来不及。

“好的，一言为定。如果有需要帮忙的地方，记得来找我。”

两人相视一笑，目光中竟有种默契。

肖景初低头看着黎星辰，眼里仿佛有光，像星辰坠落大海，极致柔美绚丽。

“星星，等清航醒来了，我们就结婚，好吗？我需要他做我的伴郎。”

“嗯。”黎星辰点了点头，“但是清航这么年轻帅气的‘小鲜肉’跟你站在一起，不会觉得很残忍吗？”

“嗯？”肖景初捏住她的耳朵，“什么意思？宋清航是‘小鲜肉’，我是‘老腊肉’啊？有这么说你老公的吗？”

他没有用力，黎星辰只觉得耳朵痒痒的，她偏了偏头，避开他的手：“哎呀，不是，我是为了你好……”

肖景初咬牙切齿：“不需要！”

黎星辰忍俊不禁，她握住肖景初的手，俯身在宋清航耳边柔声说：“听见了没有，我们都在等你呢。”

风吹起轻薄的窗纱，斑驳的阳光洒落在地上。

只要心存希望，黑暗就再也不会侵蚀美好的未来。

她回眸柔柔地看了肖景初一眼，突然说：“景初，你知道吗？和你在一起的人生，叫作将来，没有你的人生，叫作将就。如果能和你一起看日出日落，看潮涨潮降，看春风夏雨，秋叶冬雪，看尽这人生浮华，岁月漫长，谁还想要将就呢。”

肖景初的心口突然被撞了一下，他俯身在她额头上印下一个温柔的轻吻。

“星星，这辈子能遇到你，我已经很幸运了，自己喜欢的人又恰好喜欢着自己，更是幸运中的幸运。”

肖景初所说的幸运，在黎星辰心中又何尝不是呢？

这一路有苦涩，也有危险，但她始终目光坚定地喜欢着他。

因为是他，晚一点也没关系。

多少苦难她都可以忽略，只因她心中有爱，指引她前进的方向，让她的付出都有所意义。

在她身陷黑夜的时候，他陪她等待天亮。

黎明的星光纵使暗淡，却带着她一路踏碎狰狞暗夜，迎接绚丽的清晨。

每次太阳落下，暗夜来临，都有着璀璨星光照亮前路。

一如她的名字——

黎星辰。

黎明的星辰。

妈妈将最美的寓意给了她。

她会永远，永远做那颗最亮的星星。

-完结-